우주고 스트레스 클리닉

김근우 장편소설

나무옆의자

• ● 차례 ● •

우수고 스트레스클리닉

1장
끝내주는 학교로 전학 왔습니다

1

우리 학교는 똥통이다.

똥통이라니, 말이 심하다고 생각할지도 모르겠다. 근데 진짜 똥통인 걸 어떡하나.

포털 사이트에서 '우수고등학교'라고 검색해 보면 안다. 무슨 놈의 학교가 이름부터 웃긴다. 우수? 우수라는 단어가 땅을 치고 통곡할 노릇이다. 고등학교랍시고 어디서 정신 나간 양아치들만 잔뜩 모아 놓고서는.

검색을 해 보면 우리 학교에 얽힌 전설적인 일화들이 쏟아져 나온다. 대표적인 것 딱 두 개만 여기 옮겨 보겠다.

하나.

수능을 딱 백 일 앞두고 있을 때였다. 우리 학교 3학년생들 몇 명이 모여서 '백 일 주'를 마시기로 했다. 뭐 거기까지는 이해할 만했다. 애당초 대학 갈 가능성이 제로에 가까운 양아치들이었을 텐데 수능 타령이라니 웃기지만, 대충 넘어가자.

문제는 이 미친것들이 근처에 있는 명문 사립학교의 3학년생 몇 명을 강제로 끌고 와서는 술을 사게 했다는 거다. 안주는 물론 그 불쌍한 모범생들이었다. 맥주 한 잔에 주먹 한 방, 소주 한 잔에 발차기 한 방, 폭탄주 한 잔에 드롭킥 한 방.

놈들은 정말 즐겁고 신나게 술을 마셨고, 진탕 취한 채 경찰서에 끌려갔다. 도대체 왜 그랬느냐는 경찰의 질문에 놈들이 한 소리가 걸작이었다.

"그 자식들 공부 잘하잖아요. 공부 잘하는 애들이 사 준 술을 마시면 수능을 잘 볼 것 같아서 그랬어요."

그러니까 놈들은 전교 1등 하는 애의 방석을 훔치는 뭐 그따위 짓을 흉내 낸 것이었다. 네티즌들은 '그 똥통 학교 놈들이라면 정말로 미신을 믿고 그런 걸 수도 있어'라고 평했다. 나도 이의가 없다.

둘.

하루는 우리 학교 남학생(몇 학년인지는 알 수 없다) 하나가 같은 반 여학생을 폭행해서 경찰에 끌려갔다. 말이 좋아서 폭행이지 여자애 배를 발로 뻥 걷어찬, 그야말로 잔인무도한 짓이었다. 그런데 끌려간 놈의 항변이 또 걸작이었다.

"계집애가 임신했다고 하잖아요. 짜증 나서 차 버렸죠. 혹시 애 떨어지면 개도 좋고 나도 좋고, 다 좋은 거잖아요."

경찰이 사건을 조사하던 중에 황당한 사실이 밝혀졌다. 여학생이 사실은 임신을 하지 않은 것이었다. 여학생의 항변도 걸작이라고 하기에 손색이 없다.

"그 새끼가 샤넬 백 하나 사 달라는데 뭐라 뭐라 그러잖아요. 찌질하게. 짜증 나서 돈 좀 뜯어내고 헤어질 생각이었죠."

골이 띵한가? 미안하지만 이게 끝이 아니다.

알고 보니 그 여학생은 상습범이었다. 똑같은 수법으로 여기저

기서 돈을 뜯어냈다고 한다. 심지어 피해자 중에는 우리 학교 교
사까지 있었다!

그 작자가 정말 피해자였을까? 본인은 그렇게 생각한 것 같다.
여학생의 부모가 학교로 달려왔고, 그 작자는 그들 앞에서 지랄
발광을 했다. 결국 그도 경찰서에 끌려가고 말았다. 그의 항변은
걸작 중의 걸작이었다.

"난 걔를 정말 사랑했다고요. 으허허헝."

한 네티즌이 이 사건에 대해 촌철살인의 논평을 남겼다.

어휴, 똥덩어리들. 아무튼 저놈의 학교에는 똥밖에 없다니까.

우리 학교가 대충 이 정도다. 이제 내가 똥통이라고 한 것도 이
해가 되리라 생각한다.

나는 이 학교로 전학 오면서 각오를 단단히 했다. 똥통에 들어
가게 되었으니 똥들을 상대할 수밖에 없지.

정말이다. 내 나름대로 각오를 단단히 하고 있었다.

그런데 말이지.

"야, 빵 좀 사 와라."

설마 전학 첫날부터 몸에 똥이 묻게 될 줄은 미처 몰랐다.

2

상황을 설명하자.

나는 반 친구들……이 아니라, 똥덩어리들에게 인사를 하고 무
난하게 전학 첫날을 시작했다. 점심시간에 급식실에서 밥을 먹고,

운동장 벤치에 누워 햇볕을 쬐고 있을 때였다. 놈들이 나타났다.

'놈들'이라고 했는데, 정확히 말하면 세 놈이었다. 이름표를 보니까 정범석, 이기태, 김상호라는 평범한 이름들이었다.

이름과 달리 놈들의 행색은 평범하지가 않았다. 노랗게 혹은 빨갛게 염색한 머리에 커다란 피어스, 제멋대로 고쳐 입은 교복 등등. 그야말로 전형적인 양아치였다. 사진을 찍어서 '가장 모범적인 양아치의 모습'이라고 제목을 정해도 좋을 것 같았다.

이름표에 분명히 다들 1학년이라고 적혀 있었다. 그러니까 나랑 같은 학년이라는 건데, 놈들은 선배라도 되는 것처럼 명령조로 말했다.

"야, 할 얘기가 있으니까 따라와라."

나는 군소리 않고 따라갔다. 놈들 행색이나 말투야 어떻든 나한테 할 말이 있다는데 들어 줘야 하지 않겠는가.

놈들이 나를 데려간 장소는 소각로 근처의 그렇고 그런 데였다. 적당히 으슥해서 적당히 일을 저지를 수 있는 그런 곳.

놈들은 나를 벽에 밀어붙이고 삼각형 모양으로 포위진을 쳤다. 내 정면에 선 것은 정범석이라는, 키가 180센티미터를 넘을 것 같은 건장한 놈이었다. 놈이 용건을 들려주었다.

"너 전에 다니던 학교에서 사고 쳤다며? 근데 우리 학교는 함부로 사고 치고 다니면 안 되는 곳이야. 앞으로 행동 좀 조심해 주면 좋겠다. 우리는 정말 조용하게 살고 싶거든. 내 말 알아들었지? 그럼 우리 앞으로 친하게 지내자."

물론 놈이 정말로 그렇게 말한 건 아니었다. 그대로 옮기자니 험악한 표현과 상소리가 너무 많아서 내가 적당히 고친 거다. 나는 험한 말이 싫다. 상소리도 싫다. 나는 점잖은 사람이다.

아무튼 놈들은 진심으로 나하고 친하게 지낼 생각이었다. 그러니까 나에게 빵을 사 오라고 한 것이었다. 주인님과 하인도 얼마든지 친하게 지낼 수 있는 법이다. 아니, 이 경우에는 하인이 아니라 셔틀인가? 뭐 어쨌든.

나는 말없이 뒤통수를 긁었다. 놈들은 부리부리한 눈으로 나를 쏘아보며 대답을 기다렸다.

빵을 사 오는 거야 어려울 거 없다. 셔틀 노릇도 하려면 할 수는 있다. 그까짓 거 눈 딱 감고 해 버리면 그만이다.

문제는 이런 놈들은 사람을 무슨 빨대 꽂힌 요구르트로 생각한다는 거다. 너 내 손에 잡혔구나. 쪽쪽 빨아 먹어 주겠어.

놈들은 정말로 쪽쪽 빨아 먹는다. 마지막 한 방울까지.

당연한 얘기지만 나는 '나 좀 빨아 먹어 주세요' 하면서 빨대를 꽂고 돌아다니지는 않는다. 나는 요구르트가 아니라 사람이니까. 놈들에게 사람은 빨아 먹는 물건이 아니라는 걸 가르쳐 줘야 했다.

할아버지가 생전에 들려주신 명언이 생각났다.

세상에 말이 안 통하는 사람은 없다. 다만 말이 먼저냐 주먹이 먼저냐 하는 문제가 있을 뿐이다. 먼저 말로 설명하면 되는 사람이 있고, 주먹으로 마사지를 해 준 다음에 말을 해 주면 알아듣는 사람이 있다. 순서가 문제일 뿐 결국 다들 말은 통하는 거다.

그게 문제다.

순서를 정해야 한다는 것.

나는 아랫입술을 살짝 깨물었다. 전학 오자마자 싸움을 하고 싶지는 않았다. 더구나 나는 이미 사고를 친 몸이었다.

그냥 몇 대 맞고 끝낼 수 있는 일이라면 얼마나 좋을까. 그럼 나도 고민할 것 없이 몸을 내던졌을 게다. 마음껏 두드리세요. 저는 샌드백입니다.

그러나 놈들은 굴종을 요구하고 있었다. 끝없는 굴종.

정범석이 눈을 부라렸다.

"이 새끼 눈깔에 힘주는 거 봐라?"

눈에 힘주는 건 자기면서. 나는 기가 차서 대답하지 않았다.

싸워야 하나.

주먹에 슬그머니 힘을 주었을 때였다.

"너희들."

그녀가 나타났다.

3

아름답다.

좌우대칭이 딱 맞아서 기하학적인 아름다움까지 느껴지는 이목구비. 갸름한 달걀형 얼굴에 뽀얀 피부.

얼굴도 예쁘지만 무엇보다도 눈에 띄는 건 그 긴 머리카락이다. 멋대가리 없이 길기만 한 게 아니라 윤기가 잘잘 흐른다. 게다가 풍성하다. 머리카락만 찰랑찰랑하며 걸어가도 지나가던 사람들이 다 돌아보게 생겼다.

그녀는 나와 같은 반이었다. 전학 온 첫날이지만 그녀는 외모부터가 너무나 눈에 띄었기 때문에 잊어버릴 수가 없었다.

이름은…… 이소피아? 눈을 크게 뜨고 다시 이름표를 보았지만 분명히 소피아라고 적혀 있었다.

이름표 옆, 가슴 한가운데에는 십자가 목걸이가 매달려 있었다. 금색이었다.

소피아는 허리에 두 손을 얹고 당당한 자세로 놈들을 노려보았다. 표정이 싸늘했다.

"지금 하고 있는 짓 당장 그만둬."

제법 준엄한 음성이었다. 놈들은 당황한 듯 서로를 보았다. 이윽고 정범석이 앞으로 나섰다.

"넌 뭐야?"

"너희들의 은인."

"뭐?"

"너희가 나쁜 짓을 하려는 걸 막아 주려고 왔거든. 그러니까 너희들의 은인이지."

정범석이 눈을 휘둥그렇게 뜨더니 픽 웃었다. 녀석이 뒤를 돌아보자 다른 두 놈도 웃음을 터트렸다.

"이거 미친년일세."

"어디서 이런 게 굴러 왔어?"

이윽고 정범석이 웃음을 싹 지우고는 소피아를 내려다보았다. 눈대중을 해 보니 둘의 키 차이는 대략 30센티미터.

　소피아는 고개를 뒤로 한껏 젖힌 불편한 자세로 범석을 올려다 보면서도 주눅 든 기색이 없었다. 허리에 손을 얹은 자세도 그대로였다.

　범석이 으르렁거렸다.

　"너 뭔가 오해를 한 모양인데, 우리는 전학 온 친구랑 친해지려고 하던 중이었거든? 그걸 네가 방해했거든?"

　"헛소리 다 했어? 그럼 이제 저 애 보내 줘."

　소피아가 오른손으로 나를 척 가리켰다. 범석은 또 픽 웃었다. 좀 전에는 실소한 것이었다면, 이번에는 짜증 나 죽겠다는 듯한 웃음이었다.

　"안 보내 주면? 어쩔 건데?"

　"너희들 혼난다."

　천연덕스럽게도 지껄인다. 범석은 더 이상 웃음으로 분노를 감추지 않았다.

　"이년이 진짜."

　범석이 소피아의 멱살을 움켜쥐었다. 콱 움킨 것으로도 모자라서 소피아를 잡아당겼다. 소피아는 발뒤꿈치가 허공에 뜬 채 끌려갔다. 숨이 막히는지 얼굴을 일그러뜨리며 윽, 하고 신음을 흘렸다.

　범석이 그녀의 멱살을 흔들었다.

　"너야말로 맞고 싶어? 응?"

놈이 빈손을 들어올렸다. 그대로 따귀라도 갈길 것 같은 포즈.

나는 한숨을 내쉬었다.

어쩌겠나. 본의는 아니지만 어쨌든 일이 이렇게 되고 만 것을.

위위구조(圍魏救趙). 중국 전국시대의 병법가 손빈의 고사이다. 나는 그 고사에 따라 우선 내 옆에 서 있던 이기태라는 놈을 발로 찼다.

"억!"

분명히 밝혀 두는데 나는 적당히 힘 조절을 했다. 놈이 벌러덩 나자빠진 것은 놈이 허약하기 때문이지 내가 세게 찼기 때문은 아니다.

김상호라는 놈이 얼빠진 얼굴로 친구를 돌아보더니 다시 나를 보았다. 방금 전까지 잘 서 있던 친구가 갑자기 쓰러졌으니 놀란 거야 당연하지. 하지만 적을 눈앞에 두고 잠깐이나마 틈을 보인 건 잘못이다.

그렇다. 나는 이미 놈들의 적이었다.

김상호가 움직이기 전에 놈에게 짓쳐 들었다. 이번에도 적당히 힘 조절을 해서 명치를 때렸다.

"컥……."

쓰러지는 김상호의 뒷덜미를 잡아서 들어 올리고는 놈에게 헤드록을 걸었다. 내가 무슨 프로레슬러도 아니고, 진짜 헤드록은 아니었다. 그저 흉내를 내 보았을 뿐인데 놈은 비명도 지르지 못하고 몸을 버둥거렸다.

나는 멍하니 이쪽을 돌아보고 있는 정범석에게 말했다.

"어쩔래?"

"너 이 새끼…….."

놈은 갑자기 변해 버린 상황을 선뜻 받아들일 수가 없는 모양이었다. 소피아의 멱살을 쥔 채 말을 잇지 못했다.

나는 고개를 삐딱하게 하고서 놈을 쏘아보았다.

"걔 놔주고 친구를 구할래, 아니면 친구가 목이 부러지는 꼴을 볼래?"

놈이 그제야 소피아를 놔주고 내게 달려왔다. 위위구조 성공.

나는 김상호를 옆으로 치우고 범석에게 걸어갔다. 범석이 웃기는 소리를 지르며 주먹을 날렸다.

"이야아앗!"

지랄하네.

주먹이 느리다. 하체는 고정되지 않고 달려오는 자세 그대로 흐트러져 있다. 하체가 그 모양이니 허리도 제대로 돌아가지 않았다. 주먹은 기껏 모은 운동에너지를 어설픈 움직임으로 낭비하며 느릿느릿 날아왔다.

휙.

놈의 주먹이 내 귓바퀴를 스치고 지나갔다. 그 순간 나는 주먹을 내질렀다.

놈의 턱을 향해.

픽!

턱이 홱 돌아갔다. 놈은 힘줄이 끊어진 것처럼 허물어졌다.

멍청한 놈. 턱을 가슴에 붙이고 있었어야지. 턱을 지켜라. 어린 애도 아는 싸움의 기본이다. 권투 선수들이 그런 자세로 싸우는 데는 다 이유가 있는 거다.

놈이 쓰러지기는 했지만 이번에도 난 그다지 힘을 줘서 치지는 않았다. 턱을 세게 맞으면 뇌진탕을 일으키거나 최악의 경우 죽을 수도 있다. 난 그렇게 심한 짓을 할 생각은 없었다. 놈들이 더 이상 덤비지 못하게만 하면 충분했다.

세 놈은 몸을 가누지 못하고 끙끙 앓았다. 다들 전의를 상실했 는지 나를 쳐다보지도 않았다.

영화에 나오는 정의의 영웅이라면 이럴 때 어떻게 할까? 악당 들을 다 물리쳤으니 뭔가 멋진 대사를 하겠지?

나는 아무 말도 할 생각이 없었다. 나는 정의의 영웅이 아니다. 놈들이 악당이라고 생각하지도 않는다. 짜증 나는 것들일 뿐이다.

세상에 정의라는 게 있기는 한 건지도 잘 모르겠다. 예전에는 있다고 믿은 것 같은데 지금은 혼란스럽기만 하다.

나는 정말 잘한 걸까? 내가 악당을 물리친 건가? 정의를 지킨 건가?

그런 것도 같고 아닌 것도 같다.

혼란.

기껏 싸움을 마치고 내게 남은 것은 고작 그것뿐.

시선이 느껴졌다. 고개를 돌려보니 소피아가 놀란 토끼 눈으로

나를 보고 있었다. 옷매무새가 흐트러지기는 했지만 다친 데는 없
는 듯했다.

안 다쳤으면 됐다. 놈들도 조금 지나면 괜찮아질 거다. 그럼 됐
다. 됐다고 치자.

나는 조용히 한숨을 내쉬고 그 자리를 떴다.

4

"잠깐만."

운동장을 가로지르는데 뒤에서 누가 불렀다. 돌아보니까 소피
아였다.

다시 봐도 그녀는 아름다웠다. 그려 놓은 듯한 이목구비라는 말
이 실감이 났다. 이목구비보다 더 눈에 띄는 머리카락은 새하얀
목덜미 위에서 검은 광택을 발했다. 그 흑백의 대조는 어쩐지 오
싹하기까지 했다.

너무나 선연한 색채와 색채. 이것이 정말로 사람이 내뿜을 수
있는 빛깔인가. 더구나 그런 빛깔을 몸에 두르고 아무렇지 않다는
듯 차분한 표정을 짓고 있는 그 얼굴이라니.

그녀는 내가 자기를 어떤 눈으로 보고 있는지 알고 있을 게 분
명했다. 분명한데도 그 얼굴은 조금도 흐트러지지 않았다. 자기
자신에 대한 단 한 점의 불안도 없고 심지어 교만도 없이 내 시선
을 담담하게 받아 내는 그 의연한 표정은 격조가 있었다.

이런 게 격이 다른 아름다움이라는 거구나.

나는 몸이 떨리는 걸 간신히 참았다. 아름다움이 지나치면 소름이 끼칠 수도 있다는 걸 처음 알았다.

"아까는 고마웠어."

소피아는 여상한 투로 말했다. 마치 떨어뜨린 물건을 내가 주워주기라도 했다는 듯한 태도였다.

"아니, 뭘⋯⋯. 그보다 아까는 그냥 못 본 척 지나가지 그랬어."

"그럴 수는 없었어. 난 처음부터 널 찾고 있었거든."

"나를? 왜?"

"지켜보려고."

뭔 소리야? 내가 얼른 이해가 안 되어서 머뭇거리는데 그녀가 물었다.

"너, 오자서라고 했지?"

"응."

"우리, 같은 반이야."

"알아."

그녀는 나를 물끄러미 보았다. 전학생에 대한 새삼스러운 호기심이 담긴 눈길로.

나는 바짝 긴장했다. 내가 유명 인사이기 때문이었다. 원래 오자서라는 이름이 유명하기는 하지만 나는 다른 의미에서 유명하다. 굉장히 안 좋은 의미에서.

전에 다니던 학교에서 내가 저지른 일이 소문이 난 것이다. 인근 학교에 쫙 퍼진 건 물론이고 심지어 인터넷에까지 퍼졌다. 빌어먹을 SNS. 소문을 퍼뜨린 것들 중에는 내가 아는 놈도 있다. 빌어 처먹을 것들.

그녀가 말이 없어서 나는 한발 뒤로 물러섰다.

"더 할 말 없으면 나는 이만."

"아, 그래. 들어가야지. 그럼 나중에 또 보자."

또 보자? 같은 반이니까 교실에서 보게 될 텐데 무슨 소리인가?

그녀가 나직하게 말했다.

"사실 아까는 네가 도와줄 필요는 없었어. 조금만 있으면 우리 멤버가 올 거였거든. 물론 그렇다고 고맙지 않다는 건 아니야."

또 알 수 없는 소리. 내가 고개를 갸웃하자 그녀는 몸을 돌렸다.

"무슨 소리인지 곧 알게 될 거야."

그녀는 무표정한 얼굴로 나를 흘끗 보고서 그대로 걸음을 옮겼다. 머리채가 반짝반짝하는 걸 보면서 뒤늦게 그런 생각을 했다. 이런 학교에 웬 미소녀인가.

변기에 빠진 비누를 발견한 기분이라고 하면 표현이 이상한가?

문학적 재능이 없으니 그렇게밖에는 표현할 수가 없다. 아무튼 나는 방금 세수를 마친 것처럼 비누 향기가 느껴지는 것 같아서 한동안 움직일 수가 없었다.

5

소피아는 나보다 십 분쯤 늦게 교실에 돌아왔다.

덩치가 커다란 사내놈과 함께였다. 둘은 서로에게 무어라고 속삭이고는 각자 자리로 돌아갔다. 소피아는 여자애들 앉는 자리에, 사내놈은 내 옆에.

이 학교는 일단 남녀공학이고 남녀 합반이기는 한데 자리는 동성끼리 앉는다. 내 옆의 놈은 김종태라고 했다.

별로 특이할 게 없는 이름인데 생긴 건 특이하다. 프랑켄슈타인(정확하게 말하면 프랑켄슈타인 박사가 만든 괴물)을 생각하면 대충 맞다. 얼굴이 전체적으로 네모나고 특히 턱이 불룩하고 각이 졌다. 머리에 볼트 두 개만 꽂으면 프랑켄슈타인이라고 해도 믿을 것 같다. 최홍만하고 비슷한 듯도 하다.

생긴 거답게 놈은 체구도 좋다. 키가 190센티미터는 되는 것 같다. 떡 벌어진 어깨는 어린애가 그 위에서 춤을 춰도 될 것 같다. 팔뚝도 근육으로 팽팽하게 부풀어 있다. 더위를 많이 타는지 아니면 근육을 자랑하고 싶은지 아직 4월인데도 소매를 걷어붙이고 다녔다.

타고난 체격도 좋겠지만 아무래도 놈은 무슨 운동을 하는 것 같다. 그렇지 않고서야 저렇게 근육질일 리가 없다. 운동부에 든 게 아닐까.

어쩌면 농구 선수인지도 모르겠다. 책상 옆에 책가방과 함께 농구공을 걸어둔 게 처음부터 눈에 띄었다.

놈이 소피아와 친한 사이인지 어떤지는 당연히 알지 못했다. 그렇다고 대놓고 "너 소피아랑 무슨 사이야?"라고 물을 수도 없었다. 애당초 내가 그런 일을 신경 쓰는 것부터가 말이 안 되었다.

점심시간은 아직 오 분 정도 남아 있었다. 시간을 때우려고 책을 꺼내는데 종태가 말을 걸어왔다.

"그거 무슨 책이야?"

놈은 벙긋벙긋 웃었다. 뭐가 좋아서 웃는 걸까. 나는 시큰둥하게 대꾸했다.

"열국지."

"어떤 내용인데?"

"중국의 역사소설이야."

"역사소설? 너 그런 거 좋아해?"

"엄청 좋아해."

엄청 좋아하니까 독서를 방해하지 말라는 뜻이었는데 놈은 알아채지를 못했다.

"역사소설이라면 어느 시대 얘기야?"

"춘추전국시대."

"춘추전국시대가 뭐야?"

이런 젠장. 하마터면 욕이 나올 뻔했다. 여기가 똥통 학교라는 걸 상기하고 간신히 참았다.

"기원전 8세기에서 3세기까지의 시대야."

"기원전 8세기? 그럼 신라 시대인가?"

켁. 이 자식이 일부러 그러나 싶어서 째려보니까 놈은 순진무구한 표정으로 고개를 갸우뚱했다. 덩치는 산 같은 게 표정은 아기 같다.

"고조선 시대야. 그리고 이 책은 중국의 역사소설이라 고조선은 나오지도 않아."

"아, 그래."

놈은 그런가 보다 하고 고개를 끄덕이더니 히죽 웃었다. 아무래도 실없이 잘 웃는 놈인 것 같았다.

5교시 마치고 쉬는 시간에 다시 책을 꺼냈을 때였다. 종태가 또 말을 걸어왔다.

"자서야, 나랑 농구 한 판 하지 않을래?"

언제 친해졌다고 그렇게 다정하게 이름을 부르냐? 게다가 농구는 무슨 농구?

어이가 없어서 대답도 못 하고 있는데 놈이 덧붙였다.

"음료수 내기 하자. 참고로 난 콜라 외에는 안 마셔."

나는 놈을 위아래로 훑었다.

"콜라 사 달라는 뜻이야? 그럼 그렇게 말하지그래?"

"아니, 내기를 하자니까."

"말뜻을 못 알아듣는구나. 너 같이 커다란 놈하고 농구를 할 사람은 없을 거라는 뜻이야."

"으음, 그럼 어쩐다. 축구 할까? 뭘 하면 좋지?"

놈은 고개를 이리 갸웃 저리 갸웃 하며 고민했다. 분유와 엄마 젖을 앞에 두고 갈등 중인 아기 같다. 살벌하게 생긴 놈이 어쩜 저런 표정을 지을 수 있는 걸까. 나는 그만 웃고 말았다.

"나랑 놀고 싶다는 뜻이야?"

"응, 맞아. 너랑 놀고 싶어."

종태는 바로 그거라는 듯 힘차게 고개를 끄덕였다. 고등학생이 나 되어 가지고 이렇게 천진하게 접근해 오는 놈은 또 처음 봤다. 당혹스럽기는 한데 싫은 기분은 아니었다. 경계심이 살짝 풀렸다고나 할까.

여기가 똥통 학교인 데다가 종태는 생긴 것이 워낙 그래서 경계심을 품고 있었다. 근데 말을 트고 보니 의외로 귀여운 구석이 있지 않은가. 같이 놀아 주고 싶다는 생각이 들었다.

"그럼 농구 하자. 몇 점 내기할까?"

"쉬는 시간 짧으니까 10점만."

"좋아. 그럼 네가 3점 접어 줘."

"어, 왜?"

나는 두 손가락을 10센티미터 정도 벌렸다.

"네가 나보다 이 정도는 크잖아."

"아, 그렇지. 알았어."

놈은 시원스럽게 대답하고는 책상 옆에서 농구공을 꺼냈다.

자기 공을 갖고 다니는 놈답게 놈은 농구를 잘했다. 그 몸집에도 불구하고 안정된 드리블에 덩치를 잘 이용한 포스트업, 그리고 깔끔한 골밑슛까지.

게임 시작하자마자 다섯 점을 연달아 내주고 5대 3으로 뒤졌다. 콜라는 아무래도 내가 사야겠다고 생각하며 말했다.

"너 혹시 농구부야?"

"아니, 우리 학교에는 농구부 없어. 권투부는 있지만."

권투부? 이 학교의 양아치들에게 권투를 가르쳐야겠다고 생각한 작자가 도대체 누구냐? 낯짝 한번 보고 싶군.

종태가 가슴을 활짝 펴며 으스댔다.

"왜? 내가 농구를 잘해서 놀랐어?"

아주 그냥 자랑스러워 죽겠다는 얼굴이다. 너무나 대놓고 자랑을 해서 그런지 거만한 느낌도 없었다.

실소하면서 고개를 돌리다가 소피아를 발견했다. 그녀는 운동장 계단에 홀로 앉아 이쪽을 보고 있었다. 눈이 마주쳐도 피하지 않았다. 우리를 보고 있는 게 분명했다.

종태가 그쪽을 보더니 손을 흔들었다. 소피아는 딱히 아무런 반응도 보이지 않았다. 두 손바닥에 턱을 얹고 이쪽을 뚫어지게 보고 있을 뿐이었다.

나는 지나가는 투로 말했다.

"쟤 이름이 소피아더라."

"응. 특이하지? 쟤네 부모님이 가톨릭 신자라서 그렇게 지어 주셨대."

"아, 그래. 너랑 친한 사이인가 보지?"

"글쎄, 친한가? 그건 잘 모르겠네."

종태는 정말 모르겠다는 듯 고개를 한쪽으로 기울였다. 머리통이 유난히 큼직한 놈이 그러니까 익살맞아 보였다.

내가 공격할 차례였다. 몸싸움으로는 도저히 상대가 안 되어서

골 밑으로 파고들 듯하다가 기습적으로 슛을 던졌다. 골인. 종태가 휙, 하고 휘파람을 불었다.

소피아는 여전히 그 자리에 앉아 있었다. 얼굴이 무표정한 걸 보면 딱히 농구가 재미있어서 보고 있는 것 같지는 않았다. 왜 저러는 걸까.

종태가 팔꿈치로 내 팔을 툭 쳤다.

"쟤 예쁘지?"

"아니, 예뻐서 본 게 아니라…….."

변명을 하려다가 그만두었다. 구차한 기분이 들었다.

종태가 다 안다는 듯 눈웃음을 쳤다.

"예쁘기는 한데 넘보지는 마. 저런 애는 그냥 멀리서 구경만 하는 거야."

"남자친구 있어?"

종태는 푸하하 웃었다. 그놈 정말 잘 웃네.

"아니, 그럴 리가. 쟤가 남자를 사귀면 해가 서쪽에서 뜰걸. 쟤는 성격에 좀 문제가 있어."

그야 뭐 나도 대충 눈치는 채고 있었다. 예쁜 애라서 처음 봤을 때부터 나도 모르게 자꾸 눈길이 갔는데, 그때마다 그녀는 혼자였다. 쉬는 시간에도 혼자 책을 읽고 있었고, 급식실에서도 혼자였다. 혼자가 아니었던 건 아까 종태와 함께 교실로 돌아왔을 때 잠깐뿐이었다.

무표정한 얼굴도 아침부터 그대로였다. 나하고 얘기할 때도 그녀는 잠깐 감정을 드러냈다가 표정을 지웠다. 생동감이 결여된 이상한 아이.

'지켜보려고.'

도대체 무슨 소리였을까. 지금도 그녀는 농구 시합이 아니라 나를 보고 있는 걸까.

그렇게 예쁜 여자애가 나를 지켜본다는 건 물론 가슴이 두근거리는 일이었다. 그러나 나는 바보가 아니었고, 그녀의 집요한 시선에 담긴 의미심장한 무언가를 놓치지 않았다. 그건 남자를 두근거리게 하는 그런 종류의 것은 아니었다.

어째 골치 아파질 것 같군.

예감이 안 좋았다.

시합은 10대 7로 내가 졌다. 사실상 10대 4로 진 거니까 변명할 수도 없는 참패였다. 나는 깨끗이 패배를 인정하고 콜라를 샀다. 우리는 운동장에서 함께 콜라를 마시고 교실로 돌아갔다. 소피아도 멀찌감치 거리를 두고 따라왔다.

그러고서 정규 수업이 끝날 때까지는 별일 없었다. 이 학교는 보충, 야자는 모두 자율 참가였다. 똥통에도 장점은 있다고 생각하며 교실을 나섰다.

나도 바보는 아닌지라 전학 첫날이 그렇게 무사히 지나갈 거라고 마음 놓고 있었던 건 아니었다. 이유야 어쨌든 나는 싸움을 하지 않았던가. 후환이 있을 것은 쉽게 예상할 수 있었다. 각오도 하고 있었다.

그러나.

"야, 얘기 좀 하자."

여섯 명이나 되는 놈들이 나를 가로막자 한숨이 나오는 건 어쩔 수 없었다.

젠장.

무지하게 버라이어티한 전학 첫날이다.

6

아까 나에게 맞은 세 놈에 처음 보는 것들 세 놈.

여섯 명 모두 나와 같은 1학년이었다. 그리고 놀랍게도 모두 똑같이 '양아치라면 역시 이런 모습으로 다녀야 하지 않겠어?' 하고 주장하는 것처럼 전형적인 양아치 행색을 하고 있었다. 진짜 양아치라도 저렇게 노골적인 양아치 행색은 창피해서 못 할 것 같다. 원, 희한한 것들.

놈들은 나를 둥글게 포위한 채 옥상으로 올라갔다. 옥상 문이 잠겨 있지 않을까 생각했는데 앞장선 놈이 발로 뻥 차자 문이 열렸다. 어처구니가 없어서 그 와중에도 피식 웃고 말았다.

"이 새끼가 쪼개네?"

아까 턱을 맞은 정범석이 눈을 부라렸다. 다른 놈들도 눈빛이 살벌했다.

옥상은 텅 비어 있었다. 놈들은 바로 본론으로 들어갔다.

"너 때문에 우리가 선배들한테 깨지게 생겼거든. 전학 온 놈이 설치고 다녔다는 걸 알면 선배들이 지랄을 할 거라고. 이거 어떻게 할래?"

정범석이 지껄이자 다른 놈들은 슬슬 몸을 푸는 시늉을 했다. 나는 책가방을 내려놓았다.

놈들이 바짝 긴장하며 싸울 자세를 취했다. 내 의도를 오해한 거였다. 나는 싸울 생각이 없었다. 대화를 시도해 볼 생각이었다.

"내가 어떻게 하면 될까?"

놈들은 저희들끼리 힐긋거렸다. 잠시 후 정범석이 말했다.

"액션 영화 한 편 찍게 해 주면 아까 일은 없었던 거로 해 주지."

"영화?"

내가 되묻자 이기태라는 놈이 휴대전화를 꺼내 들었다.

"아아, 촬영을 하시겠다고."

"걱정 마. 인터넷에는 안 올릴게. 우리 그렇게 나쁜 놈들 아니야. 그냥 아는 사람들끼리 모여서 조촐한 상영회를 열어 보려고."

그놈 참 말하는 거 하고는.

놈들의 영화에서 내가 맡을 역할이야 뻔했다. 역할이 뻔하니까 말이 안 통할 거라는 것도 뻔했다. 더 이상의 대화는 무의미하다.

자, 어쩌면 좋은가.

싸움은 몇 번 해 보았지만 여섯 명과 싸운 적은 없었다. 이를테면, 나는 인생 최대의 위기에 직면한 셈이었다.

나는 웃었다.

위기였는데도. 아니, 위기였기에.

"이 새끼가 또 쪼개?"

놈들이 주먹에 힘을 주기 시작했지만 나는 계속 웃었다.

뭐 이런가.

뭐가 이렇게 한심한가.

학생이라는 신분, 학교를 다녀야만 한다는 신세가 정말 뭐 이렇게 한심하고 우습단 말이냐.

나는 두 팔을 활짝 벌렸다.

"마음대로 해."

정범석이 즉시 내게 한 걸음 다가왔다. 주먹을 꽉 쥐고서. 얼굴은 흉측하기까지 한 웃음으로 일그러뜨린 채.

"우와아악!"

난데없는 비명.

깜짝 놀라서 돌아보니까 내 뒤에 서 있던 놈이 허공에 붕 떠 있었다. 공중 부양술? 순간 그렇게 생각했을 정도로 뜬금없는 상황이었다.

다시 보니까 누군가가 놈을 뒤에서 꽉 껴안은 채 들어 올리고 있었다. 프랑켄슈타인 영화에서 막 뛰쳐나온 듯한 거한이었다.

"김종태?"

종태는 나를 보고 활짝 웃었다.

"늦어서 미안. 다 같이 오느라고."

뭔 소리인지 묻기도 전에 종태는 들고 있던 놈을 확 던져 버렸다. 내 옆에 서 있던 놈을 향해서.

"어이쿠!"

"엄마야!"

'어이쿠'는 그렇다 치고, '엄마야'는 뭐야?

두 놈은 사이좋게 땅바닥에 널브러졌다. 나머지 네 놈이 얼이 빠져 있는 사이에 종태가 앞으로 척척 다가왔다. 뒤이어 문 너머에서 소피아가 나왔다.

"넌 또 어떻게……."

내가 말을 마치기도 전에 소피아의 뒤를 이어서 학생들이 우르르 몰려나왔다. 그들은 정범석 패거리를 둥글게 포위했다.

학생들은 모두 열 명이나 되었다. 소피아만 빼고 전부 남자였다. 이름표를 죽 훑어보니 1학년에서 3학년까지 다양하게 섞여 있었다.

"뭐야? 너희들 도대체 뭐야?"

정범석이 어쩔 줄 몰라 하며 소리쳤다. 다른 놈들도 "어, 어" 하면서 주위를 두리번거렸다. 학생들은 팔짱을 끼거나 혹은 땅을 툭툭 차면서 놈들을 바라보았다. 다들 히죽히죽 웃고 있었다.

문 너머에서 우렁찬 목소리가 들려왔다.

"우리가 뭐냐고?"

이윽고 한 남자가 어깨를 건들건들하며 나타났다.

학생……인 것 같다. 재킷을 걸치고 넥타이를 맨 게 일단 이 학교 교복 차림이기는 했다. 그러니까 학생이 맞는다는 건데 그 생김새나 풍기는 분위기는 학생 같지 않았다.

짧은 머리카락을 단정하게 빗어 넘긴 미남이었다. 은테 안경을 쓰고 있는데 무척 잘 어울렸다. 눈매가 매섭고 범석을 쏘아보는 눈빛도 베일 것처럼 날이 서 있다. 양복만 입으면 학생이 아니라 검사라고 해도 믿을 것 같았다.

다만 그 입가에는 경박한 웃음을 머금고 있었다. 당장이라도 소리 내어 낄낄거리고 싶다는 듯했다. 코를 경계로 위와 아래가 두 개의 인격으로 나뉜 것 같았다.

이름표에는 '3학년 4반 고명성'이라고 적혀 있었다.

명성이 뒷짐을 지고 서서 말했다.

"네가 신입생이라서 아직 잘 모르는 모양인데, 이 학교에서는 함부로 설치고 다니면 안 된다. 왜냐하면 이 학교에는 우리가 있거든."

범석이 악을 썼다.

"너희가 뭔데! 도대체 뭔데 갑자기 나타나서 사람을 패!"

"팬 건 아니지. 집어 던졌을 뿐이지. 맞지?"

명성이 종태를 돌아보았다. 종태는 고개를 끄덕였다. 종태 때문에 쓰러진 두 놈은 아직도 일어서지 못하고 주위의 눈치만 살피는 중이었다. 둘 다 표정이 멍했다.

명성이 말했다.

"이런 찌질한 자식들아. 셋이서 하나를 못 당해? 그러고도 모자라서 이번에는 여섯 명이나 달려들어? 이것들아. 악당 노릇도 좀 폼 나게 해야지. 이게 만화였으면 너희들은 이름도 안 나오는 엑

스트라였을 거다. 웹툰이었다면 이런 놈들 짜증 나니까 등장시키지 말라는 댓글이 달렸을 거야.”

“그래서 뭐? 너희랑 무슨 상관인데? 너희가 무슨 정의의 용사라도 돼?”

명성은 그 소리에 배를 잡고 웃었다.

“우하하하! 저놈 자식 웃기네. 정의의 용사? 야, 이 자식아. 지금 21세기거든?”

명성의 동료……라고 해야 하나? 아무튼 그들은 소피아만 빼고 모두 웃음을 터트렸다. 소피아는 웃는 대신 냉랭한 표정으로 콧방귀를 뀌었다.

기껏 힘주고 물어봤는데 돌아온 반응이 이 모양이라니. 범석은 딱하기까지 한 얼굴로 또 물었다.

“그럼 너희들이 도대체 뭔데?”

명성이 두 손을 좌우로 뻗어 동료들을 가리켰다.

“우리는 OHSC 멤버들이다.”

“OHSC? 그게 뭐야?”

“우수고등학교 스트레스클리닉!”

“엥?”

범석이 아니라 내가 낸 소리였다. 나는 두 눈을 휘둥그렇게 뜨고 명성을 바라보았다.

명성은 보란 듯이 팔짱을 꼈다. 잘생기고 키도 훤칠해서 그런 자세가 멋지게 보였다. 당당하기도 했다. 문제는.

"SC는 이 똥통 학교를 다니느라 스트레스가 쌓인 학생들을 위해 스트레스의 원인을 제거하는 활동을 한다. 주된 활동은 바로 너희 같은 놈들을 혼내 주는 거지! 스트레스 쫙 풀리거든! 카하하 핫!"

……이거 분명히 제정신이 아니다.

명성의 웃음소리를 들으며 뒤늦게 깨달았다. 똥통에는 똥만 든 게 아니었다는 것을. 비누도 있고 프랑켄슈타인도 있고 심지어 미친놈도 있다.

나는 정말 끝내주는 학교에 전학 온 것이었다.

2장
내 스트레스는 내가 알아서 합니다

1

"SC는 어땠어?"

나는 깜짝 놀라서 담임을 바라보았다.

선생 입에서 SC라는 소리가 나오다니. 더구나 이런 장소, 이런 상황에서. 나는 얼른 입을 열 수가 없었다.

비누와 프랑켄슈타인과 미친놈을 만나고 그다음 날이었다. 1교시 끝나고 쉬는 시간에 책을 읽는데 교내 방송에서 나를 찾았다.

"1학년 3반 오자서 학생. 상담실로 오도록."

그럼 그렇지. 나는 한숨을 내쉬며 일어섰다. 어제 그런 일이 있었는데 조용히 지나갈 리가 없다.

종태가 말했다.

"상담실은 본관에 있어. 교무실 옆이니까 찾기 쉬울 거야."

놈은 내가 상담실에 불려 가는 게 재미있는지 히죽히죽 웃어 댔다. 왜 종태는 안 부르는 걸까? 나 먼저 부르고 다음에 부르려는 걸까. 그런 생각을 하면서 본관으로 향했다.

담임이 상담실 소파에 다리를 꼬고 앉은 채 나를 기다리고 있었다. 다른 사람은 없었다.

담임의 이름은 박연희였다. 나이는 모르지만 아마 20대 후반쯤 되지 않았을까. 꽤 미인이지만 턱이 좀 크고 단단해 보인다. 눈썹도 짙다. 호탕하게 생겼다고 할까, 한성질하게 생겼다고 할까. 아무튼 만만한 사람이 아니라는 건 첫눈에 알아볼 수 있었다.

내가 인사를 하자 담임이 말했다.

"뭐 마실 거라도 줄까?"

"됐습니다."

"선생님은 녹차를 마시고 싶은데, 그러지 말고 너도 한잔 마셔. 나 혼자 마시기도 좀 그렇잖아? 아, 요즘 애들한테 녹차는 안 맞으려나? 커피 줄까?"

"그럼 녹차 주세요."

담임은 미리 끓여 둔 물로 녹차를 우려냈다. 티백이 아니라 잎차였다. 찻잔도 진짜 다기였다. 수색(水色)이 투명하고 향기도 좋았다.

"감사합니다."

선생님이 직접 차까지 우려내어서 주었으니 인사를 하기는 했는데 사실 당혹스러웠다. 이거 도대체 무슨 상황이야?

나는 혼날 각오를 하고 온 참이었다. 시비는 저쪽에서 먼저 걸었지만 때린 건 내가 먼저다. 빼도 박도 못하는 사실이었다.

부모님 모셔 와라, 맞은 애들 부모가 고소한다고 난리다, 어쩌고저쩌고.

뭐 그딴 소리를 들을 각오를 하고 있었던 건데. 도대체 뭐냐, 이 상황은.

"안 마셔?"

"아, 예."

찻잔을 두 손으로 들고 먼저 향을 맡은 후 한 모금 입안에 머금었다. 조심스럽게 혀를 움직여 찻물의 질감을 느껴보고 조용히 삼켰다. 입을 다문 채 코로 숨을 쉬며 입안에 남은 향을 즐겼다.

꽤 좋은 차다. 아마도 작설이 아닐까.

학교에서 설마 이렇게 좋은 차를 대접받을 줄은 몰랐다. 점점 더 혼란스러워졌다. 아니 그러니까 이게 무슨 상황이냐고.

담임이 내가 하는 양을 보고 싱긋 웃었다. 송곳니가 살짝 드러났다.

"다도를 배웠나 보네?"

"예."

"놀랍네. 요즘 세상에 다도를 아는 고등학생이 있다니."

"할아버지가 차를 좋아하셨습니다."

"아, 할아버님께 배웠구나."

담임은 알겠다는 듯 고개를 끄덕였다. 나는 속으로 외쳤다. 이제 그만 본론으로 들어가라고! 기껏 불러다 놓고 차나 대접해 주고 이게 대체 뭐 하는 짓이야!

내 외침이 들리기라도 했는지 담임이 드디어 본론을 꺼냈다.

"어제 일 들었어. 세 명하고 싸웠다면서?"

"싸웠습니다."

"그리고 방과 후에 옥상으로 끌려갔고."

"예."

"그다음에 SC 멤버들을 만났지."

나는 움찔했다.

"그래서, SC는 어땠어?"

담임은 여전히 웃고 있었다.

2

침묵이 한 일 분은 흘렀던 것 같다. 나는 겨우 입을 열었다.

"SC를 아세요?"

"알지. 내가 문학부 지도교사거든. 걔들, 문학부로 위장하고 있잖아."

그렇다. 그건 위장이었다.

어제 일이다. 액션 영화를 찍고 싶어 하던 놈들이 달아난 다음, 나는 자칭 SC 멤버라는 것들과 함께 별관으로 갔다. 1층 오른편 맨 끝, 그러니까 구석 자리에 '문학부'라는 문패가 붙은 부실이 있었다.

똥통에 무슨 문학부가 다 있나 싶었지만 놀라지는 않았다. 이미 비누와 프랑켄슈타인과 미친놈을 만난 참이었다. 더 놀랄 정신도 없었다.

명성이 문패를 자랑스럽다는 듯이 두드렸다.

"여기가 우리의 아지트야."

"아지트?"

"학교에서 활동하고 있는데 당연히 학교 안에 거점이 있어야 할 거 아니야. 다행히 이 똥통에는 문학에 관심 있는 학생은 거의 없거든. 이 부실도 문패만 달아 놨을 뿐이지 사실은 창고처럼 쓰이고 있었어. 그걸 우리가 차지했지."

SC 멤버들이 먼저 안으로 들어갔다. 나는 잠깐 머뭇거리다가 따라갔다.

이게 도대체 무슨 별천지냐.

넓이는 교실 정도일까. 부실치고는 결코 좁은 게 아닌데도 좁게 느껴졌다. 온갖 잡다한 것들이 들어차 있었기 때문이다.

부실은 대충 세 구역으로 나뉘었다.

먼저 책상과 책장이 있는 구역이 눈에 띄었다. 책상은 교실에서 쓰는 그런 게 아니라 커다란 원탁이었다. 의자들이 보기 좋게 정리되어 있고, 책상 바로 왼쪽에는 책장 두 개가 벽에 붙어 있었다. 명색뿐이기는 하지만 어쨌든 문학부라서 그런지 책들이 빼곡했다. 원탁과 책장 때문에 그 공간만은 부실이라기보다는 무슨 회의실처럼 보였다.

회의실 너머에는 휴게실이 있었다. 고물상에서 얻어 온 것 같은 구멍 뚫린 소파가 한가운데를 떡하니 차지하고 있었다. 그 앞에는 작은 탁자가 있고, 탁자 위에는 게임 패키지와 만화책이 수북하게 쌓여 있었다. 탁자 앞에는 또 TV와 게임기가 구비되어 있었다.

마지막으로 체육실이 있었다. 아령, 역기, 악력기에 푸시업 바, 케틀벨, 벤치프레스 등등. 다양한 운동기구가 교실 끄트머리에 진열되어 있고, 바닥에는 매트도 깔려 있었다.

각 구역을 구별하는 선이나 칸막이 같은 건 없었다. 부실은 뻥 뚫려 있었다. 뻥 뚫린 하나의 공간이 세 개의 구역으로 분명히 나뉘어 있다니 놀라운 일이었다. 서로 뒤섞이게 되는 게 자연스럽지 않은가?

내가 부실을 둘러보는 사이, SC 멤버들은 회의실을 지나 휴게실로 혹은 체육실로 달려갔다.

"야, 게임 하자!"

"붙어! 붙어! 피자 내기!"

"피자 살 돈도 없는 자식이."

"오늘은 벤치프레스 200킬로그램에 도전할 테다."

"웃기네. 넌 저리 가서 5킬로그램짜리 아령이나 갖고 놀아."

내 옆에 남은 건 세 명뿐이었다. 비누와 프랑켄슈타인과 미친놈. 미친놈…… 아니, 명성이 원탁 앞에 앉으며 말했다.

"다들 앉지. 앉아서 얘기 좀 하자고."

소피아와 종태가 명성의 좌우에 앉았다. 나는 명성과 마주 보고 앉았다.

명성이 뒤에 있는 멤버들을 돌아보며 말했다.

"야, 누구 마실 거 가진 사람 없어? 없으면 누가 좀 사 와."

당장에 욕설이 날아왔다.

"미친놈. 목마른 놈이 가서 사 와."

"사람이 게임 좀 하겠다는데 방해하지 마라."

명성이 목소리를 높였다.

"이것들아! 손님이 왔는데 대접은 해야 할 거 아냐!"

"지랄하네."

"선배! 나 운동해야 하니까 시끄럽게 좀 하지 마요."

멤버들은 명성을 쳐다보지도 않았다. 여기저기서 키들키들 웃는 소리가 들려왔다. 명성이 머리를 확 헝클어뜨렸다.

"어휴, 이 망할 것들. 미주가 있어야 되는 건데 오늘따라 없네."

이윽고 명성은 헛기침을 하고는 내게 시선을 주었다.

"미안하지만 마실 것도 못 내주겠군."

그가 정말 미안해하는 것 같아서 나는 황당했다. 아니 지금 마실 거 타령할 때야?

"괜찮습니다. 그보다 얘기를 듣고 싶은데요."

"응? 아, 그래. 궁금한 게 많겠지. 다 설명해 줄게. 근데 그 전에 하나만 물어보지. 이 학교가 똥통이라는 건 알고 있어?"

"알고 있습니다."

"학교는 원래 스트레스가 쌓이기 쉬운 장소지. 모르긴 해도, 학생들이 받는 스트레스의 태반이 학교에서 일어난 일이 원인일 거……"

게임을 하던 멤버들이 소리를 질렀다.

"아싸! KO!"

"아, 이 자식. 생긴 것도 얍실하게 생겨 가지고 게임도 꼭 생긴 것처럼 해요."

"패자는 닥치시고. 자, 다음 누구야? 다 덤벼! 오늘 손가락 컨디션 쩐다. 죄다 박살을 내 주마."

"크흠!"

명성이 헛기침을 하더니 다시 말을 이었다.

"그러니까 말이지, 내 말은. 학교에서 일어나는 온갖 일들이 학생들에게 아주 큰 스트레스를 주어서……"

이번에는 체육실에서 고함이 들려왔다.

"야, 야! 내 근육 좀 봐. 이 우람한 이두근과 삼두근. 숀 리 같지 않아?"

"미친놈. 멸치에 혹 달린 것 같다."

"으라차차! 벤치프레스 200킬로그램 성공!"

"그거 50킬로그램이거든?"

명성은 말을 하다 말고 고개를 푹 떨궜다. 그러거나 말거나, 멤버들은 신이 나서 계속 떠들어 댔다. 시장 바닥도 이보다는 조용하겠다 싶었다.

명성이 내게 양해를 구했다.

"잠깐만."

그는 자리에서 일어나 심호흡을 했다. 어깨가 들썩거렸다.

이윽고 터져 나온 노호.

"야 이것들아아아아아!"

처음 봤을 때부터 목소리가 우렁차다 싶더니 역시나였다. 멤버들이 갑자기 찬물을 맞은 것처럼 입을 다물고 그를 돌아봤다. 다들 눈이 동글동글했다.

"지금 우리 대화하는 거 안 보여! 중요한 후배를 데려다가 대화하고 있잖아! 근데 너희들은 명색이 SC 멤버라는 것들이 대화에 참여는 안 하고 시끄럽게 떠들어 대고 자빠졌냐! 대화에 참여하든 가 아니면 나가든가 해!"

멤버들이 우우, 야유를 했다.

"아, 그놈 자식 성질은."

"선배, 생리해요?"

"야, 누가 약 좀 챙겨라. 쟤 약 먹을 때 됐나 보다."

"나가! 이 망할 것들아! 당장 나가!"

명성이 발을 쿵쿵 굴렀다. 멤버들은 서로를 보며 느물느물 웃어 대더니 하나둘 일어섰다. 게임을 하던 이들은 게임기와 TV를 끄고 패키지를 정리했다. 운동을 하던 이들도 운동기구를 깔끔하게 정리했다. 시끄럽게 까불거리던 것과는 달리 정리 하나는 착실하게.

이윽고 그들은 뒷문으로 우르르 몰려나갔다. 그러면서 다들 한 마디씩 했다.

"야, 피시방 가자. 피시방."

"그러지 말고 우리 집에 가서 야동 보자."

"아, 근육 좀 키워야 하는데. 조금만 더 키우면 완전 슌 리 되는 건데."

"명성아, 그럼 뒷일은 맡긴다."

"소피아랑 종태는 안 가? 귀찮은 건 명성이한테 맡기고 가자. 우리 집에 갈래?"

3학년생 하나가 나가다 말고 이쪽을 보며 말했다. 소피아가 눈을 흘겼다.

"선배, 방금 전에 야동 보자고 하지 않았어요?"

"아니, 물론 소피아가 온다면 안 보지. 우리의 여신님께서 왕림해 주신다는데 그런 걸 볼 리가 없지."

"그거 성희롱이에요."

3학년생은 겸연쩍은 듯 뒤통수를 긁으며 히히 웃었다. 소피아는 흥, 하면서 고개를 돌렸다. 종태가 말했다.

"먼저들 가세요. 저희는 자서랑 얘기 좀 하고 갈게요."

"그래, 그럼 내일 보자. 야, 고명성. 후배 대접 잘해라."

명성이 원탁을 쾅 내려쳤다.

"시끄러워. 귀찮다고 그냥 가는 주제에."

3학년생은 혀를 날름하고는 복도로 달려갔다.

시끄러운 것들이 모두 사라진 다음에야 명성은 다시 자리에 앉았다. 소리를 질러서 그런지 얼굴이 벌겋다.

"자, 그럼 이제 진짜 얘기 좀 해 보지."

"예, 제발 그러시죠."

"내 말은 학생들이 스트레스를 너무 많이 받아서 큰일이라는 거야. 좋은 학교 다니는 애들도 그런데 이런 똥통에 빠진 애들이야 말할 것도 없지. 아, 하나만 더 물어보지. 몇 년 전에 우리 학교 학생 세 명이 죽었다는 거 알아?"

나는 고개를 저었다. 그것까지는 미처 몰랐다. 그렇다고 새삼스럽게 놀랄 일도 아니었고.

"두 명은 자살했어. 둘 다 일진들에게 시달렸는데 하나는 아파트 베란다에서 뛰어내렸고 다른 애는 자기 방에서 목을 맸지. 나머지 하나는 사고사. 나랑 같은 반이었어. 중학교 때부터 좀 놀던 애였지만 나쁜 애는 아니었어. 근데 이 학교 들어오더니 주위 환경이 그래서 그랬는지 폭주족이 되었어. 어느 날 술 마시고 오토바이 타다가 전봇대를 들이받았지. 헬멧도 안 쓴 채."

다시 말하지만, 새삼스럽게 놀랄 일은 아니었다. 나만 아니라 이 자리의 모두가 담담한 얼굴이었다.

"세 사람이 죽은 다음 선배님 두 분이 이런 생각을 했지. 이대로는 안 되겠다. 우리나라 현실상 학생은 학교에서 살다시피 해야 하는데 학교가 이 모양이면 어떡하느냐. 스트레스를 감당할 수가 없지 않으냐. 우리 학교는 보충과 야자는 자율 참가지만 정규 수업만으로도 하루 종일 학교에 있어야 하잖아. 수업이 끝나도 학생이라는 신분은 끝나지 않고. 교복을 벗어도 그래. 학생은 어디까지나 학생. 그게 이 사회의 상식이지. 근데 학교가 이 모양이라고. 이거 좀 심하잖아? 누가 어떻게든 해야 하지 않겠어?"

"경찰은요? 그 사람들이 죽었을 때 경찰은 뭘 했나요?"

내가 묻자 명성은 도끼눈을 떴다. 원래 눈매가 매서운 사람이라 눈빛도 날카로웠다.

"경찰? 이봐, 후배. 난 지금 대한민국의 학교와 학생들 이야기를 하는 중이라고. 경찰이 도움이 될 것 같아? 아, 그래. 언제부터인가 학교 폭력이니 뭐니 해서 이 나라가 시끌시끌하기는 하지.

높으신 분들이 돌아가며 한 말씀씩 하시고 언론에서도 떠들어 댔지. 근데 그래서 달라진 게 뭐 있던가? 아무것도 없어. 정치가도 언론도 경찰도, 심지어 부모도 다 마찬가지야. 다들 입만 살아서 나불대지 상황을 바꿀 힘은 없어. 혹은 바꿀 생각이 없거나."

나는 감히 반박할 수 없어서 조용히 고개를 끄덕였다.

명성이 잠깐 한숨을 내쉬고는 말을 이었다.

"그래서 지금은 졸업하고 없는 선배님들이 학교 안에서 스트레스클리닉을 열었지. 물론 말이 좋아서 클리닉이지 진짜 클리닉은 아니야. 의사도 없고 약도 없어. 하지만 효과는 있어. 창립 멤버이기도 한 내가 보증할 수 있어. 우리는 학교 안에서 학생들이 받는 다양한 스트레스의 원인을 제거하는 활동을 하고 있어. 학생들이 스트레스를 조금이라도 풀고서 학교생활에 적응할 수 있도록 말이야. 동시에 우리의 스트레스도 풀고 있지. 진짜 의사는 없지만 굳이 따지자면 우리 멤버 모두가 의사인 셈이지. 동시에 환자이기도 하고."

"그럼 아까 저를 도와주신 것도 스트레스의 원인을 제거하는 활동이었나요?"

"맞아. 학교에 양아치가 하도 많아서 우리의 주된 활동은 아까 같은 거야. 싸우는 거. 다른 활동도 하지만."

"클리닉이라는 건 치료가 필요한 사람이 찾아가는 데잖아요?"

"그렇지."

"저는 스트레스를 그렇게 심하게 받지도 않았고, 먼저 여기 찾아오지도 않았는데요?"

명성은 팔짱을 끼면서 씩 웃었다. 바로 그 말을 기다렸다는 것 같았다.

"우리는 너를 지켜보고 있었어. 이유는 말하지 않아도 알겠지?"

젠장. 나는 원탁 밑에서 슬그머니 주먹을 쥐었다.

"지켜보고 있었다니 기분 나쁠지도 모르겠군. 이해해 주기 바라. 유명한 외국어고등학교 학생이 그런 사고를 쳤고, 인터넷에도 소문이 퍼졌는데 관심이 생기는 게 당연하잖아. 뭐, 솔직히 말하자면 우리는 네가 또 사고를 칠 거라고 생각했어. 꼴통 하나가 전학 왔구나 싶었던 거지. 근데 의외로 너는 조용하더군. 처음에는 전학 첫날이라서 그런 건가 싶었는데 소피아가 말하기를……."

그러면서 명성은 소피아 쪽으로 손을 내밀었다. 소피아가 무표정한 얼굴로 말했다.

"너는 양아치들이 시비를 걸어와도 섣불리 싸우려고 하지 않았어. 내가 위험해지니까 그제야 싸웠지. 그리고 종태가 너를 상대해 보고는."

소피아는 종태를 향해 손을 내밀었다. 무슨 바통을 넘기는 것 같다.

종태가 헤벌쭉 웃으며 말했다.

"알고 보니까 너 괜찮은 놈 같더라고. 난 소피아나 선배님들과 달리 머리가 나빠서 어려운 건 잘 몰라. 하지만 농구를 해 보면 상대가 어떤 성격인지 대강 알 수 있거든. 몸을 부딪쳐 가며 겨루다

보면 본성이 나와. 난 네가 괜찮은 놈이라고 생각했어."

"그래서 아까 도와준 거야?"

"아, 그건."

종태는 명성에게 손을 내밀었다. 바통이 한 바퀴 돈 셈이었다.

"네가 괜찮은 놈이 아니더라도 어차피 싸움은 말릴 생각이었어. 너를 위해서가 아니라 그 건방진 신입생들이 설치지 못하도록. 물론 우리가 스트레스를 풀려는 의도도 있었지. 스트레스 푸는 데는 뭐니 뭐니 해도 사람 패는 게 제일이잖아?"

위험한 소리를 지껄여 놓고서 명성은 큰 소리로 웃어 댔다.

나는 잠시 머릿속으로 생각을 정리해 보고는 말했다.

"평소에도 그런 일이 있으면 다들 나서나요?"

"모든 경우에 나서는 건 아니야. 그건 물리적으로 불가능하지. 두 가지 조건이 있어. 가해자와 피해자가 뚜렷한 경우, 피해자가 스트레스를 심하게 받아서 위험할 정도인 경우. 넌 스트레스를 별로 안 받았다고? 그럼 오늘 일은 좀 특이한 경우였다고 하지."

"그러니까 여러분은 나쁜 놈들이 설치지 못하도록 막고 약한 학생들을 지켜 주는 거군요."

"그렇게 말할 수도 있지. 우리는 스트레스의 원인을 제거했다는 표현을 선호하지만."

"물론 그런 활동은 공개적으로 할 수는 없겠죠?"

"대부분의 경우에는 은밀하게 하지. 아까처럼 소란을 피울 때도 가끔 있지만."

"비밀을 지켜야 한다는 거군요. 근데 저한테 그렇게 솔직하게 얘기해 주셔도 되는 건가요?"

"넌 외고 다니던 우등생이었잖아. 머리는 좋을 텐데?"

"저더러 SC에 가입하라는 거군요."

"바로 그거야."

명성이 오른손으로 내 가슴을 척 가리키며 한쪽 눈을 찡긋했다. 어이쿠, 징그러워라.

"왜 하필 저죠?"

"두 가지 이유가 있어. 우선 우리는 인재가 부족해."

"부족하다고요? 열 명이나 되면서?"

"사실은 그보다 많아. 정확히 몇 명인지는 비밀. 물론 네가 우리 멤버가 된다면 다 가르쳐 주겠지만. 아무튼 우리가 하는 일이 그렇다 보니까 인재는 많을수록 좋아. 너도 짐작할 수 있겠지만 SC를 운영하는 건 어려운 일이라고. 넌 외고 출신의 우등생이고 주먹질도 제법 하지. 성격도 나쁘지 않은 것 같아."

"제가 전에 다니던 학교에서 무슨 사고를 쳤는지 다 아시잖아요?"

"알아. 그게 바로 두 번째 이유야."

나는 한숨 섞어 말했다.

"저를 곁에 두고 감시하겠다는 뜻이군요."

"기분 나쁘겠지. 하지만 넌 학생이 저지를 수 있는 최악의 사고라고 할 수 있는 짓을 저질렀어. 너에게도 나름대로 이유가 있었다는 건 알아. 그렇다고 우리가 완전히 안심할 수는 없어. 그리고 이건 너를 위한 일이기도 해."

"저를 위한?"

"우리는 말 그대로 스트레스클리닉이니까. 우리 멤버가 된다는 건 클리닉에서 제공하는 치료를 받을 수 있다는 뜻이기도 해. 너도 그동안 학교에서 스트레스 많이 받았잖아. 그래서 그런 일도 저지른 거잖아. 갑자기 이런 제안을 받아서 당혹스럽겠지만 마음을 탁 트면 어떨까? 우리와 함께 하자. 네 스트레스도 풀고, 다른 학생들의 스트레스도 풀어 주는 거야. 어때?"

나는 세 사람을 죽 둘러보았다. 명성과 종태는 웃음을 머금은 채, 소피아는 냉랭한 표정으로 내게 시선을 고정해 두고 있었다.

겉보기에는 모두 멀쩡한 애들 같다. 생긴 게 튀는 애들이 있기는 하지만 기본적으로는 평범한 학생들이다. 똥통에 빠져 있는 똥덩어리 같지는 않았다.

겉보기에는 말이다.

"이야기는 잘 들었습니다. 그럼 이제 제 솔직한 생각을 말씀드리죠."

다들 귀를 쫑긋하는 것 같은 얼굴로 내 말을 기다렸다. 나는 잠깐 심호흡을 하고 내뱉었다.

"여러분 모두 미친 것 같군요."

담임은 흥미롭다는 듯이 웃고 있었다.

나는 그제야 깨달았다. 이 사람이 실없이 웃는 게 아니라는 것을.

담임은 내가 한 짓을 재미있어하는 것이었다. 요놈 하는 짓 좀 봐라, 뭐 그런 식의 웃음.

"너 SC 애들한테 대놓고 그랬다면서? 다들 미쳤다고."

"미친 것 같다고 했는데요."

"그게 그 소리지."

나는 어깨를 으쓱했다. 담임이 차를 한 모금 마시고는 찻잔을 탁자에 내려놓았다.

"SC의 존재를 알았으니 놀라고 당황스러웠겠지. 다른 애들도 처음에는 그랬어. 그래도 미쳤다는 소리를 대놓고 한 건 네가 처음이야."

"제가 좀 욱하는 성격이라서요."

"그렇겠지. 그러니까 사고도 쳤겠지. 전에 다니던 학교에서."

젠장. 남의 아픈 데를 찌르네. 내가 먼저 얘기를 꺼낸 셈이라 항의할 수도 없었다. 화제를 돌리기로 했다.

"그보다 선생님은 SC의 존재를 아시면서 왜 그냥 놔두십니까?"

"응? 그럼 어쩌라고?"

얼씨구. 기가 막혀서 고함을 칠 뻔했다. 간신히 목소리를 억눌렀다.

"설마 학교에서 SC를 인가해 줬을 리는 없지 않습니까. 문학부로 위장하고 비밀리에 활동하고 있는 것 아닙니까. 선생님이 어떻게든 하셔야 하는 거 아닌가요?"

"아니 그러니까 뭘 어쩌라고."

담임은 조금 전의 나처럼 어깨를 으쓱했다.

"말이 좋아서 스트레스클리닉이지 사실상 일종의 자경단입니다."

"그렇지. 그러니까 그냥 놔두는 거야."

"예?"

"이 학교가 왜 똥통이라고 생각해? 학생들에게 문제가 많아서? 그것도 사실이지. 하지만 진짜 이유는 스트레스야. 스트레스가 바로 똥이라고. 똥은 더럽고 냄새나는 거지. 하지만 사람이든 짐승이든 똥은 눠야 해. 누구나 스트레스를 받는 것과 마찬가지로. 스트레스받지 않으면서 살 수는 없어. 똥통에 똥이 가득 차서 넘칠 지경이면 누군가가 똥을 치워야 하고."

그건 어제 명성이 했던 바로 그 말이었다.

4

"미친 것 같다고?"

명성은 안경을 슥 밀어 올리며 되물었다. 화난 것 같지는 않았다. 한번 들어 보자는 표정이었다.

"왜 그렇게 생각하는지 이유를 들려줄래?"

"선배님처럼 저도 두 가지 이유가 있습니다. 첫째. SC의 존재 자체를 믿을 수가 없어요. 학교 안에 학생들이 만든 스트레스클리닉이 있다는 게 도대체 말이 됩니까?"

"여기 SC 멤버들이 이렇게 모여 있는데도 그런 소리를 해?"

"여러분이 다 짜고서 저를 가지고 노는 걸 수도 있죠."

"거참 의심도 많네."

명성과 종태는 못 말리겠다는 듯 쿡쿡 웃었다. 심지어 소피아도 냉소를 머금었다. 나는 조금 발끈했다.

"SC라는 게 정말로 있다고 치죠. 예, 그래요. 학생들이 잠깐 머리가 어떻게 돼서 그런 걸 만들 수도 있겠죠. 그렇다고 학교에서 그걸 그냥 놔두겠습니까? 말이 안 되잖아요."

명성은 차분하게 대답했다.

"학교에서는 몰라. 공식적으로는."

"공식적으로는?"

"그런 게 있어. 자세한 건 비밀이야. 그리고 학생들도 대부분은 우리의 존재를 몰라. 네 말대로 우리의 존재는 말이 안 돼. 적어도 바깥세상의 상식으로는 말이야. 그러니까 아까 말했잖아. 되도록 은밀하게 활동하고 있다고. 자, 그럼 두 번째 이유는?"

"아까 학생들을 도와준다고 하셨죠?"

"그래. 스트레스에 짓눌려 신음 중인 학생들을 말이야."

"결국 여러분은 정의를 지키겠다고 나선 것 아닌가요? 정의의 용사 행세를 하는 거 아니냔 말입니다."

그게 두 번째 이유였다.

스트레스클리닉이니 뭐니 하지만 결국 그들이 하는 짓은 그런 것 아닌가. 정의의 용사가 된 기분으로 같은 학생들에게 폭력을 휘두르는 것. 나는 그게 마음에 들지 않았다. 아니, 끔찍스러웠다.

아까도 그들은 폭력을 휘둘렀다. 뭐 심하게 때린 건 아니었다. 어쨌든 놈들은 제 발로 도망쳤으니까. 하지만 때린 건 때린 거다.

명성의 반응은 나를 조금 놀라게 했다.

"정의?"

그는 그렇게 되물으며 픽 웃었다. 공기가 얼어붙을 것 같은 차가운 웃음이었다.

"지금은 21세기야. 무슨 얼어 죽을 정의 타령이야?"

"그럼 정의감 없이 그런 일을 하는 건가요?"

"없어."

명성은 딱 잘라 말했다. 종태와 소피아도 동의한다는 듯 고개를 끄덕거렸다.

"우리는 SC야. 스트레스클리닉이라고. 학생들의 스트레스를 해소해 주는 것뿐이야. 도대체 정의라는 게 뭐지? 그런 게 세상에 존재하기는 하나? 있을지도 모르지. 하지만 학교에는 없어. 나도 학생이라서 단언할 수 있어. 학교에 정의는 없다고. 있는 건 스트레스를 발생시키는 수많은 요인과 스트레스를 이겨 내지 못하고 타락하거나 자살하는 학생들뿐이야. 우리는 그 스트레스에 대응하는 거야."

명성이 두 팔을 활짝 벌렸다.

"이 학교가 왜 똥통이라고 생각해? 똥이 뭐라고 생각해? 바로 스트레스야. 스트레스가 가득 차서 넘치고 있다고. 누군가는 치워야 해. 치우지 않으면 우리가 괴로워. 이 똥통 안에 있는 우리가 말이야."

나는 아무 말도 하지 않았다. 명성이 잠깐 간격을 둔 다음 물었다.

"마음에 안 들어? 우리가 정의를 내세우지 않는 게?"

"그런 건 아닙니다."

나도 정의가 무엇인지 모르기는 마찬가지다. 그런 게 있는지 없는지도 모르겠다. 정의를 생각해 봐야 혼란스럽기만 하다.

"솔직히 말씀드리면…… 정의를 내세우지 않는 건 오히려 마음에 들었습니다. 저는 정의를 내세우는 사람을 신뢰하지 않습니다. 자기가 정의롭다고 믿고 폭력을 휘두르는 인간을 혐오합니다."

그건 나 자신에게 들려주는 말이기도 했다.

나는 나를 혐오한다.

젠장.

"그럼 우리와 함께해도 되지 않겠어?"

명성이 그렇게 말하며 손을 뻗어 왔다. 나는 그 손을 바라보며 생각에 잠겼다.

당장이라도 이 손을 잡는다면 나도 SC 멤버가 될 것이다. 학교에서 쌓이는 스트레스에 대응할 수 있는 방법이 생길 것이다. 그게 아니라면 적어도 방법을 찾으려고 함께 고민해 주는 동료들은 생길 것이다.

하지만.

5

"거절했다며?"

담임이 물었다.

나는 묵묵히 고개를 끄덕였다. 담임이 찻잔을 입으로 가져갔다. 그녀는 소리도 내지 않고 차를 마셨다.

이윽고 담임이 찻잔을 내리고 말했다.

"왜 그랬어?"

"정신 나간 사람들과 어울리고 싶지 않았거든요."

담임은 킥킥거렸다.

"틀린 말은 아니군. 제정신이라면 학교 안에서 그런 짓을 하지는 않지."

"그렇게 생각하시면서 SC를 그냥 놔두십니까?"

"말했잖아. 똥 치울 사람이 필요하다고."

"왜 학생들이 그런 일을 해야 하죠?"

"아니면 누가 할까? 학교에서 할까? 하고는 있지. 내 입으로 말하기 뭐하지만, 나도 그 똥 치우는 일을 나름대로 열심히 하고 있어. 하지만 한계가 있지. 여기는 학교니까. 그것도 똥통 학교니까. 학생들의 힘이 필요해. 자발적인 힘."

"그 사람들은 학생의 본분을 넘어선 일을 하고 있습니다."

"학생의 본분? 누가 외고 다니던 우등생 아니랄까 봐 딱딱한 소리를 하네?"

담임은 또 킥킥거렸다. 나는 얼굴이 화끈거려서 고개를 돌렸다.

할아버지 때문이다. 할아버지에게 영향을 많이 받아서 나도 모르게 요즘 애들 같지 않은 소리를 할 때가 종종 있다.

"학생의 본분을 지키고 싶었다는 거야? 그래서 거절한 거야?"

"그렇다기보다는……."

"보다는?"

"그 사람들을 신뢰할 수가 없었습니다."

담임은 잠깐 생각해 보고는 말했다.

"어째서냐고 물으면 우문이려나? 어제 막 만난 애들을 그렇게 쉽게 신뢰할 수는 없겠지. 더구나 평범한 애들도 아니고 정신 나간 것들이니까."

나는 고개를 끄덕였다.

"말이 좋아서 스트레스클리닉이지 그 사람들이 하는 짓은 결국 폭력입니다. 그 사람들은 어제 여섯 명의 학생들을 폭행했습니다. 그러고서 그게 스트레스의 원인을 제거하는 활동이었다고 주장했다고요."

"너를 도와준 건데?"

"그건 고맙게 생각합니다. 하지만 아무리 고마워도 폭력을 폭력이 아니라고 할 수는 없습니다."

"너도 싸웠잖아."

"예, 폭력을 휘둘렀죠. 그래서 그 대가를 치를 각오를 하고서 여기 온 겁니다."

담임은 나를 물끄러미 보았다. 나는 그녀의 시선을 정면으로 받아 내었다.

"제가 틀린 말이라도 했나요?"

"아니, 네 말이 옳아. 다만 네가 그런 소리를 하는 게 이상해서."

"문제아 주제에 입바른 소리를 하고 있다 이거군요."

"솔직히 말해서 그래."

담임이 내게 얼굴을 불쑥 들이댔다. 코가 닿을 뻔해서 나는 황급히 몸을 뒤로 뺐다. 담임이 손가락을 까딱거렸다.

"얼굴 좀 이리로."

"왜요?"

"뽀뽀하려는 건 아니니까 걱정 말고."

……그걸 농담이라고 하는 거냐? 이상한 교사다. 학교가 똥통이라서 그런가. 교사도 예사롭지가 않다.

내가 얼굴을 조금 앞으로 내밀자 담임은 내 눈을 똑바로 들여다보았다. 눈을 보고 싶었던 건가.

담임이 내 눈동자를 향해 속삭였다.

"눈이 맑네."

"그런가요."

"처음 봤을 때부터 이상하다고 생각은 했어. 똥통에 걸맞은 똥덩어리가 전학 왔구나 싶었는데 직접 만나 보니 똥 같지가 않았거든. 몸가짐은 단정하고 예의도 바르고 말투도 요즘 애들 같지 않게 점잖고. 너, 네 말투가 튀는 거 알아?"

그야 물론 안다. 나는 무의식적으로 다, 까로 끝나는 군인 같은 말투를 쓴다. 또래들과 함께 있을 때는 그러지 않지만 상급생이나 어른을 상대할 때는 여지없이 그런 말투가 나온다. 요즘 애들 같지 않다는 소리는 지겹도록 들었다.

"할아버지가 엄하게 가르치셨습니다."

"아하, 할아버님께서 너를 끼고 기르신 모양이구나."

그랬다. 옛날 일이지만.

담임이 고개를 모로 꼬며 물었다.

"도대체 너 같은 애가 어떻게 그런 짓을 저지른 거니?"

얼굴 근육이 뻣뻣해졌다. 나는 다소 힘겹게 입을 열었다.

"다 아시지 않나요?"

내가 사고 친 얘기는 언론에까지 났다. 아버지가 뒤에서 손을 쓴 덕분에 그리 크게 다루지는 않았지만.

"너한테 직접 듣고 싶어."

"그 이야기는 하고 싶지 않습니다."

"그래?"

담임은 그럼 할 수 없다는 듯 고개를 끄덕이고 자세를 바로 했다.

"아무튼 SC에 들어가고 싶지는 않다는 거지?"

"예."

"근데 어쩌나. 넌 SC에 들어가야 하는데."

나는 눈을 둥그렇게 떴다. 담임이 의미심장한 미소를 머금었다.

"네가 왜 우리 반이 되었다고 생각해? 내가 문학부 지도교사였기 때문이야. 즉, SC의 존재를 아는 사람이기 때문이었다고. 그래서 내가 너를 맡기로 한 거야. SC에 가입시키기로 하고서."

나도 모르게 눈에 힘이 들어갔다. 나는 그녀를 노려보며 말했다.

"어제 고명성 선배가 그러더군요. 저를 지켜보고 있었다고. SC 멤버들만 저를 지켜본 게 아니었군요."

"그래, 나도 지켜보고 있었어. 우리는 처음부터 너를 맞이할 준비를 하고 있었던 거야."

"제가 저지른 짓 때문에요? 그래서 그렇게까지 하셔야 했던 겁니까?"

"맞아. 너는 다 지나간 일 가지고 너무하는 거 아니냐고 생각하겠지만 우리 입장에서는 어쩔 수 없어. 넌 스스로 전학 온 게 아니잖아. 강제 전학을 당한 거라고."

강제 전학. 그렇다. 난 그런 꼬리표를 달고 이 학교로 왔다.

아니, 왔다는 표현은 적절하지 않다. 나는 이 학교로 던져진 것이다. 서울시 교육청의 높으신 분들께서 나를 던져 버리셨다. 쓰레기통에 코 푼 휴지를 던지는 것처럼.

내가 불만을 토로하면 높으신 분들은 혀를 찰 거다. 너 같은 놈을 받아 줄 학교가 그 똥통 말고는 없는데 우리더러 어쩌라는 거냐고 하실 거다.

심히 유감스럽지만 나는 반박할 말이 없다. 고등학생에게 강제 전학은 퇴학 다음가는 처벌이다. 나는 그 정도의 짓을 저질렀다. 당연히 나를 받아 줄 학교는 존재하지 않았다. 이 똥통 말고는.

"우리 학교에서도 물론 펄쩍 뛰었어. 널 받아 줄 수는 없다고. 하지만 위에서 압력이 들어왔고, 결국 굴복할 수밖에 없었지. 너를 어느 반에 배치하느냐로 교무실에서 어떤 난리가 벌어졌는지 알면 놀랄걸?"

"난리 끝에 선생님이 저를 맡기로 결정하셨군요."

"그래. 솔직히 말해서 본의는 아니었어."

너무 솔직해서 화도 나지 않았다. 허탈하기만 했다.

"선생님도 피곤하시겠군요."

"맞아. 그러니까 넌 반드시 SC에 들어가야 해. 내가 통제할 수 있는 범위 안에 들어가야 한다고. 우리 반에 속해 있는 것만으로는 부족해. SC 멤버들이 네 곁에 있어야 해. 너를 위해서……라고 하면 위선적으로 들리겠지? 솔직하게 말할게. 난 아직 안심이 안 돼. 직접 만나 보니까 넌 나쁜 애 같지는 않아. 하지만 엄청난 사고를 친 건 사실이야. 내 입장에서는 도저히 안심할 수가 없지. 나도 교사니까."

담임이 한쪽 눈을 찡긋하며 덧붙였다.

"교사를 폭행한 학생을 그냥 내버려 둘 수는 없잖아. 안 그래?"

젠장.

6

상담은 곧 끝났다.

담임은 며칠 더 생각해 보고 긍정적인 답을 들려 달라고 했다. 형식은 권유지만 실상은 강요였다.

"SC에 들어가서 나쁠 건 없을 거야. 정신 나간 것들만 모였지만, 말이야 바른대로 말이지 너도 제정신은 아니잖아? 안 그래?"

그러면서 담임은 슬그머니 인상을 썼다. 매일 똥덩어리를 상대하며 사는 사람이라 그런지 상당한 위압감이 있었다.

상담실을 나서기 전에 궁금한 걸 물어보았다.

"어제 일은 어떻게 되는 거죠?"

"아, 그거. 두고 보면 알아."

"뭐를요?"

"SC에는 이 끔찍한 똥통 속에서 단련된 것들이 모여 있어. 다들 똥이지만 보통 똥이 아니지. 걔들이 얼마나 대단한지 두고 보면 알게 될 거야."

담임은 그렇게만 말하고서 내 등을 떠밀었다.

나는 교실로 돌아가며 도대체 내게 무슨 일이 벌어진 건지 생각해 보았다. 아니, 사실은 생각하고 말 것도 없었다. 너무 당혹스럽고 황당했을 뿐.

똥덩어리들이 막 엉겨 붙는군.

전학 첫날부터 양아치들이 시비를 걸어왔다. SC 멤버들인지 뭔지 하는 것들이 나타났다. 이제는 담임선생까지 나서서 나를 SC에 집어넣으려 하고 있다. 가입하지 않으면 재미없다는 식으로 협박을 하고 있다.

내가 특별 관리 대상이라는 건 불만스럽지 않았다. 오히려 합당한 대우라고 생각했다.

문제는 그놈의 SC였다. 담임이 나더러 제발 전학 좀 가라고 했다면 차라리 나왔을 게다. SC에 들어가서 나더러 도대체 뭘 어쩌라는 거냐. 정신 나간 것들의 동료가 되라고? 매일 양아치들과 주먹질하면서 살라고?

도대체 어떻게 돼먹은 학교냐. 이 학교에 전학 올 때부터 터프한 학창 시절을 각오했지만 이건 정말 아니다. 도대체가 말이 되어야지. 이 학교가 이제는 그저 똥통이 아니라 정신병자 집합소가 아닌가 싶었다.

교실로 돌아가자 소피아가 나를 뚫어지게 보았다. 종태는 웃으며 손을 흔들었다. 나는 둘을 무시하고 자리에 앉았다.

수학 시간이었다. 머리가 반짝반짝 빛나는 교사는 열심히 칠판에 적기만 했고 학생들 쪽은 돌아보지도 않았다. 열의가 없기는 학생들도 마찬가지여서 저희들끼리 잡담을 하거나 만화책을 읽거나 스마트폰을 만지작거리는 등, 수업에 귀를 기울이는 놈은 하나도 없었다.

아, 없지는 않구나. 다시 보니까 학생 노릇을 하는 게 딱 하나 있기는 했다.

소피아였다. 그녀는 나를 보던 시선을 거두어들이고 노트를 내려다보았다. 손으로는 열심히 필기를 하는 중이었다.

그래, 너는 공부 좀 하게 생겼지. 아무리 똥통이라도 너 같은 애 하나둘쯤은 있기 마련이지. 그래 봐야 'SC 멤버'라는 미친것이지만.

나도 일단 필기는 했지만 내용이 머리에 들어오지는 않았다. 혼란스러웠고, 한편으로는 화가 났다. 내 인생이 어쩌다 이렇게 되었을까.

그때 조금만 참았더라면.

조금만.

그랬더라면 이런 황당무계하고 짜증이 솟구치는 상황에 빠지지는 않았을 텐데.

'애자 새끼가 용쓰고 있네.'

귓가에 되살아나는 그 목소리.

나는 볼펜을 힘껏 움켜쥐었다. 볼펜이 우두둑하며 부러졌지만 손에 힘을 풀지 않았다. 아니, 풀 수가 없었다.

그것은 내가 때린 교사의 목소리였다.

7

내가 다니던 학교는 명문이었다.

외고라고 하면 다들 알아주지만 그중에서도 첫손으로 꼽는 학교였다. 서울대 못 가면 창피해서 자살하는 게 낫다는 소리가 우스개랍시고 나돌 정도였다. 실제로 명문 사립대에 붙었다가 창피해서 다시 수능 보고 서울대 갔다는 선배들 얘기가 심심찮게 들려왔다.

서울대는 기본이고 미국의 아이비리그를 노리는 학생들도 많았다. 하버드, 예일, 프린스턴 등등. 막연한 몽상이 아니었다. 실제로 아이비리그로 진출한 선배들 얘기도 자주 들을 수 있었다.

그런 학교니까 면학 분위기는 확실했다. 지금의 이 똥통 학교 놈들처럼 수업 시간에 한눈파는 애는 하나도 없었다. 교사들 수준도 높았다.

그러나 어느 학교에든 튀는 인간은 꼭 있기 마련.

담임이 그런 인간이었다. 성별은 남자. 이름은 허병수. 나이는 나중에 신문 기사를 보고 알았는데 서른여섯이었다. 담당 과목은 수학.

수업의 질을 떨어뜨리는 교사는 아니었다. 학생들이 수업에 불만을 토로하면 학부모들이 가만있지를 않는다. 그 극성이 무서워서라도 교사들은 수업에 충실했고 허병수도 그랬다.

문제는 성격.

그리고 그 고약한 주둥이.

3월 2일, 새 학기 첫날부터 그는 교탁 앞에서 이렇게 말했다.

"너희들 중학교 때 공부 잘했지? 이 학교에서 충분히 잘해 나갈 수 있다고 생각하고 있지? 두고 봐라. 석 달 안에 너희들 중 3분의 2는 부모님께 전학 보내 달라고 울면서 빌게 될 거다. 아니면 자살하거나."

그 작자는 그때 실실 웃고 있었다.

"외고 왔다고 다 잘난 줄 알아? 벌써 성공이 보장된 것 같아? 다들 서울대 의대, 법대 붙을 것 같아? 하버드나 예일대 가서 MBA 따고 연봉 수억씩 받을 것 같아? 정신 똑바로 차려. 너희들은 스스로 생각하는 만큼 잘나지 않았어. 알고 보면 애자 새끼들이라고. 너희만큼 하는 것들은 널리고 널렸다고. 너희보다 더 잘나고 열심히 하는 것들도 성적 떨어져서 자살하고 그래. 실제로 작년에도 저희 집 옥상에서 뛰어내린 놈 있었다. 그러니까 너희들 중에 나는 잘났다고 생각하는 놈 있으면 옥상에서 뛰어내리게 되기 전에 정신 차려라. 죽어라고 공부하라고. 내 말 고깝게 듣지 마라. 다 너희 잘되라고 하는 소리다."

그게 그 작자의 말버릇이었다. 다 너희 잘되라고 하는 소리다.

젠장. 지랄하네.

나는 속이 메스꺼웠다. 뭐 이딴 작자가 다 있는가.

그때 나는 감을 잡았다. 이 학교에서 버티기 어려울 것 같다고. 학업의 무게 때문이 아니라 바로 저 인간 때문에.

저런 인간을 선생님이라고 부르며 학교를 다녀야 한단 말인가. 나는 치를 떨었다. 당장이라도 전학을 가고 싶은 심정이었다. 집에 가자마자 부모님에게 이야기해야겠다고 생각했다.

그러나 결국 나는 전학 이야기를 꺼내지 못했다.

아까웠기 때문이다.

명문 중의 명문. 그 타이틀이 아까웠다. 내 앞에 깔린 성공의 길이 아까웠다.

변명이나 자기 합리화는 하지 않겠다. 나는 그때 그런 게 정말로 아까웠다. 담임이야 1년만 참으면 바뀌니까 별문제가 아니라고 스스로를 다독였다. 담임은 바뀌어도 학교가 달라지는 건 아니니까 결국 3년 내내 그 얼굴과 마주쳐야 하지만 그것도 참아야 한다고 생각했다.

나는 성공하기 전에 먼저 굴종하는 법을 배우면서 학교에 다녔다.

내 자리는 1분단 맨 끝, 창가 자리였다. 매일 그 자리에 앉아서 아침 햇살을 쬐며 담임이 하는 소리를 들었다.

"오늘도 공부 열심히 해라. 오늘 하루를 열심히 산 놈이 몇 년 후 동창회에 당당하게 나타날 수 있는 거다. 명문대 학생으로서. 너희들 중 3분의 2는 애자 새끼에 불과하겠지만 그래도 열심히 해라. 열심히 하면 애자 새끼도 먹고살 길은 열릴 거다. 그래 봐야 동창회는 쪽팔려서 못 나오겠지만. 내 말 흘려듣지 마. 다 너희 잘되라고 하는 소리니까."

나는 그가 입만 열면 애자 어쩌고 하는 게 불쾌하고 민망했다. 욕설이니까 당연하지만 내 옆자리에 앉은 아이 때문이기도 했다.

그는 다른 아이들처럼 의자에 앉지 않았다. 그는 휠체어에 앉아 있었다.

이름은 이지호.

지체 장애 1급의 중증 장애인이었다.

8

점심시간에 급식실에 가는데 종태가 따라붙었다.

"밥 같이 먹자."

나는 놈을 흘끗 보기만 하고 대답은 하지 않았다.

덩치에 맞게 성격이 무던한 걸까. 아니면 눈치가 없는 건가. 놈은 기어이 내 맞은편에 앉았다.

소피아는 뭐 하나 싶어서 찾아 보니까 구석 자리에서 혼자 밥을 먹고 있었다. 말 걸어 주는 사람 하나 없었다. 그녀는 묵묵히 수저를 움직이는 중이었다.

종태가 음식을 우물거리며 말했다.

"자서야. 너 정말 SC에 들어오지 않을 거야?"

"밥 먹으면서 말하지 마라. 속 보인다."

"아, 미안."

놈이 손으로 입을 가리는 걸 보자 짜증이 났다. 내 말에 기분이 상한 티를 냈다면 차라리 나았을 텐데.

밥 다 먹고 급식실을 나서는데 종태가 따라왔다.

"농구 한 판 하지 않을래? 콜라 내기."

"됐다."

"그럼 얘기 좀 하자. 네가 SC에 대해 뭘 오해하고 있는 것 같은데……."

"오해?"

나는 걸음을 멈추고 놈을 째려보았다.

"오해한 거 없어. SC는 스트레스클리닉이고 너희 멤버는 스트레스의 원인을 제거하는 활동을 한다. 맞지?"

"맞아."

종태는 멍청한 표정으로 고개를 끄덕거렸다.

"난 관심 없어. 스트레스클리닉이고 치질클리닉이고 너희들끼리 해."

일부러 쌀쌀맞게 쏘아붙인 게 효과가 있었다. 종태는 더 이상 따라오지 않았다.

그러나 우리 반에는 종태 말고 소피아라는 또 다른 SC 멤버가 있었다. 교실에 돌아와서 책을 꺼내기가 무섭게 그녀가 다가왔다.

"얘기 좀 하자."

"할 얘기 없어."

이번에도 쌀쌀맞게 말했는데 돌아온 건 뼛속까지 시리는 찬바람이었다.

"웃겨. 나라고 뭐 너랑 얘기하고 싶어서 이러는 줄 알아? 선배들이 시켜서 할 수 없이 이러는 거라고."

그녀는 정말 웃긴다는 듯 코웃음을 쳤다. 팔짱을 끼고 새치름하게 날 노려보는 품새가 손만 대도 얼어붙을 것 같았다.

"그럼 가서 선배들에게 전해. 난 구제불능이라고. 스트레스클리닉도 날 치료할 수는 없다고."

"선생님한테 못 들었어? 넌 꼭 SC에 들어와야 해."

"선생님한테도 전해. 그렇게 귀찮게 굴지 않아도 난 조용히 지낼 거라고."

난 그렇게만 말하고 책으로 눈을 돌렸다. 소피아가 불렀지만 대꾸도 하지 않았다. 소피아는 한동안 가만히 서 있더니 한숨을 내쉬고 내 옆에 앉았다.

"뭐 하는 거야?"

"여기 앉아 있으려고."

"거기 종태 자리야."

"종태 없잖아. 네가 무슨 상관이야?"

그렇게 나오신단 말이지. 마음대로 하셔.

나는 다시 책을 읽었다. 뺨이 간질간질했다. 꾹 참고 무시했지만 그 느낌은 점점 강렬해졌다. 이윽고 누가 뺨을 찌르는 것만 같았다.

참다 못해 소피아를 돌아봤다. 그녀는 팔짱을 낀 자세로 고개만 돌려서 나를 뚫어져라 보고 있었다.

"왜 봐?"

"남이야."

"뭐?"

"넌 책을 보고, 나는 너를 보고. 각자 하고 싶은 대로 하면 되는 거잖아. 안 그래?"

소피아는 그다지 눈에 힘을 주고 있지는 않았다. 그럼에도 그 눈은 놀라운 힘으로 나를 압박했다.

아니, 힘이라기보다는 냉기였다. 날카로움이었다.

너무나 싸늘하고 뾰족한 그 시선.

나는 결국 책을 들고 일어섰다. 소피아가 따라서 일어서자 눈을 확 쨰려 주었다.

"따라오지 마."

행여 그녀가 따라올까 봐 재우쳐서 교실을 나섰다. 뒤에서 무거운 한숨 소리가 들려왔다.

나는 운동장으로 나갔다. 남학생들이 축구를 하니 농구를 하니 하면서 시끄럽게 굴고 있었다. 구석에 있는 벤치로 가서 앉았다. 바로 옆에 나무가 있어서 적당히 그늘도 지고 좋았다.

SC 멤버들, 특히 소피아를 머릿속에서 지워 버리려고 애쓰며 책을 읽었다. 자꾸만 소피아의 서늘한 눈빛이 떠올랐지만 어떻게든 책장을 넘겼다.

열 페이지 정도 읽었을 때였다. 누군가 이쪽으로 다가오는 발소리가 들렸다. 소리가 가벼운 게 여자인 것 같았다. 혹시?

나는 이번에야말로 화를 버럭 내리라 결심하고 고개를 들었다. 고함이 목구멍 너머로 쏙 들어갔다. 내 옆으로 다가온 사람은 여자가 맞았다. 그러나 소피아는 아니었다.

처음 보는 여학생이었다. 귀밑으로 살짝 내려오는 단발머리에 분홍색 머리핀으로 머리를 넘겼다. 이목구비는 오밀조밀하고 귀여웠다. 전체적으로 동글동글한 느낌을 주는 얼굴이었다. 피부는 아기가 아닌가 싶을 정도로 뽀얗고 탱탱했다.

그 피부가 살짝 홍조를 띠고 있었다.

소녀가 괜히 몸을 배배 꼬며 말했다.

"저, 저기. 네가 오자서…… 맞지?"

"맞는데……요."

나는 그녀의 이름표를 보며 말했다. 2학년 5반 윤미주라고 적혀 있었다.

"괜찮다면 나랑 얘기 좀…… 할 수 있을까? 저기, 저쪽에서."

그러면서 미주가 나무 뒤편을 가리켰다. 소각로로 가는 방향이었다. 적당히 으슥하고 적당히 일을 저지를 수 있는 바로 그곳.

"단둘이서 얘기했으면 좋겠는데."

미주 선배는 아주 꽈배기가 될 것처럼 몸을 꼬고 있었다.

9

"무슨 일인데요?"

소각로가 보이자마자 나는 입을 열었다. 우리는 그때까지 한마디도 않고 걸어온 참이었다.

미주는 내 맞은편에 서서 또다시 몸을 꼬았다. 상반신을 이리 비틀고 저리 비틀고, 엉덩이는 움찔움찔. 덕분에 나는 그녀가 허리가 아주 날씬하다는 것과 골반이 잘 발달했다는 걸 알 수 있었다.

설마 그런 걸 가르쳐 주려고 이런 데 데려온 건 아니겠지.

정보 전달에 적극적인 몸짓과 달리 그녀의 얼굴은 새빨갰다. 귓불까지 달아오른 게 아주 활활 타는 것 같았다. 내가 똑바로 보아도 시선을 외면했다. 눈을 마주칠 용기가 없는 걸까.

그녀가 잠시 더 머뭇거리다가 겨우 말했다.

"저, 저기. 사실은 있지. 나도 SC 멤버거든……."

"압니다."

그녀가 눈을 동그랗게 뜨고 처음으로 내 얼굴을 보았다.

"알아?"

"어제 얼핏 들었습니다."

고명성이라는 선배가 분명히 그렇게 말했었다. 미주가 있어야하는데 오늘따라 없다고.

나도 바보는 아니다. 그녀가 할 얘기가 무엇인지는 빤히 짐작이 되었다.

"SC에 들어오라는 거죠?"

"으응. 맞아……."

미주는 고개를 끄덕이며 내 시선을 피했다. 나는 냉정하게 말했다.

"들어갈 생각 없습니다. 됐죠?"

"어? 어어……. 그럼 안 되는데……."

"선배님을 본 순간 SC 멤버라는 걸 알았습니다. 할 얘기가 뭔지도 알았고요. 근데도 따라온 건 선배님에 대한 예의를 지키려는 뜻이었습니다. SC에 들어가겠다는 소리를 하려고 따라온 게 아닙니다. 예의는 충분히 지킨 것 같군요. 그럼 이만."

"자, 잠깐만!"

팔꿈치에 약간의 저항이 느껴졌다. 돌아보니까 미주가 두 손가락으로 내 재킷을 살짝 쥐고 있었다. 몸이 닿을까 봐 조심스러워하는 것 같았다.

조신한 건지, 수줍음을 많이 타는 건지.

뭐 그런 생각을 하는 순간에 그 일이 일어났다. 분명히 밝혀 두는데 나는 죄가 없다. 내 손도 죄가 없다.

미주가 재킷을 잡아당겼고, 내 손끝이 그녀의 배를 살짝 스치고 지나갔다지만 그게 어떻게 내 잘못이겠는가. 다시 말하지만 그녀가 내 재킷을 잡아당긴 거다. 설령 내 잘못이라고 해도 뭐 그리 큰 잘못이겠는가.

그런데.

미주가 갑자기 땅바닥에 주저앉더니 비명을 질렀다.

"꺄아아아아악!"

뒤이어 나무들 뒤에서 고명성과 그 패거리 다섯 명이 우르르 몰려나왔다. 명성은 손에 전화기를 들고 있었다.

"찍었다! 찍었다고! 후배. 네가 그 더러운 손으로 미주한테 나쁜 짓을 하는 순간을 찍었단 말이다!"

얼씨구.

내가 기가 막혀 말도 못 하고 있는 사이에 다섯 놈이 나를 감쌌다. 그들은 발을 구르고 목을 꺾어서 우두둑 소리를 내며 지껄였다.

"이놈 자식이 감히 우리의 여신님을 건드려?"

"모가지를 뱅뱅 꼬아서 꽈배기로 만들어 주랴?"

"미주를 건드린 그 손을 내놔라. 잘라 버리겠어."

미주는 이쪽에 등을 돌리고 앉은 채 고개만 돌려서 내 눈치를 보고 있었다. 나와 눈이 마주치자 흠칫하며 시선을 돌렸다.

명성이 멤버들을 헤치고 내게 다가왔다. 손에는 전화기를 든 채.

"자, 봐라. 여기 네 범죄의 증거가 있다."

전화기 화면에는 내 손이 미주를 스치는 순간이 찍혀 있었다. 각도 때문에 사진만 봐서는 스치는 건지 만지는 건지 분명하지가 않았다. 더 고약한 건 사진이 흐릿해서 언뜻 보기에는 내 손이 그녀의 풍만한 가슴을 건드리는 듯 보였다는 것이다.

사진 한번 기가 막히게도 잘 찍었군.

난 그 와중에도 감탄을 하고 말았다. 아마 이놈들도 사진이 이렇게 절묘하게 나와 줄 거라고는 생각 못 했겠지. 명성도 뜻밖의 행운에 흥분한 기색이었다.

"자, 그리고 이 사진도 봐라."

그러면서 명성이 화면을 넘겼다. 미주가 주저앉아 있고 내가 그 앞에 서 있는 사진이 나왔다. 꼭 내가 그녀를 밀어서 쓰러뜨린 것 같았다. 미주가 울부짖는 표정이 생생하게 찍혀 있어서 범죄의 증거라고 하기에 손색이 없었다.

명성이 신이 나 죽겠다는 듯 웃음을 터트렸다.

"우하하하! 어떠냐, 후배. 변명할 말이 있는가? 응? 있냐고! 있으면 말해 봐!"

나는 어깨를 으쓱했다.

"없습니다."

"그래, 없겠지. 응?"

명성이 입을 떡 벌렸다. 턱이 빠진 것 같은 꼴이었다.

나는 담담하게 말했다.

"증거가 있으니까 별수 없네요. 예, 제가 나쁜 짓을 저질렀습니다. 그러니까 저를 응징해 주세요. 죽이든지 살리든지 마음대로 하시란 말입니다."

나는 그 자리에 철퍼덕 앉았다. 명성과 그 패거리는 서로를 흘끔거리며 아무 말도 못 했다.

"뭣들 하세요? 전 여자한테, 그것도 선배한테 나쁜 짓을 하려고 한 놈 아닙니까. 어서 두들겨 패세요. 아니면 발로 밟으실래요? 드러누울까요?"

내가 정말 드러눕는 시늉을 하자 명성이 달려들었다.

"잠깐, 잠깐. 이봐, 후배. 이러지 말고 얘기 좀 하자고."

"무슨 얘기요? 전 변명할 말이 없다니까요."

"아니, 변명을 듣고 싶다는 게 아니고……."

명성이 누우려고 하는 나를 억지로 잡아서 일으켰다. 나는 두 손으로 땅을 짚고는 삐딱한 자세로 말했다.

"어쩌란 말입니까. 사진도 있고, 저는 이제 어쩔 수가 없잖아요. 아, 그 사진 참 잘 찍으셨더군요. 인터넷에 올리세요. 제 신상 명세와 함께. 사회에서 완전히 매장되겠지만 뭐 별수 있습니까. 나쁜 짓을 저질렀으니 벌을 받아야지. 아, 참. 미주 선배 얼굴은 모자이크 처리하세요. 피해자의 인권은 보호해 줘야죠."

명성은 조용히 전화기를 주머니에 넣었다. SC 멤버들이 수군거렸다.

"야, 이거 뭐야. 상황이 왜 이렇게 흘러가?"

"그냥 때릴까?"

"어떻게 그러냐. 쟤가 뭘 잘못했다고…… 아니, 아니. 이건 아니고."

"야! 고명성! 네 머리에서 나온 작전이잖아. 어떻게 좀 해 봐."

3학년생 하나가 멍하니 있는 명성의 다리를 툭 찼다. 가만 보니까 어제 소피아에게 성희롱성 발언을 했던 그 선배였다. 이름표에는 3학년 4반 정주석이라고 적혀 있었다.

명성이 크흠, 헛기침을 하더니 말했다.

"아무래도 서로 간에 뭔가 오해가 있었던 것 같군. 미주야, 그렇지?"

미주가 화들짝 놀라며 이쪽을 돌아봤다.

"어? 그게 무슨 소리야?"

"아니 그러니까, 저기, 그게 말이지……. 크흠! 크흠!"

명성이 갑자기 천식이라도 걸린 것처럼 기침을 연발하더니 두 손으로 머리를 헤집었다.

"으아아! 젠장! 이건 다 오해야! 오해였다고! 그런 거니까 이제 그만 가자. 점심시간 끝나겠다. 교실로 돌아가야지."

"그게 뭐야! 난 오빠가 시켜서 부끄러운 연기까지 했는데."

미주는 울먹거리기 시작했다. 명성은 아무것도 못 본 척하며 돌아섰다.

"자자, 가자고. 수업 들어가야지. 아, 공부가 하고 싶구나. 역시 학생의 본분은 공부라니까. 허허허."

"오빠아아아아!"

명성은 육상 선수처럼 쌩 달려갔다. 미주가 아무리 불러도 돌아보지 않았다. 남은 멤버들은 허탈한 표정으로 명성의 뒷모습을 바라보았다.

정주석이 주먹을 불끈 쥐고 말했다.

"미주야, 걱정 마. 내가 저 자식 혼내 줄게. 얘들아! 고명성 저놈 좀 혼나야겠지?"

멤버들은 멍하니 있다가 뒤늦게 말뜻을 알아차리고는 황급히 고개를 끄덕여 댔다.

"그래야지. 혼내야지."

"나쁜 자식. 우리의 여신님을 울리다니. 뼈와 살을 분리해 주겠어."

"그게 언제 적 유행어냐?"

"가자! 가자! 고명성을 쫓아가자!"

멤버들은 명성이 달려간 쪽으로 와와 소리를 지르며 뛰어갔다. 미주가 그들의 뒤에다 대고 소리를 질렀다.

"너희들 다 공범이잖아! 나쁜 것들아아아아! 난 뭐야. 도대체 뭐냐고. 뭐하러 이런 짓을⋯⋯."

미주는 애통한 얼굴이었지만 그러면 뭐하나. 멤버들은 벌써 사라지고 없는데. 미주는 눈물을 뚝뚝 떨구다가 나를 힐끔 보았다. 나는 아직도 땅바닥에 앉아 있었다. 정신 나간 것들이 지랄하는 꼴을 지켜보다 보니 일어나는 것도 잊고 있었다.

몸을 일으키며 그녀를 슬쩍 째려보았다. 결국 그녀도 멤버들을 쫓아 달려가기 시작했다. 울면서.

"같이 가아아아…… 우에에에엥."

저것들 바보일세.

괜히 나까지 바보가 된 기분이 들어서 실소하고 말았다.

10

교실로 돌아가자 종태가 돌아와 있었다.

놈은 전화기를 두 손에 쥐고 열심히 문자를 보내다가 나를 보더니 화들짝 놀랐다. 나는 자리에 앉았다.

"멤버들한테 문자 보내냐?"

"어? 아니, 저기…… 으응."

종태는 애매하게 고개를 끄덕였다. 나는 놈에게 눈을 부라렸다.

"너희 멤버들한테 전해. 특히 고명성이라는 선배한테. 제발 창피한 줄 알라고."

"으응……."

종태는 고개를 푹 수그렸다. 하는 모양새를 보니 좀 전에 있었던 한심한 작태를 다 들은 모양이었다.

소피아를 돌아보자 마침 그녀도 이쪽을 보고 있었다. 눈이 마주쳤다. 그녀는 하아, 한숨을 쉬고는 자세를 바로 하고 교과서를 꺼냈다. 나도 책을 집어넣고 교과서와 노트를 꺼냈다.

아까의 실패가 교훈이 되었던 모양이다. 그 이후로는 쉬는 시간에도 귀찮게 구는 사람이 아무도 없었다. 종태와 소피아도 조용했다.

수업이 끝나고 교실을 나서는데 뒤에서 종태가 인사를 했다.

"자서야, 내일 보자."

나는 아무 말도 하지 않았다. 돌아보지도 않았다. 종태의 무안한 얼굴을 상상하자 가슴이 콕콕 쑤셨지만 꾹 참았다.

가방을 덜렁거리며 별관을 나설 때였다. 뒤에서 소피아의 목소리가 들려왔다.

"오자서."

나는 이번에도 대답하지 않았다. 묵묵히 운동장을 가로질러 자전거 보관소로 향했다. 주머니에서 열쇠를 꺼내다가 멈칫했다.

내 자전거가 없다.

아침에 나는 분명히 보관소 오른쪽 맨 끝에 내 자전거를 묶어 두었다. 착각한 게 아니다. 그 증거로 내 자전거가 있던 자리에 자물쇠가 떨어져 있었다. 줄이 뚝 끊어진 채.

나는 자물쇠를 집어 들었다. 도대체 뭐로 잘랐는지 절단면이 깨끗했다.

망할 자식들.

욕설을 중얼거리는데 소피아가 등 뒤로 다가왔다.

"자전거가 없어졌어?"

나는 자물쇠를 던져 버리고 묵묵히 몸을 돌렸다. 교문으로 향하는데 소피아가 종종걸음으로 쫓아왔다.

"도둑맞은 거야?"

"……."

"잠깐 기다려. 우리 멤버들에게 전화할 테니까."

나는 교문을 나서다 말고 그녀를 돌아봤다.

"남의 일에 상관하지 마."

소피아는 살짝 인상을 썼다. 눈빛이 찌를 듯했다. 노려보거나 말거나. 나는 그녀를 내버려 두고 걸음을 옮겼다.

자전거가 없어졌으니 집에 가려면 버스나 지하철을 타야 했다. 어느 게 더 빠를까. 항상 자전거만 타고 다녀서 노선을 몰랐다. 가로수에 등을 기대고 서서 전화기를 꺼냈다.

먼저 버스 노선부터 검색해 보는데 내 앞에 그림자가 졌다.

"노선 검색하냐?"

그놈 자식 잘도 아네. 고개를 들어 보니 정범석과 그 패거리가 어깨에 잔뜩 힘을 주고 서 있었다.

놈들이 나타날 거야 예상한 일이라 놀랍지 않았다. 다만 놈들의 꼬락서니는 의외였다. 다들 눈이나 입술이 부어 있고 눈언저리에 멍이 크게 들어서 판다같이 보이는 놈도 있었다. 도대체 누구한테 맞은 걸까.

정범석이 입술을 까뒤집으며 말했다.

"검색할 필요 없어. 우리가 집까지 잘 데려다줄 테니까."

"우리 집이 어딘 줄 알고?"

"말만 해. 어디든지 데려다주지. 물론 그 전에 얘기는 좀 해야겠지만. 용건은 말 안 해도 알겠지?"

나는 고개를 끄덕였다.

"알아. 내 자전거를 돌려주겠다는 거겠지."

"어이쿠, 이거 미안해서 어쩌나. 자전거는 벌써 팔아 버렸는데."

"그럼 변상해. 85만 원. 그거 꽤 좋은 자전거야. 튜닝도 좀 했고."

범석은 픽 웃었다.

"85만 원? 허이구, 비싼 거 타고 다니셨구먼. 집이 잘사나 봐. 부잣집 도련님에 명문 외고 출신에, '엄친아'가 따로 없네. 근데 어쩌나? 지금은 똥통에서 허우적대고 있으니."

"그래, 그래서 너희 같은 놈들이 막 엉겨 붙고 있지."

놈들의 얼굴이 험악해졌다. 범석이 무슨 깡패처럼 바닥에 침을 퉤 뱉었다. 더러워라. 왜 이런 놈들은 남을 위협할 때 꼭 침을 뱉는 걸까.

"시끄럽고, 따라오기나 해. 지난번 같은 행운은 없을 테니까 각오하시고."

나는 왼쪽을 힐끗 보았다.

"그래, 행운은 없을 것 같군."

범석이 내 눈길을 따라 옆을 돌아보더니 눈을 크게 떴다. 소피아가 조금 헐떡거리며 서 있었다.

소피아는 범석과 그 패거리를 한번 훑어본 다음 내게 시선을 던졌다.

"너 왜 그렇게 걸음이 빨라? 쫓아오느라 힘들었잖아."

이 상황에 그런 불평은 좀 아니잖아? 난 대답하지 않았다.

범석이 주머니에서 뭔가를 꺼내 내 가슴에 겨누었다.

처음에는 수건인 줄 알았다. 아니, 수건이 맞기는 했다. 문제는 수건 안에 있는 것이었다.

둘둘 말린 수건 안에서 날카로운 쇠붙이가 삐죽 튀어나와 있었다. 길이는 1센티미터나 될까.

숨만 조금 크게 쉬어도 가슴을 찔릴 것 같았다. 나는 눈에 힘을 주고 범석을 노려보았다.

"너 미쳤냐? 지금 대낮이야. 여기는 길거리고."

범석은 잔뜩 일그러진 얼굴이었다.

"알아. 그러니까 움직이지 마. 수틀리면 찔러 버리고 튀는 수가 있어."

지나가는 사람들은 우리를 흘끔거리기만 할 뿐 아무도 끼어들지 않았다. 물론 그들을 탓할 수는 없었다. 어쨌든 범석이 쥐고 있는 건 수건 뭉치로밖에 보이지 않았으니까. 겨우 1센티미터 정도 튀어나온 칼끝을 발견할 만큼 눈썰미가 좋은 사람은 아무도 없었다.

수건이든 뭐든 남의 가슴에 뭘 겨누고 있는 자세 자체가 위험해 보이기는 한다. 우락부락한 놈들 여럿이 몰려 서 있는 것도 그렇다. 심상치 않은 분위기를 감지한 사람도 있으리라. 하지만 너희 왜 그러냐고 말을 걸어오거나 경찰에 신고를 하는 사람은 없었다. 다들 빠른 걸음으로 지나갈 뿐이었다.

뭐 어쩌겠는가. 요즘 애들 잘못 건드리면 정말 큰일 난다는 건 이 사회의 상식이다. 나는 무심한 사람들을 탓할 마음이 없었다. 심지어 정범석과 그 패거리도 탓하고 싶지 않았다. 자전거만 변상

해 주면 된다. 정말이다. 자전거만 물어 주면 나는 저놈들에게 아무 유감도 없다.

설령 내가 저놈들 때문에 병원에 입원하는 신세가 된다고 해도.

범석이 소피아를 곁눈질하며 말했다.

"너희 그 미친놈들은? 지금 오고 있냐?"

놈은 초조해 보였다. 소피아는 대조되는 당찬 표정으로 고개를 힘차게 끄덕였다.

"그래, 오고 있어. 그러니까 걔 놔주고 얼른 도망가."

범석은 잠시 뭔가를 생각하더니 패거리에게 턱짓을 했다. 놈들이 손가락을 꺾으며 소피아에게 다가갔다.

나도 모르게 고함을 질렀다.

"걔는 상관없잖아! 보내 줘!"

범석이 말했다.

"아니지. 상관이 있지. SC인지 뭔지의 멤버잖아."

대낮이라 놈들도 당장 소피아에게 거친 짓을 하지는 않았다. 조용히 둘러쌀 뿐이었다. 소피아는 나직하게 한숨을 내쉬고는 내게 눈을 흘겼다.

"그러게 진즉에 나랑 얘기 좀 하자고 그랬지."

나는 할 말이 없었다.

3장
아픕니다

1

놈들은 우리를 낯선 동네로 데려갔다.

판자촌보다 조금 나은 수준의 동네였다. 집이랍시고 길가에 늘어선 것들이 죄다 어찌나 낡고 허술한지 발로 차면 무너질 것 같았다. 인적이 드물고 어딘가에서 지린내가 풍겼다. 멀리서 개 짖는 소리도 들려왔다.

"여기 어디야?"

그렇게 묻고 바로 후회했다. 칼끝이 옆구리를 찔렀기 때문이었다.

범석은 내 바로 옆에서 걷고 있었다. 칼을 내 옆구리에 겨눈 채.

처음에는 살을 찔린 줄 알았다. 하마터면 윽, 하고 신음을 흘릴 뻔했다. 다행히 칼끝은 재킷을 살짝 찔렀을 뿐이었다. 살은 다치지 않았다.

내가 째려보니까 범석도 맞받았다.

"어디인지는 알아서 뭐하게? 걷기나 해."

그러고서 범석은 바로 시선을 돌렸다. 앞을 보려는 것이겠지만 어쩐지 내 시선을 피하는 것처럼 느껴졌다.

가만 보니까 칼을 쥔 손이 조금 떨리고 있었다. 어찌나 힘을 주고 있는지 손등이 새하얗다.

이놈 혹시······.

생각에 잠기는데 뒤에서 소피아의 목소리가 들려왔다.

"재개발구역이야. 뉴타운이니 뭐니 해서 한때는 꽤 시끌시끌했는데 부동산 경기가 죽고 나서 이 꼴이 되었어."

"잘 아네."

"우리 학교 학생들에게는 유명한 곳이거든. 학교에서 가깝고, 빈집이 많아. 양아치들이 날마다 빈집에 모여서 본드를 불고 논다나. 바로 이런 양아치들이."

그녀는 다섯 명이나 되는 양아치들에게 둘러싸인 채 걸으면서도 무심한 표정이었다. 양아치들이 험악한 상소리로 위협했지만 눈썹 하나 까딱하지 않았다.

배짱이 좋은 건지 뭔가 믿는 구석이 있는 건지.

나는 더 이상 아무 말도 하지 않았다. 그녀가 내 말에 대꾸한답시고 입을 열었다가 저 양아치들이 손찌검이라도 할 것 같아 걱정되었다.

해가 조금씩 서쪽으로 내려앉고 있었다. 우리는 냄새나는 골목길을 몇 번이나 돌고 돌았다. 골목마다 꼭 지린내가 풍기거나 토사물이 방치되어 있고는 했다. 이것도 다 양아치들이 해 놓은 짓일까. 아니면 이 동네가 원래 이런 건가.

나는 길을 기억하려고 애썼다. 어느 방향으로 가는지, 어디에 막다른 길이 있는지, 벽 너머에는 무엇이 있는지, 열심히 머리에 담았다.

나는 원래 길눈이 밝다. 길을 기억하는 건 자신이 있다.

한참 후 범석이 마침내 멈추어 섰다. 이 동네에서는 그나마 괜찮은 축에 속하는 낡은 빌라 앞에서였다. 우리는 4층으로 올라갔다. 405호 앞에서 범석이 초인종을 눌렀다. 인터폰에서 남자의 굵은 목소리가 들려왔다.

"들어와."

범석이 문을 연 다음 나를 확 떠밀었다.

어이쿠. 이런 나쁜 자식. 그냥 들어가라고 말을 하면 되지 밀기는 왜 밀어.

투덜거리면서 일어서는데 안에서 인기척이 났다. 처음 보는 것들이 거실에 책상다리를 하고 앉아서 나를 보고 있었다.

가운데 앉은 놈이 말했다.

"이 자식이 오자서야?"

범석이 대답했다.

"예, 그렇습니다."

"뒤에 계집애는 뭐야?"

"이것도 SC 멤버예요."

범석이 내게 한 것처럼 소피아도 떠밀었다. 내가 붙잡아 줄 틈도 없이 소피아는 바닥에 엎어졌다. 가운데 앉은 놈이 음산하게 말했다.

"신발 벗고 들어와라. 얘기 좀 하자."

그놈의 얘기 타령. 지겨워 죽겠네.

2

신발을 벗고 안으로 들어갔다. 범석이 무릎을 꿇으라고 했다. 이제 와서 자존심을 따지는 것도 우스워서 잠자코 시키는 대로 했다. 소피아도 흥, 콧방귀를 뀌더니 내 옆에 꿇어앉았다.

놈들의 시선이 소피아에게 집중되었다. 예의고 체면이고 차릴 거 없다는 듯 그녀의 몸 이곳저곳을 훑었다. 소피아는 아예 상대하기도 싫었는지 눈을 감았다.

나는 역겨운 걸 꾹 참고 놈들을 찬찬히 살펴보았다. 우선 문신이 눈에 띄었다. 세 놈 다 양팔에 요란한 문신을 새겨 놨다. 좌우 양쪽에 앉은 놈은 용과 호랑이를 새겼는데 가운데 놈만 생뚱맞게 도끼였다.

나이는 나보다 고작 서너 살 많은 정도가 아닐까. 그런데도 문신 때문인지 놈들은 훨씬 나이를 먹은 것 같은 분위기를 풍겼다. 인생 경험을 웬만큼 쌓은 사람들만이 내뿜을 수 있는 그런 분위기였다. 뭐, 인생 경험이라고 해 봤자 험한 뒷골목에서 굴러 본 거겠지만.

다들 체격도 좋고 팔에는 근육이 울퉁불퉁했다. 머리는 아주 짧게 바짝 깎았다. 양아치라고 하면 흔히 생각하는 이미지처럼 염색이나 피어스를 한 놈은 없었다.

가만 보니 도끼 문신을 한 가운데 놈이 대장인 것 같았다. 나는 놈을 도끼라고 부르기로 했다.

도끼가 오른손으로 셔츠 주머니에서 담배를 꺼내 입에 물었다. 범석이 무릎걸음으로 다가와서는 라이터로 불을 붙여 주었다. 무슨 조폭 영화의 한 장면을 보는 듯했다. 이것들이 영화를 너무 많이 봤나.

도끼가 담배를 한 모금 달게 빨고는 말했다.

"야, 오자서라는 놈. 너 여기 범석이랑 싸웠다면서?"

"싸웠습니다."

나는 태연하게 고개를 끄덕였는데 범석은 무슨 죄를 지은 사람마냥 고개를 푹 수그렸다. 따지고 보면 죄를 지은 건 맞지만 놈이 그러니까 어울리지가 않았다. 한편으로는 짚이는 바도 있었다.

이 자식, 쥐여사는구나.

누구에게 그렇게 얻어터졌는지도 짐작이 되었다. 도끼가 아니면 누구겠는가.

"처음에는 3 대 1로 싸웠다면서?"

"예."

"근데 네가 이겼다고?"

내가 대답하기도 전에 범석이 끼어들었다.

"그건 저 자식이 비겁하게 기습을 해서……"

셋이서 나 하나한테 시비를 건 주제에 비겁이라니. 어이가 없었지만 나는 범석을 타박할 수가 없었다. 타박이고 뭐고 하기 전에 도끼가 손을 움직였다.

철퍽!

뭐가 터지는 것 같은 소리가 울려 퍼졌다. 나는 눈을 부릅떴고, 소피아는 어깨를 움찔했다.

도끼가 거실 바닥에 쓰러진 범석을 내려다보며 으르렁거렸다.

"이 새끼가 형님 말씀하시는데 끼어들고 지랄이야. 어디서 배워 먹은 버릇이야?"

범석은 조금 휘청하면서 몸을 일으킨 다음 도끼 옆에 무릎을 꿇었다.

"죄송합니다."

범석의 입술에서 핏방울이 주르륵 흘렀다. 거실 바닥에도 피가 묻어 있었다. 나는 그 핏자국을 바라보았다.

점점이 떨어진 핏방울. 한 번 묻으면 결코 지워지지 않을 것 같은 강렬한 진홍색.

문득 엉뚱한 생각이 들었다. 어쩜 저렇게 시뻘건 것이 몸속에 흐를 수 있단 말인가. 우리 몸속에.

도끼가 담배를 빠는 소리가 들려왔다. 범석이 침을 꼴깍 삼키는 소리도 들려왔다. 좀 더 귀를 기울이면 범석이 덜덜 떠는 소리도 들려올 것만 같았다.

엉뚱한 소리가 끼어들었다.

따라라라.

돌아보니까 소피아가 황급히 주머니에서 전화기를 꺼내는 중이었다. 도끼가 그녀의 손에서 전화기를 낚아챘다.

"야, 중요한 얘기 중인데 전화는 꺼야지. 넌 매너도 몰라?"

그러더니 도끼는 전화기를 바닥에 팽개쳤다. 액정 화면에 금이 쫙 갔다. 그거로도 모자라서 도끼는 전화기를 주먹으로 쳤다.

쫘작! 무슨 해머 같은 주먹이었다. 액정 화면이 완전히 박살 나고 뒤에 붙어 있던 배터리가 튀어나왔다. 전화기는 더 이상 아무 소리도 내지 못하고 죽어 버렸다.

"오자서, 너도 전화기 내놔."

젠장.

나는 속으로 욕설을 중얼거리며 전화기를 꺼냈다. 쿵! 그 소리를 끝으로 내 전화기도 운명하고 말았다.

도끼가 나를 보고 히죽 웃었다. '너 쫄았냐?' 뭐 그런 표정이었다. 망할 자식.

나는 움직이지 않았다. 정말 미동도 하지 않았다. 도끼는 내가 겁먹고 얼어붙었다고 여겼는지 흡족한 얼굴로 지껄였다.

"오자서, 네 얘기는 들었다. 외고 다니던 놈이 담임 패고 강제 전학당했다며? 웬 미친놈인가 했는데 주먹질은 잘하는 모양이군. 이놈들이 워낙 시시한 놈들이기는 하지만."

범석과 그 패거리는 입이 굳은 것처럼 아무 말도 하지 않았다. 나는 핏자국을 보며 말했다.

"그래서요? 용건이 뭡니까?"

"용건?"

도끼가 이놈 보게, 하듯이 코웃음을 쳤다. 나는 그제야 고개를 들어 놈과 눈을 마주쳤다.

"우리가 싸웠습니다. 그래서 뭐요? 당신들이 뭔데 우리를 강제로 끌고 와서 시답잖은 소리나 하고 있는 겁니까?"

호랑이와 용이 벌떡 일어났다.

"이 새끼가!"

도끼가 그들을 손짓으로 말렸다.

"됐어. 앉아."

"저 새끼가 겁도 없이 막 지껄이잖아."

"됐다니까. 내가 얘기할게. 앉아."

마지막 말은 거의 명령조였다. 호랑이와 용은 못마땅한 표정이면서도 순순히 자리에 앉았다.

도끼가 담배 연기를 길게 내뿜고는 말했다.

"우리가 뭐냐 하면, 이 변변찮은 것들의 형이거든. 뭐 친형제는 아니지만 거의 친형제나 다름없지. 어릴 때부터 한동네에서 자랐어. 우리는 이놈들이 초등학교에서 삥이나 뜯을 때부터 뒤를 봐주었지."

"친한 동생들이 얻어맞아서 기분이 나빴다, 그 소리를 하고 싶은 겁니까?"

"겁니까? 그놈 자식 말투하고는. 그래요, 기분이 나빴습니다. 나쁘면 안 됩니까?"

도끼가 피식 웃었다. 좌우에 앉은 놈들은 뭐 대단한 농담이라도 들은 것처럼 큰 소리로 웃었다. 범석도 눈치를 살피더니 웃는 시늉을 했다.

놈은 아직도 피를 흘리고 있었다.

핏방울이 바지에 떨어져 바지에 벌건 자국이 번지고 있었지만 닦지도 않았다.

도끼가 다 피운 담배를 재떨이에 비벼 껐다.

"기분이 나쁘기도 했고, 궁금하기도 했거든. 도대체 SC가 뭐야?"

놈이 소피아에게 시선을 던졌다.

"너희는 모르겠지만 우리도 너희가 다니는 그 똥통 출신이다. 중간에 퇴학당했지만 어쨌든 모교라고. 우리도 모교에 대한 관심은 있거든. 근데 언제부터인가 이상한 소문이 들리는 거야. 학교에 SC니 뭐니 해서 설치고 다니는 것들이 있다고."

그런가. 하긴 학교 안에 그런 조직이 있는데 소문나지 않을 리가 없지.

"누구한테 물어봐도 자세한 건 모르더라. 그냥 그런 소문이 있다는 것뿐이지. 그래서 말인데, 도대체 너희가 속한 그 SC라는 게 뭐야?"

놈의 질문에 소피아가 대답했다.

"스트레스클리닉이에요."

여유 만만하던 도끼가 처음으로 당혹스러운 표정을 지었다. 지금 도대체 무슨 소리를 들은 건지 이해가 안 되는 모양이었다.

"스트레스클리닉? 그게 도대체 뭐야?"

"학교 안에서 발생하는 스트레스의 원인을 제거하고 스트레스에 짓눌린 학생들을 돕는 클리닉이에요."

소피아는 그렇게만 말하고 입을 다물었다. 어깨 위에 앉은 머리카락을 쓸어 넘기는 모습이 더 이상 해 줄 말이 없다는 것 같았다.

소피아 입장이야 그렇다 치고, 도끼는 황당할 수밖에 없는 입장이었다. 나도 그를 이해할 수 있었다.

"이 계집애가 무슨 헛소리를 하는 거야? 너 지금 장난치냐?"

"저 장난치는 거 안 좋아해요."

그 말은 너 같은 거 상대하고 싶지 않다란 뜻으로밖에는 들리지 않았다. 도끼가 헛웃음을 터트렸다.

"허! 이것들 안 되겠네. 점잖게 말로 하려고 했더니 사람을 우습게 보네. 야, 범석아."

범석이 즉시 머리를 조아렸다.

"예, 형."

"뭐 하고 있냐? 형이 꼭 나서야 되겠니? 네가 알아서 좀 해 봐라."

범석이 벌떡 일어서더니 내게 다가와 멱살을 잡았다. 나는 놈을 똑바로 노려보았다. 놈은 내 시선을 피하며 주먹을 치켜들었다.

놈이 주먹을 뒤로 당기는데 도끼가 말했다.

"범석아. 주머니 안에 그거 꺼내라."

"예?"

"어서."

범석은 머뭇머뭇하다가 주머니에서 칼을 꺼냈다. 칼을 감싸고 있던 수건을 벗기자 은빛 칼날이 모습을 드러냈다. 등산용품점에서 쉽게 살 수 있는 칼이었다. 등산용이지만 얼마든지 흉기가 될 수도 있는 그런.

놈은 칼을 쥔 채 도끼를 돌아보았다. 얼빠진 표정이었다. 뭘 어쩌라는 건지 몰라서가 아니라, 알기 때문에 얼이 빠진 표정이었다.

도끼가 새 담배를 입에 물고 지껄였다.

"찔러."

"형……."

"죽이라는 건 아냐. 나도 아끼는 동생을 살인자 만들고 싶지는 않아. 야, 오자서."

놈의 사나운 눈빛이 나를 찔러 왔다.

"손 하나만 바닥에 내밀어라. 왼손이든 오른손이든 그건 네 마음대로 하고. 이것도 많이 봐준 거니까 고마운 줄 알아라."

나는 조용히 입술을 깨물었다. 범석이 약간 떨면서 말했다.

"형, 그냥 맨손으로 때릴게요."

"범석아."

"맨손으로 해도 돼요. 제가 이 자식 반 죽여 놓을게요."

"범석아."

도끼의 목소리가 차츰 나직해졌다. 뭔가를 잔뜩 억누르고 있는 느낌.

범석은 곤혹스러운 얼굴을 일그러뜨렸다. 어떻게 보면 울음을 참는 것처럼 보이기도 했다.

"형도 알잖아요. 저 지난번 일도 있고 해서 이번에 걸리면 정말 소년원 가요. 학교에서도 쫓겨날 테고."

"그래서?"

도끼가 담배를 꾹 깨물었다. 범석은 흠칫흠칫했다.

"퇴학당하면 복학은 거의 불가능해요. 저, 고등학교 정도는 졸업하고 싶어요. 그래야 나중에 취직도 하고……."

"취직?"

도끼가 기가 막힌다는 듯 웃었다.

다음 순간 놈이 와락 일어섰다.

빠르다. 덩치가 큰데도 놈은 놀라울 정도로 빠르고 단호했다. 단 한 걸음에 범석 앞으로 다가와서 주먹을 날렸다. 봐주는 거 없이 직선으로 허공을 찢어 버리는 주먹.

범석이 무릎을 확 꺾으며 주저앉았다.

"컥……."

"이 새끼가 아직도 주제 파악을 못 했네. 야, 이 새끼야. 정신 차려. 너 양아치야. 어릴 때부터 삥이나 뜯고 다니고 학교 안에서 담배 피우다 걸리고 그러다가 결국 똥통 학교에 진학하고."

도끼가 범석의 멱살을 쥐고 놈을 일으켜 세웠다. 도끼의 눈은 불타 있었고, 범석의 눈은 젖어 있었다.

"말이나 들어 보자. 그 똥통 졸업해서 어디에 취직하게? 무슨 계획이라도 있어?"

"저, 저기……. 공부해서 전문대라도 가든가……."

"이 새끼가 돌았네. 전문대가 그렇게 우스워? 너 같은 돌대가리가 잘도 붙겠다."

"아니면 기술을 배우든지, 아무튼 뭐라도 하면……."

도끼가 범석을 확 밀어 버렸다. 범석은 비명도 지르지 못하고 나동그라졌다.

"새끼야. 너 말만 그럴듯하게 했지 사실은 아무 생각도 없지? 졸업만 하면 그냥 어떻게든 되겠지 하는 거지? 대가리는 텅텅 비어 가지고 주둥이만 살아서 나불대는 거지? 그래서 네가 양아치라는 거야."

도끼는 범석 앞에 우뚝 서서 지껄였고, 범석은 아무 말도 하지 못했다.

"아니, 넌 양아치도 아냐. 똥이라고. 그 학교가 왜 똥통인지 몰라? 너 같은 똥이 신입생이라고 자꾸 들어오니까 똥통이 된 거잖아, 새끼야."

명성의 말이 생각났다. 스트레스가 똥이라고 하던 그. 스트레스가 꽉 차서 학교가 똥통이 되었다고 그는 말했었다.

누가 옳을까. 명성일까, 도끼일까.

나는 그 순간 엉뚱하게도 그런 의문에 사로잡혔다.

도끼가 계속 지껄였다.

"그래, 나도 그 학교 학생이었지. 나도 주제는 알아. 나도 똥이다. 그래서 퇴학당할 때도 속이 시원했어. 난 비록 똥이지만 똥통에 있고 싶지는 않았거든. 똥이라도 좀 근사한 똥이 되고 싶었거든. 우리 같은 놈들이 조금이라도 근사하게 살려면 방법은 하나뿐이다. 취직 같은 당찮은 꿈은 접어 버리고 내 밑으로 들어오란 말이다. 넌 떨떨한 놈이지만 말은 잘 듣지. 나름대로 쓸모가 있어. 내가 잘 키워 주마. 그리고 너희도."

도끼는 아까부터 말없이 벌벌 떨고만 있던 범석의 패거리에게 말했다.

"다 내 밑으로 들어와. 우리가 힘을 합치는 거다. 똥이 똥끼리 뭉쳐야 별수 있어? 우리가 힘을 합쳐서 조직을 만들면 근사하게 살 수 있어. 벤츠도 굴리고 말이야. 그러면 아무도 우리를 똥으로 보지 못한다. 너희도 별 같잖은 학교에서 별 같잖은 선생들에게 무시당하며 사는 거 지겹지? 다 때려치워. 내 밑으로 뭉쳐. 뭉치기만 해. 그럼 된다. 형 말 믿어라."

범석이 일어나 앉으며 말했다.

"형, 말은 고맙지만……."

"고맙지만 뭐?"

"저는, 저는……."

범석은 더 이상 말을 잇지 못하고 고개를 떨궜다. 도끼가 콧김을 훅 내뿜었다.

"이 새끼야. 말을 했으면 끝을 맺어야지. 무슨 소리를 지껄이고 싶어서 그래? 응?"

말을 해 보라는 투가 아니었다. 할 수 있으면 해 보라는 투였다. 한마디만 더 하면 죽여 버리겠다는 식이었다. 그 증거로 놈은 두 주먹을 꼭 쥐고 있었다.

범석은 온몸을 떨었다. 떨면서도 칼은 놓지 않고 있었다. 아니, 놈은 칼을 쥐고 있다기보다는 칼에 매달리고 있는 것 같았다.

칼이 아니어도 상관없었으리라. 무언가 쥐고 매달릴 것만 있으면 그게 무엇이든 쥐고 매달렸으리라.

범석은 울먹거리며 말했다.

"형 말대로 저 똥이에요. 그건 아는데……. 그래도 저는…… 조폭은 되고 싶지 않아요."

도끼가 코웃음을 쳤다. 그걸 무슨 뜻으로 받아들인 건지 범석이 돌연 도끼의 발밑에 꿇어 엎드렸다.

"형, 저 좀 봐주세요. 어릴 때부터 돌봐 주신 건 고마워요. 은혜는 갚을게요. 다만 조직에 들어가는 것만은 제발 봐주세요. 저 지금은 이 모양 이 꼴이지만 학교 졸업하면 기술이라도 하나 배워서 평범하게 살고 싶어요. 정말이에요. 이제부터라도 정신 차려서 제대로 살게요. 제발 저 좀 봐주세요."

"평범하게?"

"예, 평범하게요. 그러니까 제발……"

말이 끝나기도 전에 도끼가 발길질을 했다. 범석은 뒤로 벌렁 나자빠졌다.

"이 새끼가 주제를 몰라. 너 같은 새끼가 평범하게 산다는 게 말이 돼? 넌 아무리 용을 써도 안 돼. 너 같은 건 안 된다고!"

내 귓가에 그 목소리가 되살아났다.

'애자 새끼가 용쓰고 있네.'

개자식들.

이 빌어 처먹을 개자식들.

도끼가 범석을 밟으려고 발을 치켜들었다. 범석은 칼을 쥐지 않은 왼손을 앞으로 뻗었다. 놈의 입이 아, 하는 모양으로 굳어 있었다. 터진 입술과 아직도 말라붙지 않은 핏자국이 또렷하게 눈에 들어왔다. 입을 벌린 모양도. 모든 것이 너무나 또렷했다.

아…….

소리가 되어 나오지 못한 비명이 나를 찔렀다.

3

찔렸기 때문이다.

그렇게밖에는 말할 수가 없다. 정말로 비명이, 혹은 그 무언가가 나를 찔렀다. 내가 일어난 것은 찔렸기 때문이다. 도끼의 텅 비어 있는 옆구리를 포착한 것도, 주저 없이 주먹을 내지른 것도 모두 찔린 것에 대한 반사적 반응이었다.

"억."

찔린 건 나인데 신음은 도끼가 흘렸다. 나는 어쩐지 억울했다. 놈도 맞았으니 신음을 흘리는 게 당연한데도 억울했다. 도저히 참을 수가 없었다.

네가 왜 아픈 척을 해. 왜 네가.

나는 고통으로 구부정하게 굳어 있는 놈을 걷어찼다. 있는 힘을 다해서.

놈은 또다시 신음을 흘리며 쓰러졌다. 쿵 하는 소리가 울렸을 때 나는 벌써 돌아서 있었다. 머뭇거릴 틈이 없었다. 아니, 정신이 없었다. 내가 무슨 짓을 하고 있는지 잘 몰랐고, 알 필요도 없었다.

몸이 움직이는 대로 내버려 둘 뿐.

나는, 아니 내 몸은 꿇어 엎드려 있는 범석의 손목을 콱 밟았다. 범석은 악, 하면서 칼을 놓았다.

칼이 거실 바닥을 미끄러져 갔다. 새하얗고 가느다란 손이 번개같이 날아왔다.

"소피아!"

소피아가 칼을 집어 들고 곧바로 내게 내밀었다. 그제야 조금 정신이 돌아왔다. 나는 오른손에 칼을 쥐고 왼손으로 자빠져 있는 도끼를 잡아끌었다. 놈의 목에 칼을 겨누자 놈은 새하얗게 질렸다.

"너, 너, 이 새끼……."

나는 놈을 상대하지 않고 고함을 쳤다.

"다들 움직이지 마!"

나를 막 덮치려고 하던 호랑이와 용이 황급히 동작을 멈추었다. 나는 범석과 그 패거리를 힐끗 보며 다시 외쳤다.

"다들 물러서! 벽에 붙어! 어서!"

놈들은 서로를 보면서 어쩔 줄을 몰라 했다. 나는 도끼의 목을 칼로 살짝 그었다. 생선 말고 다른 걸 베어 보기는 난생처음이었다. 생살이 갈라지는 감촉이 끔찍해서 진저리를 칠 뻔했다. 당하는 처지인 도끼는 나처럼 참을 수 없었는지 온몸으로 진저리를 쳤다.

"벽에 붙어! 한 줄로! 어서!"

"시키는 대로 해……."

도끼까지 거들어 주자 놈들은 그제야 벽에 늘어섰다. 정범석도 몸을 일으켜 제 패거리 옆에 붙어 섰다.

나는 소피아를 돌아보았다. 눈이 마주쳤다.

참 이상한 일이지만 그 순간 우리는 말을 하지 않고도 뜻이 통했다.

소피아는 즉시 내 뜻을 알아차리고 거실 안쪽으로 달려가서 안방 문을 열었다. 나는 도끼를 질질 끌다시피 하면서 그쪽으로 걸어갔다.

"다들 안으로 들어가! 빨리!"

놈들은 또다시 서로 눈치를 살폈다. 도끼가 신음하듯 말했다.

"얼른 가. 얼른……."

이 상황에도 하마터면 웃을 뻔했다. 너도 칼은 무섭구나. 살고 싶어 하는구나. 너 같은 놈도.

우스우면서도 어쩐지 가슴이 아팠다. 나 스스로도 이해가 안 되는 복잡한 기분이었다.

놈들이 안방으로 들어가기 시작했다. 나는 문 옆에서 기다렸다. 놈들은 당장 덤벼들 것처럼 씩씩거리며 걸었다.

마지막으로 정범석이 비틀거리며 내 옆을 지나갔다. 순간 눈이 마주쳤지만 소피아와 그랬던 것처럼 뜻이 통하지는 않았다. 통하고 어쩌고 할 것도 없었다. 범석은 금세 시선을 외면하고 방으로 들어갔다.

나는 도끼를 문을 향해 똑바로 서게 한 다음 놈의 뒤로 돌아갔다.

"움직이지 마. 움직이면 죽어."

"알았어. 알았으니까 제발……."

놈은 말을 잇지 못했다.

나는 놈의 옆구리에 칼을 겨눈 채 주위를 살폈다. 여기도 원래는 빈집이었는지 가구랍시고 변변한 게 없었다. 라면 국물이 묻은 탁자와 의자 몇 개가 전부였다.

젠장. 어떻게든 되겠지.

칼을 들지 않은 왼손으로 주먹을 쥐고 도끼의 옆구리를 때렸다. 도끼가 억, 하며 몸을 굽히자 이번에는 팔꿈치로 놈의 등을 내려쳤다. 놈이 완전히 쓰러지기 전에 마지막으로 발길질을 했다. 놈은 거의 구르다시피 하면서 안방으로 들어갔다. 소피아가 즉시 문을 쾅 닫았다. 나는 칼을 입에 물고 탁자를 끌어다가 문 앞에 세웠다. 소피아도 의자를 들고 왔다.

탁자와 의자로 만든 바리케이드는 내가 보기에도 어설펐다. 오래 버틸 것 같지는 않았다.

"가자."

내가 먼저 현관문을 열고 나서는데 소피아가 머뭇거렸다.

"그거……."

그녀는 내가 들고 있는 칼을 가리켰다.

"갖고 가야 해. 필요할지도 몰라."

나는 먼저 밖으로 나갔다. 쿵쿵거리며 계단을 달려 내려갔다.

길은 아까 외워 두었다. 기억이 흐릿해지기 전에, 그리고 놈들이 쫓아오기 전에 이 동네를 벗어나야 했다.

내 마음은 급한데 소피아는 느렸다. 내가 빌라에서 나왔을 때 소피아는 아직도 계단을 내려오는 중이었다. 그녀가 다 내려오자 나는 그녀의 손을 잡았다. 그녀도 기다렸다는 것처럼 힘껏 내 손을 쥐었다.

우리는 달렸다. 골목을 지나고, 방향을 바꾸고, 그러다가 토사물을 밟고, 지린내가 풍기는 골목길을 벗어나 또 다른 골목으로 들어서고, 그리고.

"이 새끼들아아아!"

놈들이 쫓아왔다.

4

쫓아오는 놈들은 여덟 명이었다.

범석과 그 패거리 다섯에 호랑이와 용까지 합쳐서 여덟.

도끼는 보이지 않았다. 아마 아직도 고통에 몸부림치고 있으리라. 몸부림치면서도 패거리에게 명령했으리라. 그것들 잡아서 죽여 버리라고.

놈들은 정말 우리를 죽일 작정을 했는지 살벌한 얼굴로 쫓아왔다.

나는 쓰레기봉투가 널려 있는 전봇대 앞을 지나 왼쪽으로 방향을 꺾었다. 비좁은 골목길이 보였다. 저 끝은 막혀 있었다.

소피아가 내 손을 잡아당겼다.

"그쪽은 막다른 길이잖아."

"알아."

나는 생각해 둔 게 있었다.

골목길 끝으로 달려갔다. 3미터는 됨 직한 벽이 우리를 가로막았다. 나는 책가방을 벗어 던지고 칼을 소피아 손에 쥐어 주었다.

"가지고 있어. 여차할 때 네 몸을 지킬 수 있도록."

"넌 어쩌려고?"

나는 대답하지 않았다. 재킷을 벗으며 소피아에게 등을 돌렸다.

골목의 폭은 2미터도 채 되지 않았다. 두세 명 정도가 나란히 서는 거야 가능하겠지만 함께 싸우기에는 너무 좁은 공간이다.

소피아가 말했다.

"싸우려고? 그러려고 일부러 여기 들어온 거야?"

"별수 없잖아."

나 혼자라면 어떻게든 도망칠 수 있을지 모른다. 문제는 소피아다. 나보다 훨씬 느린 소피아와 함께 도망치는 건 불가능하다. 그렇다고 그녀를 버려두고 갈 수도 없다.

어쩌겠는가. 죽든지 살든지 싸워 보는 수밖에.

재킷을 둘둘 말아서 손에 쥐었다. 이윽고 놈들이 골목 안으로 쏟아져 들어왔다. 공간이 너무 좁아 서로 어깨를 부딪치면서도 악을 써 가며 내게 달려들었다.

"저 새끼 죽여!"

누군가가 소리쳤다. 그걸 신호로 삼아 나는 재킷을 휙 던졌다. 앞장서던 놈이 재킷을 얼굴에 맞고 주춤했다. 배가 텅 비었다.

오른발을 힘차게 내딛으며 주먹을 내질렀다.

"헉."

놈의 허리가 확 꺾였다. 탄력을 이용해 왼쪽 무릎을 들어 놈의 얼굴을 쳤다. 픽! 수박이 깨진 것처럼 벌건 핏물이 튀었다.

봐주고 어쩌고 할 수가 없었다. 8대 1의 싸움이다. 유리한 지형을 차지했지만 이길 자신은 없었다.

나는 필사적으로 놈을 뒤로 밀어붙였다. 뒤따라오던 놈들이 놈의 몸뚱이에 떠밀렸다.

"어어!"

뒤에 있던 두 놈이 자빠졌다. 나머지는 황급히 뒷걸음을 쳤다. 나는 펄쩍 뛰어서 쓰러진 한 놈의 배를 밟았다.

콰드득! 갈비뼈가 부러지는 감촉이 발끝에서 머리끝까지 전달되었다. 그 끔찍한 느낌에 경악하면서도 다른 놈의 옆구리를 걷어찼다. 비명을 지르며 몸을 뒤집는 놈을 일으켜 세워 벽에 밀어붙였다.

그제야 놈의 팔에 호랑이 문신이 있는 걸 발견했다. 놈은 진짜 호랑이라면 결코 짓지 않을 그런 표정으로 나를 바라보았다.

하지 마. 제발.

나는 팔꿈치로 놈의 코를 찍었다.

콰드득, 혹은 쿠지직. 인간의 언어로 치환할 수 없을 것 같은 소리가 울렸다. 내 팔꿈치와 바로 맞닿은 살이 뭉개지고 뼈가 부러졌다. 피가 튀었다. 내 얼굴에까지 튀었다.

피는 뜨끈했다. 방금 쏟아낸 생혈(生血)은 정말 뜨끈했다.

"커어어억……."

놈이 불쌍했다. 정말이다. 내가 그 꼴로 만들었는데도 그랬다. 위선이라고 욕해도 할 말은 없다. 할 수만 있다면 이제 그만하자고 말하고 싶었다. 이렇게까지 심한 짓은 하고 싶지 않다고도 하고 싶었다.

하지만 그럴 수는 없었다.

정범석 패거리보다 도끼 패거리가 훨씬 위험했다. 놈들만은 절대로 봐줄 수가 없었다. 봐주었다가는 내가 당한다. 소피아도 당한다.

나는 고꾸라지는 놈의 멱살을 쥐고 바닥에 메다꽂았다. 예전에 유도를 배우긴 했지만 기술을 제대로 쓸 자신은 없었다. 어설픈 흉내에 불과했으나 흉내로도 충분했다. 놈은 땅바닥에 축 늘어졌다.

"하아, 하아."

어느새 숨이 거칠어져 있었다. 아주 잠깐이 지났을 뿐인데 한 시간은 싸운 기분이었다. 나는 숨을 고르며 정면을 노려보았다.

나머지 다섯 놈은 어느새 골목 끝까지 물러가서는 이쪽을 보고 있었다. 다들 당황한 얼굴이었다. 이대로 놈들이 도망치면 얼마나 좋을까 생각했다.

갑자기 뒤에 있던 한 놈이 소리쳤다.

"잠깐 기다려!"

놈은 어딘가로 부리나케 달려갔다.

도망쳐라. 제발 그대로 도망쳐라. 잠시 기다려도 네가 돌아오지 않으면 다른 놈들도 결국 도망칠 거다.

군중심리라는 게 있지 않은가. 한 놈이 도망치면 결국 다른 놈들도 따라가게 된다. 나는 놈이 돌아오지 않기를 간절히 빌었다.

그만두자고. 제발.

"비켜!"

내 희망은 힘없이 꺾이고 말았다.

5

"비켜! 비키라고!"

골목 끝에 몰려 서 있던 놈들이 뒤로 빠졌다. 이윽고 아까 사라졌던 놈이 웬 쇠 파이프를 앞세우고 나타났다.

스치기만 해도 뼈가 부러질 것 같은 파이프였다. 길이는 대략 1미터. 직경은 10센티미터 정도 될까.

도대체 저런 물건을 어디서 구한 걸까. 나는 겁도 나고 한편으로는 어쩐지 허탈하기도 해서 한숨을 쉬었다. 놈이 바보였으면 싶었다. 바보라면 파이프를 휘두르려 들 것이다.

그러나 놈은 바보가 아니었다.

"다들 내 뒤에 바짝 붙어! 붙어서 따라와!"

놈은 패거리에게 그렇게 명령하고는 파이프를 옆으로 쥐었다. 휘두르려는 자세가 아니었다. 찌르려는 자세.

하긴 당연하지. 이 좁은 공간에서 저런 물건을 휘두르려고 하는 바보는 없을 게다.

나는 놈의 팔다리를 훑어보았다. 그제야 놈의 팔에 있는 용 문신이 보였다. 그렇구나. 네가 용이었구나.

파이프까지 합치면 리치(팔을 폈을 때 손끝이 미치는 범위)는 1미터가 훨씬 넘는다. 놈의 보폭까지 계산하면 3미터에 달한다고 봐야 할 것이다.

나는 쓰러진 놈들 뒤로 물러섰다. 벽이 등에 닿았다. 내 옆에는 소피아가 칼을 두 손에 꼭 쥐고 서 있었다. 우리는 어깨가 닿았다. 그녀는 가늘게 떨고 있었다. 그 진동이 전달되어 하마터면 나도 떨 뻔했다. 이를 악물고 간신히 참았다.

용은 한 발자국씩 신중하게 다가왔다. 놈도 리치를 계산하고 있는 게 분명했다. 거리가 대략 3미터쯤 되자 놈은 벽에 붙어 섰다.

"저것들 치워. 어서."

놈이 쓰러진 것들에게 턱짓을 했다. 정범석과 그 패거리가 잠시 쭈뼛대다가 앞으로 나아왔다. 나는 놈들은 내버려 두고 용에게 시선을 고정해 두었다. 놈이 파이프 끝을 살짝 흔들었다. 조금만 움직이면 당장 찔러 버리겠다는 위협이었다.

찌른다고 꼭 내가 맞는다는 보장은 없다. 마찬가지로 내가 꼭 피할 수 있다는 보장도 없다. 몇 번이나 말하지만 공간이 너무 좁다. 옆에는 소피아도 있다. 소피아가 당할 수도 있다.

파이프에 찔리는 순간 놈들이 짐승처럼 달려들 것이다. 만약 피할 수 있다면 반대로 내가 짐승이 되어 놈들을 덮칠 것이다.

누구도 함부로 움직일 수 없는 상황.

범석이 내 눈치를 보며 호랑이를 질질 끌고 갔다. 뒤이어 다른 두 놈도 끌려갔다. 범석 패거리는 놈들을 골목 밖으로 옮기고 다시 돌아왔다.

이제 우리 사이에 거치적거리는 것은 아무것도 없었다. 텅 빈 공간이 대략 3미터.

용은 나를 노려보며 파이프를 고쳐 쥐었다. 놈의 얼굴이 흉측하게 일그러졌다.

온다.

나는 자세를 낮추며 가방을 집어 들었다. 용이 내지르는 고함이 쩌렁쩌렁하게 울렸다.

"으아아아앗!"

파이프가 내 가슴을 노리고 직선으로 날아왔다. 파이프 본래의 무게에 용의 몸무게까지 더한 감당할 수 없는 중량으로.

나는 땅을 박차고 앞으로 달려갔다. 두 손으로는 가방을 앞세운 채.

피할 수 있다는 보장이 없다. 소피아가 다칠 수도 있다. 그렇다면 방법은 하나뿐이지 않은가.

파이프를 향해 가방을 내밀었다. 파이프가 가방을 찌르는 순간 엄청난 중량의 압박으로 숨이 턱 막혔다. 나는 굳이 그것을 버티지 않고 옆으로 흘려 버렸다. 가방을 옆으로 밀자 파이프가 벽을 쳤다. 나도 그 반동으로 몸이 날아갔다.

"윽!"

반대편 벽에 등을 부딪쳤다. 파이프가 대각선을 그어 골목길을 절반으로 나눈 상태였다. 전신의 뼈가 울리는 기분이었지만 어떻게든 그 경계선을 넘어 용에게 달려들었다.

거리가 좁혀지자 용은 즉시 파이프를 버리고 주먹을 뻗어 왔다. 피할 수가 없었다. 권투를 하는 요령으로 두 팔로 가드를 올렸다. 놈의 주먹이 내 팔을 꽝 때렸다. 뼈가 비명을 지르는 것 같았고 나도 비명을 지르고 싶었다.

나는 참지 않고 질렀다. 비명인지 기합인지 알 수 없는 소리를.

"아아악!"

소리를 지르기 전에 내 손이 제멋대로 움직여 용의 팔을 낚아챘다.

기술이고 뭐고 생각할 겨를도 없었다. 나는 무작정 놈의 팔을 옆으로 휘둘렀다. 놈은 휘청하면서 벽과 충돌했다. 놈의 자세가 완전히 흐트러지자 그제야 여유가 약간 돌아왔다. 나는 반동으로 튀어나오는 놈의 멱살을 쥐고 몸을 돌렸다.

설마 내가 정말로 업어치기를 하는 날이 올 줄이야.

할아버지에게 당해 본 적은 있지만 내가 해 보기는 처음이었다. 처음인데도 나는 용케 놈의 몸을 완전히 뒤집어 땅바닥에 패대기쳤다. 놈은 두 팔과 다리를 활짝 벌리고 쓰러졌다. 일어설 것처럼 목을 들었지만 그것도 반동에 불과했다.

"허억……."

놈은 숨 막힌 소리를 지르더니 눈을 까뒤집고 늘어졌다.

쉴 틈이 없었다. 나는 즉시 다른 놈들을 향해 돌아섰다.

"이 새끼야아아아!"

누구의 것인지 알 수 없는 고함.

쇠 파이프가 나를 찌르고 들어왔다.

6

어떻게 피했는지 모르겠다.

아니, 피한 것도 아니었다. 나는 다른 놈들을 향해 돌아섰고, 그 순간 파이프가 내 가슴을 스치고 지나간 것이다. 운이 좋았다. 정말 그렇게밖에 말할 수 없다.

파이프를 쥔 것은 이기태라는 놈이었다. 놈은 너무 힘을 주었는지 나를 헛치자 그만 앞으로 넘어지고 말았다. 또 한 번의 행운이었지만 그나마 그것으로 끝이었다.

이기태 바로 뒤에 붙어 있던 놈이 곧장 나를 공격해 왔다. 나는 순식간에 어깨와 허벅지를 얻어맞았다. 빠르게 반응할 수가 없었다. 나는 어느새 지쳐 있었다.

어깨는 그렇다 치고 허벅지가 너무 아파 하마터면 균형을 잃을 뻔했다. 다행히 자전거와 각종 운동으로 단련된 하체가 버텨 주었다.

스쾃을 할 때처럼 자세를 낮추었다. 주먹이 허공을 붕 가르고 지나갔다. 대퇴근에 힘을 가득 주고 튕기듯이 몸을 일으켰다. 놈의 턱이 노출되어 있었다. 김상호인가 뭔가 하는 놈.

오른 주먹으로 턱을 강타했다. 쓰러지는 놈을 붙잡아 뒤로 밀었다. 뒤따르던 놈들이 어어, 하며 물러섰다.

그사이에 이기태가 다시 일어나 파이프를 쥐었다. 놈은 김상호를 내버려 두고 뒷걸음 쳤다. 놈을 따라가려는 순간 놈이 파이프를 휘둘렀다. 공간이 좁아 힘껏 휘두를 수는 없었기 때문에 위력은 대단치 않았지만 나를 주춤하게 하기에는 충분했다.

틈이 생기자 놈들은 재빨리 거리를 벌렸다. 나도 방금 파이프에 맞은 오른팔을 왼손으로 감싸고 뒷걸음 쳤다.

또다시 거리는 대략 3미터.

이제는 3대 1의 싸움.

정범석이 앞으로 나아오더니 용과 김상호를 끌고 돌아갔다. 나는 놈을 내버려 두었다. 파이프가 나를 노리고 있기도 했지만 그게 아니라도 숨을 좀 돌려야 했다. 어깨가 저절로 들썩거렸다.

놈들도 힘겨운 모양이었다. 파이프를 쥔 이기태도, 정범석과 다른 한 놈도 숨을 몰아쉬었다. 체력이 떨어졌다기보다는 너무 긴장한 탓이리라. 한순간에 뼈가 박살날 수 있는 상황에서 몸을 움직이는 건 항상 운동으로 몸을 단련해 온 내게도 너무 힘겨운 일이었다.

이게 도대체 무슨 상황이람.

난 이렇게 싸움질이나 하고 다니는 놈이 아니었는데.

나는 나 자신을 원망했다. 결국 모든 게 나 때문이었다. 내가 담임을 패지만 않았어도 똥통으로 강제 전학당하지 않았을 것이다. 저딴 양아치들과 싸우는 일도 없었을 것이다. 나 때문이었다. 전부 나 때문.

'할아버지.'

할아버지를 생각하며 주먹을 힘껏 쥐었을 때였다. 소피아가 말했다.

"움직이지 마."

곁눈질로 그녀를 보았다. 그녀는 칼을 뒤로 당기고 있었다.

"이거 던질 거야."

그녀의 자세는 어설펐다. 칼을 쥔 손은 또 너무 가녀렸다. 가느다란 손가락들이 칼을 감싸쥔 모습은 위협적이긴커녕 애처롭기만 했다.

손이 덜덜 떨리고 있었다. 그녀도 무서운 게 분명했다. 얼굴에 핏기가 가셨다.

그러나 어쨌든 칼은 칼.

놈들은 침을 꿀꺽 삼켰다. 이윽고 이기태가 허세를 부리는 투로 말했다.

"던져 봐."

소피아는 싸늘하게 대꾸했다.

"진짜 던질 거야."

"던지라고, 썅년아. 네가 그거 던진다고 우리가 맞을 줄 알아?"

나는 소피아에게 눈짓을 보냈다. 소피아도 내게 눈짓을 보내왔다. 말은 오가지 않았지만 우리는 뜻이 통했다.

그렇다면 남은 건 행동뿐.

소피아가 칼을 던졌다. 거의 동시에 내가 이기태에게 달려갔다. 이기태는 날아오는 칼에 움찔하며 몸을 비틀었다. 칼은 놈의 머리 위로 지나가 벽에 부딪혔다. 처음부터 맞힐 마음이 없었던 게 아닐까.

어쨌든 이기태는 틈을 보였다. 그거로 충분했다.

"아아아아아!"

거리는 좁혀졌다. 뒤에는 정범석과 다른 놈이 또 있다. 나는 아까 맞지 않은 오른쪽 어깨를 앞세우고 이기태와 충돌했다. 묵직한 반동이 내장을 뒤집어 버리는 느낌이었지만 어떻게든 몸을 앞으로 밀었다.

아니, 몸을 내던졌다.

온몸을 던진 충돌. 이기태는 파이프를 떨구며 쓰러졌고, 뒤에 있던 놈들도 떠밀려 넘어졌다. 나도 이기태 위로 쓰러졌다.

나는 내 몸을 믿었다. 할아버지가 어릴 때부터 단련시켜 주신 몸. 매일 자전거 페달을 밟았던 두 다리.

몸은 나를 배신하지 않았다. 나는 다시 일어섰다. 우선 파이프부터 집어서 수직으로 들어 올렸다. 쓰러진 이기태가 눈을 크게 뜨고 나를 올려다보았다.

사람의 눈이 이렇게 커질 수가 있는 걸까.

내가 자꾸 엉뚱한 생각을 하는 건 어쩌면 현실도피인지도 몰랐다. 그러나 내 의식이야 어떻든 몸은 현실에서 도피하지 않았다.

나는 파이프 끝으로 이기태의 오른손을 찍었다.

"아아아악!"

이기태가 몸을 뒤틀며 왼손으로 오른손을 감쌌다. 나는 다시 한 번 파이프를 들어 올렸다. 허리를 뒤로 젖히고 몸을 활처럼 휘게 해서 그 탄력으로 혼신의 힘을 다해 놈의 왼손을 찍었다. 왼손과 오른손이 함께 부러지는 감촉이 파이프를 타고 전달되었다.

고통으로 데굴데굴 구르다 벽에 부딪치는 놈을 내버려 두고 이번에는 바로 뒤에 있는 놈에게 다가갔다. 놈은 간신히 일어서고 있었다. 넘어질 때 허리를 삐기라도 했는지 자세가 엉거주춤했다.

오래 끌고 싶지 않았다. 그럴 체력도 없었다. 수직으로 들고 있던 파이프를 수평으로 돌려 세웠다. 파이프가 놈의 다리 사이를 강타했다. 놈은 목이 졸린 듯한 소리를 흘리며 허물어졌다.

가랑이를 쥐고 주저앉은 놈의 뒤로 정범석이 일어섰다. 놈은 친구도 밀쳐 버리고 내게 달려들었다. 손에 칼을 쥐고 있었다.

저놈이 칼을 주웠구나.

나는 멍하니 그런 생각을 했다. 피하기에는 이미 늦었다. 파이프를 휘두르기에도 거리가 너무 가깝다. 몸이 생각대로 잘 움직이지도 않았다.

기합인지 울부짖음인지 알 수 없는 소리가 들려왔다.

"우허어어어어!"

나는 파이프를 놓고 두 팔로 상반신을 부둥켜안았다. 심장을 보호해야 한다. 그게 내가 할 수 있는 최선이었다.

왼쪽 팔꿈치 위가 터져 버렸다.

정말 터진 줄 알았다. 터지지 않고서야 이렇게 아플 수가 있겠는가.

당연히 내 왼팔은 터지지 않았다. 칼날이 푹 박혔을 뿐이었다. 매일 운동으로 단련해 온 근육이 칼날을 꽉 물고 있었다. 그 와중에도 온 힘을 다해 버틴 것이다. 아니, 내 몸이 스스로 알아서 그렇게 했다. 당연하다면 당연한 일인데도 어쩐지 믿기지가 않았다.

범석은 후들후들 떨었다. 놈이 너무 떠는 바람에 칼날도 흔들렸다. 내 근육이 도려지고 짓이겨지는 게 느껴졌다.

너무 아팠다. 울고 싶을 정도로 아팠다. 놈에게 빌고 싶기까지 했다. 아프다고, 제발 그만 좀 하라고 빌고 싶었다.

비는 대신 이렇게 말했다.

"사람 찔러 보니까 기분이 어때?"

범석은 흠칫하며 고개를 들었다. 나는 놈의 눈을 지그시 보았다. 놈의 눈에 눈물이 차오르고 있었다.

"좋으냐? 기분 째져?"

"으, 으……."

"멍청한 자식."

나는 오른 주먹으로 놈의 명치를 쳤다. 놈은 칼을 놓고 뒷걸음 쳤다. 쓰러지지는 않았다. 나도 힘이 빠졌기 때문일까.

놈이 두 팔로 배를 감싸고 구부정한 자세로 나를 보았다. 눈동자를 적시던 눈물이 이제는 뺨을 적시고 있었다.

놈에게 무언가 말해 주어야겠다는 생각이 들었다. 하지만 그럴 듯한 말이 떠오르지 않았다.

"멍청한 자식아!"

했던 소리를 또 하며 나는 주먹을 날렸다. 범석은 얼굴을 맞고 이번에야말로 털썩 쓰러졌다.

"멍청한 자식……."

나는 똑같은 말을 세 번이나 되풀이했다. 다른 말이 떠오르지가 않았다.

7

피가 뚝뚝 떨어졌다.

오른손으로 칼을 쥐고 단번에 뽑았다. 죽고 싶을 만큼 아팠다. 한편으로는 어쩐지 통쾌하기도 했다. 칼을 너무 오래도록 살에 품고 있었던 것처럼 느껴졌다. 실제로는 일 분이나 될까 말까 한 시간이었는데도 그랬다. 마침내 그걸 뽑아 버리자 내 살은 해방되었고, 해방은 고통이었고, 고통과 통쾌감으로 나는 괴성을 질렀다.

괴성을 지르며 칼을 던져 버렸다.

"피가 너무 많이 나."

소피아가 내 가방과 재킷을 들고 다가왔다. 나는 그녀를 힐끗 보고는 골목을 나갔다.

벽에 기댄 채 넥타이를 풀었다. 넥타이로 상처를 감싸고 매듭을 묶으려고 했다. 한 손으로 매듭을 묶는 게 쉽지가 않았다. 피가 묻어서 손이 미끄럽기도 했다.

"내가 해 줄게."

소피아가 내 대신 매듭을 묶어 주었다. 아주 힘껏. 나는 배 속 깊은 곳에서 올라오는 신음을 토해 냈다.

"어서 병원에 가자."

"됐어."

나는 소피아에게서 가방과 재킷을 빼앗아 어깨에 메고는 걸음을 옮겼다. 발을 들 때마다 모래주머니를 찬 것 같은 기분이었다. 왼팔은 너무 아프고 또 무겁기도 했다. 도저히 팔을 움직일 수가 없었다. 이놈의 팔이 고통을 느끼는 것밖에 할 수 없는 무력한 살덩어리가 된 것만 같았다.

그래도 하체는 움직여 주었다. 허리도 버텨 주었다. 어떻게든 걸을 수 있었다.

고맙구나, 내 몸아.

고마워요, 할아버지.

기억을 더듬어 길을 찾아 나아갔다. 소피아가 따라붙었다.

"어디 가?"

"남이야."

"병원에 가야지."

"시끄러워. 남의 일에 신경 끄고 집에나 가."

"넌 어디 가는데? 집에 갈 거야?"

"신경 끄랬지."

한참 걷자 찻길이 나왔다. 지나가던 사람들이 나를 힐끔거렸다. 나는 시선을 무시하고 버스 정류장 쪽으로 향했다. 지쳤지만 택시를 탈 수는 없다. 택시가 서 줄 것 같지도 않고 서 준다고 해도 기사가 무슨 일이냐고 캐물을 것 같았다. 참견은 질색이었다.

소피아가 나를 불렀다.

"오자서."

"……"

"오자서!"

소피아가 내 어깨를 잡았다. 그녀가 나를 돌려세우는 바람에 하마터면 넘어질 뻔했다. 이런 망할 계집애.

내가 노려보니까 소피아도 눈에 힘을 주었다.

"병원부터 가자. 집에는 나중에 연락하고."

"세 번째 말한다. 남의 일에 신경 꺼라."

소피아가 내 어깨를 꽉 쥐었다. 나를 아프게 하려는 게 아니었다. 내게 매달리는 것이었다. 너를 두고 그냥 갈 수 없다는 뜻이었다.

소피아가 내 눈을 보며 말했다.

"그럼 너는 왜 나한테 신경 끄지 않았는데?"

"뭔 소리야."

"모르는 척하지 마. 너 혼자 도망칠 수도 있었잖아. 나 때문에 싸운 거잖아. 칼도 나한테 양보하고. 나 때문에 이렇게 다친 거잖아."

"너 때문? 젠장. 그것도 '자백'의 일종이냐? 네가 그렇게 대단해? 웃기지 마. 나는…….."

왜 그럴까. 목구멍이 콱 막힌 것 같았다. 잠시 후에야 힘겹게 말을 토해 냈다.

"나 때문이야. 전부 나 때문이야."

"무슨 소리야?"

나는 그만 몸을 돌리려고 했지만 소피아가 놔주지 않았다.

"병원 가기가 그렇게 싫어? 그럼 집에라도 가든지. 어디야? 데려다줄게."

"제발 부탁이다. 신경 좀 꺼라. 어깨도 그만 놔주고."

"집이 어디냐고! 그것만 말해!"

소피아가 갑자기 소리를 빽 지르는 바람에 깜짝 놀랐다. 늘 차분하던 그녀가 얼굴이 빨개지도록 목소리를 높이니까 뜻밖의 박력이 있었다. 나는 주춤했다.

"집에 갈 수는 없어. 이 꼴로는 못 가."

"그럼 병원에 가자."

"병원도 안 돼."

"왜!"

"젠장! 병원에서 보호자 안 찾을 것 같냐? 아니면 네가 보호자 해 줄래?"

소피아는 잠깐 놀란 표정을 지었다가 이윽고 고개를 끄덕였다. 무슨 뜻인지 알겠다는 것 같았다. 한편으로는 역시 그랬구나 하는 것처럼도 보였다.

아아, 그랬구나. 너도 그랬구나.

나는 거친 몸짓으로 소피아의 손을 뿌리치고 돌아섰다. 몇 발자국 걷기도 전에 소피아가 따라와서 이번에는 내 손을 잡았다.

"해 줄게."

"뭐?"

"보호자 해 줄게."

입을 벌렸지만 얼른 말이 나오지 않았다. 소피아가 담담하면서도 묘한 박력이 깃든 음성으로 말했다.

"보호자 해 줄 테니까 같이 가자. 집 말고 갈 데가 있는 거지? 어디야?"

4장
당신의 기도하는 소리를 들었습니다

1

어느새 해가 지고 있었다.

아파트는 캄캄했다. 나는 문을 따고 들어가자마자 우선 불부터 켰다. 형광등이 몇 번 깜박거리다가 켜졌다.

"여기는 어디야?"

소피아가 현관에 선 채 거실을 둘러보며 말했다. 나는 먼저 신발을 벗고 거실로 들어갔다.

"할아버지 집이야. 이제는 내 거지만."

"무슨 소리야?"

"할아버지의 유산이야."

"네 부모님이 아니라 네가 물려받은 거라고?"

"그래. 내가 미성년자라서 마음대로 처분할 수는 없지만 일단 명의는 내 거야. 뭐 하고 있어? 이제라도 가고 싶으면 가든지."

소피아는 나를 한번 흘겨보고는 거실로 들어섰다.

그녀가 자꾸 주위를 두리번거리는 게 왠지 부끄러웠다. 내 나이에 집이 한 채 있다는 게 보통 일은 아니지 않은가. 그야 뭐 부당한 방법으로 집을 물려받은 건 아니다. 할아버지의 유산인데 부당은 무슨. 세금 문제도 아버지가 잘 처리했다.

할아버지가 부자였던 건 아니다. 재산이라고는 이 집 한 채가 전부였다. 그나마도 비좁은 데다 지은 지 20년도 넘은 낡은 아파트다.

여기 주민들은 모두 재건축이나 재개발을 원하는 모양이다. 아버지가 전에 주민들에게서 들은 얘기를 해준 적이 있다. 이 동네도 뉴타운 얘기가 나와서 시끌시끌했던 적이 있다고 한다.

나는 재건축이고 재개발이고 싫다. 이 집이 이대로 보존되었으면 싶다. 할아버지가 아버지도 제쳐 두고 나한테 특별히 물려준 집이다. 구석구석 할아버지와의 추억이 서리지 않은 곳이 없다.

소피아가 물었다.

"다른 사람은 없어?"

"없어. 여긴 나만의 공간이야."

"너 혼자 여기 사는 거야?"

"그럴 리가 있냐. 나도 평소에는 부모님이랑 같이 살아. 여기는 가끔 들르는 거야."

거짓말이었다. 나는 가끔이 아니라 자주 이 집에 들렀다. 일주일에 두세 번 정도.

물론 그렇게 솔직하게 얘기할 필요는 없었다. 올 때마다 여기서 혼자 잔다는 것도. 부모님은 내가 집에 안 들어와도 별로 신경 쓰지 않는다는 것도.

꼭 얘기해야 할 만큼 중요한 일도 아니다. 아마 그럴 게다.

신기한 듯 자꾸만 두리번거리는 소피아를 내버려 두고 주방으로 갔다. 냉장고에서 생수병을 꺼내 뚜껑을 따고 입으로 가져갔다. 컵을 챙길 여유가 없었다. 목이 너무 말랐다. 아까 힘을 썼기 때문일까 아니면 출혈 때문일까.

생수병을 거의 반이나 비우고 왼팔을 살펴보았다. 팔이 온통 피범벅이었다. 핏자국이 마른 걸 보면 어느 정도 지혈이 된 모양이지만 통증은 심상치 않았다. 어쩌면 뼈를 다쳤을지도 몰랐다. 내 근육이 칼날을 꽉 물고 늘어져 그 이상의 진입을 막아 주었기를 바랄 뿐.

냉장고에서 다른 생수병을 꺼내고 거실로 돌아갔다. 소피아는 아직도 고개를 이리 돌렸다 저리 돌렸다 하고 있었다.

나는 그녀에게 생수병을 건넸다.

"마셔. 컵은 저기 있으니까 네가 알아서 가져오고."

소피아가 생수병을 받아 들고 물었다.

"전화기는 어디 있어?"

"없어."

"응?"

"할아버지 돌아가신 후에 전화 끊었어. 쓸 사람이 없으니까. 나야 휴대전화가 있고. 아니, 있었고."

부서진 내 스마트폰. 기계 값만 96만 원이다. 자전거가 85만 원이니까 합이 181만 원. 그 망할 것들 때문에 200만 원에 가까운 피해를 봤다. 팔을 다친 건 넘어가자. 놈들도 다쳤으니까.

한숨을 쉬며 안방으로 들어갔다. 소피아가 따라왔다.

"좀 앉아 있어. 다친 사람이 왜 그렇게 돌아다녀?"

"나도 제발 앉고 싶다. 쉬고 싶어 죽을 지경이다."

과장이 아니었다. 아까 온몸을 내던져 가며 싸웠던 후유증이 본격적으로 나타나고 있었다. 관절이 다 삐걱댄다. 이대로 드러눕고 싶은 심정이었다.

할 일이 없었다면 정말 드러누웠을 게다. 한 열 시간은 잤을 게다.

그러나 자기 전에 해야 할 일이 있었다. 반드시 해야 할 일.

나는 서랍장에서 반짇고리를 꺼냈다. 실패에서 실을 3분의 1쯤 푼 다음 이로 물어서 끊었다.

실 뭉치와 바늘을 들고 다시 주방으로 갔다. 냄비를 꺼내는데 뒤에서 소피아가 말했다.

"너 설마."

돌아보니까 그녀는 미간을 찡그리고 있었다. 못 볼 걸 본 듯한 표정이었다.

"그 설마가 맞을 거다."

"미쳤구나."

소피아는 고개를 절레절레 흔들었다. 뜻밖의 반응이었다. 또 병원에 가자고 할 줄 알았는데.

그녀는 병원 소리를 하는 대신 내 손에서 냄비를 빼앗았다.

"내가 할게. 넌 식탁 앞에라도 앉아 있어. 힘들지도 않아?"

그녀가 냄비에 물을 받아 가스레인지 위에 올렸다. 불을 켜고 내게서 실과 바늘을 받아 물에 담갔다.

"구급상자는 있어?"

"있어."

내가 안방으로 가려고 하자 소피아가 재빨리 나를 앞질렀다.

"어디 있어? 말만 해."

"장롱 안에. 장롱 열면 바로 보일 거야."

소피아가 안방으로 들어가자 나는 식탁 앞에 앉았다. 똑바로 앉으려 했지만 몸이 말을 듣지 않았다. 전신의 힘줄이 늘어난 것 같았다. 나는 식탁 위에 엎어지고 말았다.

소피아가 구급상자를 들고 돌아와 내 왼편에 앉았다. 그녀는 구급상자를 열어 보았다.

"소독약, 거즈, 탄력 붕대, 탈지면, 다 있네."

"할아버지가 꼼꼼한 분이셨지."

"소독부터 하자."

소피아가 내 왼팔에 감긴 넥타이를 풀었다. 피를 잔뜩 먹은 넥타이는 무겁게 늘어져서는 핏물을 뚝뚝 흘렸다. 그걸 맨손으로 만지면서도 소피아는 무덤덤한 얼굴이었다. 조금 전의 찡그린 표정은 씻은 듯이 사라지고 없었다.

상처는 조금 벌어져 있었다. 살과 살의 틈새로 핏방울이 뭉클뭉클 솟아났다. 나는 오른손으로 상처를 조금 더 벌렸다.

"부어."

더 이상 자세히 설명할 필요는 없었다. 소피아는 이미 알고 있다는 듯이 소독약 뚜껑을 따고 상처 위에 약을 부었다.

살과 살의 틈새, 그 깊은 속살까지 소독약이 흘러들었다. 차가워야 할 텐데 이상하게도 뜨거웠다. 살 속에 불덩어리가 꽂힌 느낌이었다.

"크으윽……."

이를 악물었지만 어쩔 수 없이 신음이 새나왔다.

소피아는 텅 빈 소독약을 식탁 위에 놓고 새 약을 땄다. 두 통, 그리고 한 통 더. 세 통의 소독약을 부은 다음 소피아는 네 통째를 꺼냈다. 이번에는 탈지면에 약을 붓고는 탈지면으로 상처를 닦았다.

조심스럽지만 단호한 손길이었다. 내가 너무 아프지 않도록 조심하면서도 상처 주위의 잡균은 모두 없애 버리겠다는 것처럼 그녀는 상처를 싹싹 닦았다. 나는 후들후들 경련하는 몸을 입술을 깨물어 가며 억눌렀다.

상처를 다 닦자 소피아는 거즈를 한 뭉치 꺼내어 상처 위에 대고 눌렀다. 나는 고통을 조금이라도 덜어 보려고 지껄였다.

"능숙하네. 간호사 해도 되겠다."

"영화에서 본 거 따라 한 거야."

어이쿠, 그러십니까. 괜히 칭찬했군. 웃음이 피식 나왔다.

물이 끓기 시작했다. 소피아가 냄비를 돌아보았다. 나는 상처를 누르고 있는 그녀의 손을 보며 말했다.

"놔둬. 십 분은 끓여야 해."

"알았어. 근데 너 정말 상처를 꿰맬 거야?"

"그럼 그냥 놔둘까?"

"너도 영화에서 본 거 흉내 내는 거야?"

"아니, 할아버지의 가르침을 따르는 거야. 할아버지가 항상 그러셨지. 상처가 벌어지게 놔두면 안 된다고. 감염되면 큰일 난다고. 팔다리 자르게 되는 거 순식간이라고."

"할아버지가 의사셨어?"

"아니, 용사."

소피아가 동그랗게 토끼 눈을 떴다. 항상 무표정한 애가 저렇게 눈을 동그랗게 뜰 때만 묘하게 귀여운 인상이 된다. 아픈 와중에도 웃고 말았다.

"월남전 참전 용사."

"아."

"할아버지는 팔다리가 썩어 가는 사람을 지겹도록 보셨대. 패혈증 걸려서 열이 펄펄 끓다가 죽는 사람도. 그래서 몸에 상처가 나면 가만있지를 못하셨지. 아무리 작은 상처라도 반드시 소독을 하고 하다못해 밴드라도 붙이고는 하셨어. 나한테도 그렇게 해 주셨고."

나는 소피아의 손에서 눈을 돌릴 수가 없었다. 내 피로 여기저기 벌겋게 물들어 버린 손이 안타깝고 가련했다. 그 새하얀 손에 피를 묻게 한 게 죄스러웠다.

나 혼자 생각일 뿐이었다. 소피아는 거즈 위로 피가 배어나도 손을 떼지 않았다. 손바닥이 젖을 텐데도 그랬다. 그녀는 내 피를 마치 자기 피처럼 여상하게 만지고 묻히고 있었다.

저 손을 치워 버릴까. 내 손으로 거즈를 누를까.

생각뿐, 손은 움직여 주지 않았다. 나는 그녀가 상처를 누르는 힘, 그 은근하면서도 단호한 압력을 가만히 받아들였다.

상처는 아팠다. 너무 아팠다. 누르니까 더욱 아팠다.

아프지만 참았다. 나는 어느새 신음을 흘리지 않고 있었다. 이를 악물지도 않았다. 고통이 참을 만했다. 내 손으로 상처를 눌렀어도 참을 만했을지 나는 확실하게 말할 자신이 없었다.

십 분쯤 지난 후에 소피아가 마침내 손을 거두어들였다. 그녀는 먼저 불부터 끈 다음 욕실에서 손을 씻고 돌아왔다. 냄비의 물을 모두 버리고 실과 바늘만 집어서 내 옆에 앉았다.

"실에 매듭을 묶어 줘. 그리고 바늘에 꿰어 주고."

소피아는 그 정도는 안 들어도 안다는 듯 대답도 하지 않고 손을 움직였다. 평소에 바느질을 해 봤는지 손놀림이 기민했다.

이윽고 그녀가 바늘을 들고 말했다.

"거즈 치워 봐."

상처에서 거즈를 뗐다. 오래 누르고 있었기 때문인지 더 이상 피는 나오지 않았다. 나는 소피아에게 오른손을 내밀었다.

"줘."

"한 손으로 꿰매겠다고?"

"할 수 있어. 줘."

"네 한 손보다는 내 두 손이 낫지. 걱정 마. 나 바느질 잘해. 십자수가 취미야."

"십자수?"

소피아가 바늘로 상처를 찔렀다. 아주 살짝.

그녀는 더 이상 깊게 찌르지 못했다. 손이 가느다랗게 경련했다. 얼굴은 딱딱하게 굳어 있었다.

나는 다시 손을 내밀었다.

"줘."

"할 수 있어."

"십자수가 취미라도 사람 살 꿰매 본 적은 없을 거 아니야."

"그러는 넌 있어?"

"없어. 그래도 내 살이니까 할 수 있어."

"나도 할 수 있어. 입 다물고 가만히 있어. 지금은 내가 네 보호자야. 내 말 들어."

꼭 나무라는 것처럼 말하고서 소피아는 손을 움직였다. 바늘이 생살을 깊이 찔렀지만 이미 격통에 시달리던 터라 새삼스럽게 아프다고 할 것도 못 되었다. 다만 바늘과 실이 살 속을 미끄러져 지나가는 감촉이 너무 낯설어서 치가 떨릴 지경이었다.

소피아는 안쓰러울 정도로 굳은 얼굴이면서도 손은 민첩하게 움직였다. 더 이상 주저하지 않았다. 천을 꿰매는 것처럼 내 살을 한 땀 한 땀 꿰매었다. 벌어져 있던 상처가 꽉 맞물려 갔다.

"이거 흉 질 거야."

"상관없어."

"남자라서 좋겠다. 흉터가 훈장이 되고."

"훈장은 무슨."

"훈장이잖아. 나쁜 놈들 손아귀에서 여자를 지키고 얻은. 평생 자랑하고 다녀."

농담인가? 웃지도 않고 지껄이니까 농담으로 들리지가 않았다.

"근데 너, 내가 십자수 하는 게 이상해?"

"응?"

"내가 십자수가 취미라고 하니까 엄청 황당하다는 표정을 지었잖아."

"내가 그랬나?"

"그랬어."

소피아가 나를 힐끗 째려보았다. 나는 변명조로 말했다.

"요즘 세상에 그런 거 하는 애가 있나 싶어서."

"뭐, 요즘 애들 같지 않다는 소리는 지겹도록 들었지."

"나하고 같네."

"그래, 너도 요즘 애들 같지 않아. 별나. 무지하게 별나. 그리고."

소피아가 또 시선을 던져왔다. 이번에는 째려보는 게 아니라 뭐 이런 게 다 있나 하는 시선이었다.

"무지하게 독종이지."

많이 들어 본 소리였다. 나는 쓴웃음을 지었다.

"그러는 너도 만만치 않아."

"난 독종 아니야. 이래 봬도 눈물 많고 마음 약한 애야. 천생 여자야."

켁. 이 계집애가 아까부터 농담을 하는 건지 헛소리를 하는 건지.

"너 이제 보니까 헛소리하는 데 재능이 있구나."

"남의 생살 꿰매면서 헛소리라도 해야지, 그럼 무슨 소리를 할까?"

꿰매는 게 다 끝나자 소피아는 마지막으로 한 번 더 상처를 소독하고 새 거즈를 덮었다. 그녀가 붕대를 상처에 감으며 말했다.

"하나만 약속해 줘."

"뭘?"

"하룻밤 자고 일어난 다음에 열이 나면 나랑 함께 병원에 가기로."

나는 아무 말도 하지 않았다. 소피아는 내 눈을 지그시 보다가 이윽고 고개를 숙였다. 그녀가 붕대에 붙일 반창고를 찢으며 말했다.

"네가 왜 병원에 가기 싫어하는지는 알겠어. 근데 어차피 계속 감출 수 있는 일도 아니잖아. 너도 결국 집에 들어가야 할 거 아니야. 네 할아버지도 그러셨다며. 팔다리 자르게 되는 거 순식간이라고. 열이 나는 건 감염되었다는 뜻이니까 병원에 가. 같이 가 줄게."

맞는 말이었다. 집에 들어가야 하는 것도, 부모님에게 이 일을 들키고 말 것도, 팔을 자르게 될지도 모른다는 것까지 모두.

그러나 내 마음을 움직인 것은 그 말의 합리성이 아니었다. 그녀는 내 마음을 헤아렸다. 헤아림에서 비롯된 그 조심성이 내 마음을 움직였다.

나는 고개를 끄덕였다.

"알았어."

"정말? 약속하는 거다?"

소피아가 내게 왼손 새끼손가락을 내밀었다. 이 계집애가 정말.
나는 얼굴이 달아오르는데 소피아는 낯빛이 조금도 변하지 않았
다. 무표정한 얼굴 그대로였다. 나를 향한 눈빛이 더없이 진지했다.

할 수 없이 손가락을 걸어 주었다.

"약속."

소피아의 얼굴에 웃음이 떠올랐다. 어렴풋하게.

2

"너, 집에 안 갈 거야?"

치료가 끝나자 소피아는 욕실에서 걸레를 가져와 여기저기 묻
은 핏자국을 닦았다. 밖은 벌써 컴컴해진 지 오래였다. 나는 그녀
가 돌아갈 기미가 없어서 불안했다.

소피아가 식탁을 닦으며 되물었다.

"아까 약속한 거 벌써 잊었어?"

"병원은 나 혼자서도 갈 수 있어."

"같이 간다고 했잖아. 가는지 안 가는지 내가 지켜봐야지."

"날 못 믿는구나."

"네 고집을 알거든."

그럼 손가락은 왜 걸었냐. 나는 속으로만 중얼거렸다.

소피아가 내게 턱짓을 했다.

"그러지 말고 방에 들어가서 옷 좀 갈아입어."

안방으로 가서 셔츠를 꺼냈다. 할아버지 생전에도 나는 이 집에 뻔질나게 들락거려 내 옷이며 물건이 항상 구비되어 있었다.

셔츠를 꺼내기는 했는데 옷을 벗는 게 문제였다. 오른손으로 단추는 모두 풀었지만 팔을 소매에서 빼려니까 잘되지 않았다. 덜 마른 땀 때문에 옷이 살에 붙어 있었다.

왼손을 쓰자니 팔이 너무 아파서 낑낑거리는데 소피아가 다가왔다.

"날 부르지. 미련 떨기는."

소피아가 옷을 벗겨 주었다. 셔츠 아래는 아무것도 입지 않아서 나는 그만 맨살을 드러내고 말았다. 상반신뿐이지만 부끄러웠다. 동갑내기 여자애 앞에서 웃통을 벗은 건 처음이었다. 더구나 나 스스로 벗은 것도 아니고 여자애가 벗겨 준 거였다.

나와 달리 소피아는 태연한 얼굴이었다.

"옷은 버려야겠다. 핏물 안 지워질 거야. 칼 때문에 찢어지기도 했고. 잠깐 기다려."

"왜?"

"기다려."

그녀는 피 묻은 옷을 쓰레기통에 넣고는 욕실로 갔다. 나는 방 바닥에 책상다리를 하고 앉았다. 잠시 후 소피아가 수건에 물을 적셔서 돌아왔다.

그녀는 내 뒤에 앉았다. 차가운 수건이 등에 닿았다.

"뭐 하는 거야?"

"땀 많이 흘렸잖아. 샤워는 할 수 없으니까 이렇게라도 닦아야지."

"내가 닦을게."

"등을?"

할 수 없이 등을 내맡겼다. 소피아의 섬세한 손길이 등을 쓰다듬고 어루만지는 게 솔직히 싫지는 않았다. 얼굴이 뜨거워지기는 했지만.

소피아는 천연덕스럽기만 했다. 부끄러워하기는커녕 흥미롭다는 투로 지껄였다.

"운동 많이 했나 보다. 근육이 대단하네."

"할아버지 때문에……."

"할아버지가 운동을 시키셨어?"

"그분은 몸을 소홀히 하는 걸 제일 싫어하셨거든. 자기 몸은 세상에서 하나뿐인 거고 가장 소중한 거라고 하셨어. 초등학교도 안 들어간 나를 데리고 다니며 운동을 시키셨어. 처음에는 달리기, 자전거 타기 같은 간단한 거였지만 내가 좀 크고 나서는 본격적으로 트레이닝을 시작하셨지."

"대단한 할아버지네. 싫지는 않았어?"

"싫다기보다는 지겨울 때가 있기는 했지. 하지만 할아버지는 나만 운동을 시키신 게 아니라 당신도 하셨어. 나와 같이 운동을 하신 거지. 할아버지는 예순이 넘은 연세에도 근육이 굉장하고 체력도 좋으셨어. 할아버지가 한 손으로 팔굽혀펴기를 백 개나 하시는 걸 보면서 나도 저렇게 되고 싶다고 생각했어. 그래서 지겨울 때도 꾹 참고 계속 운동을 했지."

나는 부끄러운 걸 감추려고 말을 되도록 많이 했다. 그래 봐야 이 몸이 뿜어내는 열기와 피부색을 소피아가 모를 리 없지만.

왠지 약이 올랐다. 뭐야 이거. 아까부터 나만 부끄러워하고 있잖아.

"너는 아무렇지도 않으냐? 남자 몸 닦아 주면서."

퉁명스럽게 내뱉자 소피아는 고개를 갸웃했다.

"글쎄. 부끄럽다기보다는 신기하고 재미있는데?"

"재미?"

"남자 몸을 만져 보는 건 처음이라서."

소피아가 내 등과 어깨를 쿡쿡 찔렀다.

"흐음, 남자 몸은 감촉이 이렇구나. 단단해."

"……너 그냥 확 신고해 버린다?"

"이제 살 만한가 보네. 농담도 하고."

절반은 진담이라고.

등을 다 닦자 나는 재빨리 소피아에게 손을 내밀었다. 그녀도 앞까지 닦아 줄 생각은 없었는지 순순히 수건을 건네주었다. 돌아앉아서 앞을 대충 닦은 다음 소피아의 도움을 받아 새 셔츠를 입었다. 셔츠에 왼팔을 끼워 주느라 얼굴이 가까워졌는데 그녀의 뺨이 살짝 달아오른 게 눈에 띄었다.

이 계집애도 부끄럽긴 한 건가. 부끄러운 걸 감추려고 태연한 척한 건가.

옷을 다 입자 어색한 침묵이 흘렀다. 소피아가 수건을 욕실에 갖다 놓고는 물었다.

"뭐 먹을 건 없어? 배고프다."

"너 진짜 안 갈 거야?"

"너만 고집 있는 거 아니거든?"

어이쿠, 그러십니까. 어쨌든 그녀도 손님은 손님인지라 대접을 해야 했다. 나도 배가 고프던 참이었고.

여기 올 때마다 먹을 걸 쟁여 놓기는 했지만 손님 대접하기에 알맞은 건 없었다. 냉장고에 든 거라야 오렌지 주스, 우유, 식빵, 달걀, 닭 가슴살, 브로콜리 정도였다. 닭 가슴살을 꺼내자 소피아가 물었다.

"근육 때문에 먹는 거야?"

"응."

"브로콜리는?"

"채소도 먹어야 하니까."

"다른 건 없어? 왜 하필 브로콜리야?"

브로콜리에 원한이라도 있는 것 같은 말투였다.

"할아버지가 그러셨지. 브로콜리는 맛과 영양 모두 최고라고. 신이 주신 최고의 음식이라고."

"너희 할아버지 미각에 문제가 있으셨던 모양이다."

"맞아. 정말 문제가 있으셨지. 아주 심각한 문제가."

내가 할아버지를 원망하는 일이 딱 하나 있으니, 바로 브로콜리를 강제로 먹인 거였다. 나는 할아버지와 식사할 때 빼고는 절대로 브로콜리를 먹지 않았다.

할아버지가 돌아가시기 전에는.

달걀 프라이를 하고 닭 가슴살을 구웠다. 식빵도 구울까 하다가 귀찮아서 그냥 먹기로 했다. 브로콜리는 끓는 물에 살짝 데쳐서 칼로 썰었다. 써는 건 내가 할 수가 없어서 소피아가 했는데 하는 양이 볼 만했다.

"브로콜리를 처음으로 식탁 위에 올린 사람은 분명히 지옥에 갔을 거야."

그녀는 브로콜리를 부모 잡아먹은 원수라도 되는 것처럼 거칠게 썰어 댔다.

결국 그녀는 브로콜리에는 입도 대지 않았다. 나는 식빵에 닭 가슴살과 브로콜리를 같이 얹어서 우적우적 씹어 먹었다. 온몸이 콕콕 쑤시는 기분이었다. 소피아가 빵을 손가락으로 떼어서 입으로 가져가며 자꾸만 나를 쏘아보았기 때문이었다.

어쩜 그런 걸 먹을 수 있니. 그것도 사람 보는 앞에서. 뭐 그런 눈빛이었다. 내가 무슨 오물이라도 씹고 있는 것 같은 기분이 들었다.

식사를 마친 후 설거지는 소피아가 했다. 내가 한 손을 쓸 수 없으니 당연한 일이었지만 어쩐지 미안했다.

"미안. 손님한테 설거지까지 시켜서."

"손님이니까 하는 거야. 얻어먹었으니까. 그리고……."

그녀는 잠시 간격을 두고 말을 이었다.

"넌 날 구해 줬잖아. 고작 설거지 따위로 미안하다는 말 하지 마."

고마움의 표시라는 뜻인가.

그러고 보니 나는 고맙다는 말을 듣지 못했다. 들을 생각도 없었기 때문에 이제야 깨달은 것이었다.

소피아는 고맙다고 하는 대신 날 따라왔다. 따라와서 상처를 치료해 주고, 몸을 닦아 주고, 이제는 설거지까지 해 주고 있다.

말보다는 행동.

그래, 넌 그런 애구나.

이 계집애가 어떤 애인지 조금이나마 감이 잡혔다.

"너, 별종이야."

"사돈 남 말 하시네."

"그만 집에 가."

"고집 싸움이라도 하자고? 나 안 질 자신 있거든?"

"네 부모님은 다 큰 딸이 외박을 해도 신경도 안 쓰셔?"

소피아가 멈칫했다. 이윽고 그녀는 차가운 시선으로 나를 흘겨보았다.

"반칙하지 마."

"반칙?"

"나도 부모님 얘기를 그렇게 대놓고 하지는 않았어."

그렇군. 반칙이군. 나는 입을 꾹 다물고 고개를 끄덕였다.

화장실을 다녀오자 소피아는 그새 설거지를 마치고 식탁 앞에 앉아 있었다. 피곤한 얼굴이었다. 나도 졸음이 쏟아졌다. 아직 저녁때였지만 아까부터 지쳐 있던 터라 더는 버틸 재간이 없었다.

소피아가 무겁게 몸을 일으켰다.

"졸린 모양인데 자. 내가 쓸 이불과 베개만 꺼내 놓고. 난 거실에서 잘 테니까."

"어디 가?"

"전화 좀 하고 올게."

"공중전화가 어디 있는지 알고?"

"지하철역에 있겠지. 요 앞에 있더라."

그러더니 소피아는 밖으로 나갔다.

혼자 남자 나는 아까부터 느끼고 있던 불안감에 초조함까지 겹쳐서 입술을 잘근잘근 씹었다. 정말 이불과 베개를 꺼내 놔야 하나? 아니 그러니까, 저 계집애를 여기서 재워야 하나? 이것 참.

소피아는 금세 돌아왔다. 나는 어디에 전화했는지 굳이 묻지 않았다. 물어보면 반칙이었다.

소피아가 거실을 한번 둘러보더니 팔짱을 끼었다. 방어하는 것 같은 자세였다.

"이불이랑 베개는? 설마 안방에 깔아 놨으니까 같이 자자는 건 아니겠지? 신고한다?"

······이 계집애가.

"널 강제로 쫓아내겠다고 하면 어쩔래?"

"그 팔로 할 수 있으면 해 봐."

"한 팔로도 할 수 있어."

"비명 지를 거야. 아파트가 무너지도록 지를 거야. 네가 나한테 짐승 같은 짓을 저지르려고 했다고 할 거야. 우리 SC 멤버들한테도 말할 거야. 그 사람들 나라면 껌뻑 죽어. 너 두 번 다시 네 다리로 일어서지도 못하게 될걸?"

공갈이 아니었다. 나도 이 계집애를 조금이나마 안다. 이 계집애는 행동파다. 청순하고 가련한 외모와 달리 독한 면도 있다. 한다면 정말 하고야 말 것이다.

졌습니다. 항복.

나는 안방에 가서 장롱을 열었다. 아래 칸에 있는 이불과 베개를 손으로 가리키자 소피아가 그것들을 꺼냈다. 그녀는 그대로 거실로 가서 바닥에 이불을 깔려고 했다.

"방 하나 더 있거든?"

"써도 돼?"

"네가 정중하게 허락을 구한다니 놀랍구나."

나는 안방 맞은편의 서재로 들어갔다. 소피아는 코웃음을 치며 따라왔다.

서재라고 했지만 사실은 작은방이었다. 할아버지가 생전에 작은방을 서재로 꾸민 거였다. 영화에 나오는 근사한 서재를 생각하면 안 된다. 안타까울 정도로 비좁은 방이다.

그래도 어쨌든 책은 많다. 좌우로 움직일 수 있는 여닫이 책장이 면적의 대부분을 차지하고 있고 책장마다 책이 가득하다. 책을 담은 박스도 벽 한쪽에 2미터에 달하는 높이로 쌓여 있다.

방에 남은 공간이라고는 나 혼자 누우면 딱 맞는 정도였다. 너무 좁은가 싶어서 소피아에게 미안했다.

"좁지? 손님을 거실에서 재우는 게 좀 그래서 이 방을 쓰라고 한 거야. 불편할 것 같으면 거실에서 자도록 해."

"아니, 괜찮아. 이 정도면 두 발 쭉 뻗고 누울 수 있는걸. 나 잠버릇도 험하지 않고. 그리고 나도 책 좋아하거든. 책이 이렇게 많이 있는 공간에서 잘 수 있으면 행운이지."

소피아는 앞으로 튀어나온 책장 하나를 옆으로 밀어 보았다. 뒤에 또 책장 여러 개가 나란히 서 있었다. 그걸 밀자 또 책장이 나왔다.

"여닫이 책장을 삼중으로 겹친 거야. 좁은 공간을 활용하느라 할아버지가 애 많이 쓰셨지."

"그러고 보니 안방과 거실에도 책이 많더라. 모두 몇 권이야?"

"정확하게 세어 본 적은 없지만 아마 3, 4천 권 될 거야."

소피아는 감탄하듯 입을 벌렸다.

"할아버지는 그걸 다 읽으신 거야?"

"그럼. 할아버지는 읽지 않는 책은 휴지보다 못하다고 하셨어. 휴지라면 뒤 닦는 데라도 쓰지 책은 그러기에도 불편하다고. 산 책은 반드시 읽으셨지. 읽고서 두고두고 보관할 만한 가치가 있는 것만 놔두셨고. 그럴 가치가 없는 건 다 버리셨어. 이 집에 있는 책들은 할아버지가 평생에 걸쳐 추리고 추린 것들이야."

"평생 책만 읽으셨나 보다. 군인이셨다면서?"

"그게 뭐? 군인이 책 읽는 게 이상해?"

"이미지에 안 맞기는 하잖아."

그건 그렇다. 잘 모르는 사람들은 할아버지를 단순 무식한 마초로 여겼다. 월남전 참전 경력에 근육질 몸매까지, 그렇게 여기는 것도 무리는 아니었다. 나야 어릴 때부터 할아버지가 책 읽는 모습을 봐 왔으니 이상하다고 여긴 적이 없지만.

"피곤할 텐데 일찍 자. 나도 그만 잘게."

"그래, 잘 자. 열이 나면 나 깨우고."

소피아가 엄한 눈빛으로 날 바라보았다. 나는 고개를 끄덕이고 안방으로 갔다.

여자애랑 단둘이 밤을 보내는 묘한 상황이라 당연히 가슴이 두근거렸다. 지치지만 않았으면 밤을 홀딱 새웠을지도 모르겠다. 다행히 몸이 너무 지친 상태라 가슴이 두근거리는 거고 뭐고 자는 게 급했다. 나는 눈을 감자마자 곯아떨어졌다.

3

"전능하시고 영원하신 하느님 아버지……."

누가 중얼거리는 소리에 잠이 깼다.

의식은 돌아왔지만 눈은 뜨지 않았다. 왼팔에 손길이 느껴졌기 때문이었다. 부드럽고 따뜻한 손길.

보지 않고도 알 수 있었다. 소피아가 옆에 앉아 내 왼팔에 손을 살짝 얹고 있는 것이었다.

"아버지께서는 앓는 사람에게 강복하시고 갖가지 은혜로 지켜 주시니……."

기도하는 건가. 잠은 안 자고 웬 기도일까. 의아했지만 가만히 있었다. 소피아는 내가 깰까 봐 그러는지 아주 나직하게 기도했지만 나는 거의 놓치지 않고 들을 수 있었다.

단둘뿐인 방. 벽시계가 있지만 디지털이라 소리는 나지 않았다. 소리라고는 내 숨소리와 그녀의 기도하는 소리가 전부.

"주님의 손으로 일으켜 주시고 주님의 팔로 감싸 주시며 주님의 힘으로 굳세게 하시어 더욱 힘차게 살아가게 하소서. 아멘."

기도가 끝났다. 소피아는 들릴 듯 말 듯 한숨을 쉬고 손을 거두었다. 이윽고 그녀가 말했다.

"깼어?"

나는 눈을 떴다.

"눈치챘어?"

"숨소리가 달라져서. 자는 소리 같지가 않았어."

계집애 예민하기도 하네.

소피아는 내 옆에 무릎을 꿇고 단정히 앉아서 나를 내려다보고 있었다. 어두워서 표정은 잘 보이지 않았다. 나를 물끄러미 보는 눈길이 느껴졌다.

"깨워서 미안."

"괜찮아. 그보다 넌 안 잔 거야?"

"책 좀 읽다 보니까."

일어나서 불을 켰다. 소피아를 돌아보고는 깜짝 놀랐다. 그녀의 뺨이 눈물로 젖어 있었다.

소피아가 눈물을 훔치며 말했다.

"신경 쓰지 마. 너 때문에 우는 거 아니야."

기도하는 목소리에는 물기가 없었다. 울음소리도 내지 않고 조용히 눈물을 흘린 건가. 어둠 속에서 혼자서. 그 모습을 상상하자 왠지 가슴이 저릿했다.

벽시계를 보니 자정을 조금 넘긴 시각이었다. 네 시간 정도 잔 건가. 얼마 못 잤지만 잠이 확 달아난 상태였다. 나는 소피아 앞에 책상다리를 하고 앉았다.

"아까 중얼대던 건 뭐야? 기도문?"

"응. 병자를 위한 기도."

그녀의 가슴에 걸린 십자가 목걸이가 새삼 눈에 띄었다.

"독실한 신자인가 보네."

"글쎄……. 남들 보기에는 그렇겠지. 미사에 빠진 적이 없고 기도도 열심히 하고 성경 공부도 매일 하고. 하지만."

소피아는 머리카락을 한번 쓸어 넘겼다. 눈물은 다 닦아 버렸고, 이제 그녀의 얼굴에는 감정이 흔들린 흔적은 남아 있지 않았다. 약간 충혈된 눈만 빼면.

"내게 종교는 집안의 전통 같은 거야. 우리 집안에는 신부님만

세 분에 수녀님은 다섯 분이나 계셔. 조상님 중에는 기해박해 때 순교한 분도 계셔."

"기해박해? 아, 조선 후기의 천주교 탄압 사건."

그게 1839년의 일이었던가. 그렇다면 소피아네 집은 거의 2백 년에 걸쳐 가톨릭을 믿어 온 것이다. 어쩌면 그보다 오래되었을 수도 있고.

"그래서 나도 모태 신앙인이었어. 엄마 배 속에서부터 신앙인 이었다는 거야. 한글 공부도 기도문으로 시작했어. 철이 들었을 때는 이미 성당에 다니고 기도를 하고 성경을 읽는 게 완전히 습관이 되어서 그만둘 수가 없었지. 집안 분위기도 그만두는 걸 용납하지 않았고."

"그만두고 싶은 거야?"

소피아는 고개를 살며시 움직였다. 흔드는 건지 끄덕이는 건지 모호한 동작이었다.

"아마도. 실은 나도 잘 모르겠어. 어릴 때는 물론 주님을 믿었어. 하지만 철이 들고 나서는 신이 존재한다는 주장이 철딱서니 없는 농담처럼 여겨졌어. 불합리한 일들이 너무나 많은 세상에서 살면서 신의 존재를 주장하다니, 철이 들지 않았다고밖에는 할 수가 없지. 근데도 신앙의 뿌리는 내 마음 깊이, 정말 너무 깊이 박혀 있었고……."

소피아가 고개를 흔들었다. 이번에는 확실하게 흔드는 거였다.

"신이 존재하는지 어떤지는 모르겠어. 그런 건 아무도 모르는 거잖아? 나도 몰라. 다만 불안하거나 초조할 때면 습관적으로 기도문을 암송해. 천주교에는 기도문이 많아. 여러 사건이나 상황에 맞는 기도문이 다 있어. 일이 생길 때마다 기도문을 암송하면 마음이 편안해져."

"불안하고 초조했어? 그래서 못 잔 거야?"

소피아는 잠시 망설인 끝에 대답했다.

"다친 사람이 옆방에 있다고 생각하니까……. 그것도 나 때문에 다친 사람이……."

"너 때문은 아니야."

"그렇게 말해 줘서 고마워. 하지만 내 책임도 있는 건 사실이니까 부정하지 마. 그럴 필요 없어. 나도 자학하는 취미는 없어. 사실을 있는 그대로 받아들이는 것뿐이지."

그러고서 그녀는 변명하듯 덧붙였다.

"운 건 정말 너 때문은 아니니까 신경 쓰지 말고."

나는 할 말이 없어서 뒤통수를 긁었다. 조금 전에 보았던 시계를 괜히 다시 한 번 보았다. 열두시 십칠분.

내가 물었다.

"잘 수 있겠어?"

"응."

그러나 말과는 달리 그녀는 졸린 기색이 없었다. 아까는 피곤해 보였는데. 잠이 싹 달아날 정도로 불안하고 초조했단 말인가.

나는 자리에서 일어섰다.

"우유라도 데워 마시자. 자는 데 도움이 될 거야."

소피아는 잠자코 따라왔다.

내가 꺼낸 우유를 소피아가 컵에 따라서 전자레인지로 데웠다. 잠시 후 우리는 식탁에 마주 보고 앉았다. 손에는 따뜻한 우유가 든 컵을 쥐고서.

소피아가 우유를 후 불고는 말했다.

"나보다 네가 자야 하는데, 미안."

"됐다니까. 네가 시끄럽게 군 건 아니야. 내가 예민해져서 깬 거지."

"예민해져?"

나는 슬며시 그녀의 시선을 외면했다. 너 때문이라고 할 수는 없었다. 너무 직설적이니까. 그렇다고 에둘러 말하기도 어려웠다. 결국 대충 얼버무리고 말았다.

"미친 것처럼 싸워 댔더니 아직 신경이 진정이 안 되네."

소피아는 그렇겠지, 하는 듯이 고개를 끄덕였다.

잠시 침묵이 지나간 다음 소피아가 물었다.

"내 이름, 웃기지?"

뜬금없이 무슨 이름 타령인가. 어리둥절했지만 대답은 했다.

"가톨릭 집안에서 났잖아."

"그래도 웃기지. 한국 사람이 소피아라니."

소피아는 우유를 한 모금 마시고 컵을 내려놓았다. 그리고 컵을 바라보며 말했다.

"난 초등학교 때 왕따를 당했어. 이름 때문에. 하찮은 이유였지만 괴롭히는 애들에게는 상관없었지. 걔들은 그저 핑계가 필요했을 뿐이니까. 쟤 이름 재수 없네. 한국 사람이 왜 소피아야? 마음에 안 든다. 혼내 주자. 뭐 그런 식이었지."

나는 묵묵히 듣기만 했다.

"구체적으로 어떤 일을 당했는지 구구절절하게 늘어놓을 필요는 없겠지. 딱 하나만 얘기할게. 어느 날 난 교실에서 오줌을 쌌어."

놀라지 않으려고 애썼지만 어쩔 수 없이 눈이 휘둥그레졌다. 그녀는 내게 시선을 주지 않았다.

"쉬는 시간이었어. 난 화장실에 가려고 했지만 애들이 보내 주지 않았어. 걔들은 날 교실 구석에 몰아넣고 쿡쿡 찔렀어. 이게 저항을 하나 안 하나 시험해 보려는 것처럼. 난 몸을 웅크리고 가만히 있었어. 걔들이 하는 소리에 대꾸도 하지 않았어. 속으로는 기도문을 외우고 있었어. 내가 반응을 보이지 않으니까 애들은 점점 더 과격해졌어. 나를 꼬집고 밀치고 넘어뜨리고 발로 밟았어. 난 그래도 가만히 있었어. 아픈 것도 꾹 참았어. 신음 한 번 흘리지 않았어. 그런데 어느 순간 머릿속이 새하얗게 되어 버리고 기억이 끊어졌어. 애들이 웃는 소리에 정신을 차리고 보니 팬티가 축축했어. 애들의 대장이던 계집애가 전화기로 사진을 찍었지. 오줌 웅덩이를 깔아뭉개고 멍하니 앉아 있는 내 모습을."

소피아의 얼굴에는 아무런 표정도 없었다. 기계가 되어 이미 녹음된 내용을 말하고 있는 듯한 모습.

"초등학교를 졸업할 때 이미 나는 인간 불신이라는 병에 걸려 있었어. 누구도 믿지 않았지. 친구도 없었어. 단 한 명도."

학교에서 그녀가 혼자 밥을 먹던 모습이 떠올랐다.

"중학교 올라가서도 마찬가지였어. 친해지고 싶어서 다가오는 애들이 있었지만 내가 피했지. 뭐 그래도 일상은 평온했어. 혼자 조용히 책 읽고 공부하고, 그러며 살았지. 그러다가 3학년 때 그 애와 같은 반이 되었어. 초등학교 때 날 괴롭히던 패거리의 대장이었던 계집애. 걔는 날 오줌싸개라고 불렀어. 제 친구들에게 옛날의 그 사진을 보여 주었지. 난 내 자리에 앉아서 책을 읽었어. 애들이 깔깔대고 웃는 소리가 들려왔어. 날 돌아보는 눈길이 느껴졌어. 수군대는 소리가 들려왔어. 그래도 난 가만히 있었지. 참으면 다 지나갈 거라고 생각했어. 그런데 어느 순간 정신 차리고 보니까."

소피아가 오른손을 앞으로 내밀었다. 무언가를 찌르듯이.

"내가 걔를 찌르고 있었어. 가위로. 난 그때 일을 정확히 기억하지는 못해. 오줌을 쌌을 때처럼. 변명하는 게 아니야. 정말로 한동안 두뇌가 정지해 있다가 다시 돌아가기 시작한 것 같았어. 걔는 병원에 실려 갔어. 몸 이곳저곳을 열한 군데나 찔려서 큰 수술을 받아야 했지. 난 죄책감이 들었다기보다는 놀라웠어. 나는 그토록……."

이야기를 시작하고 처음으로 그녀가 말끝을 흐렸다. 잠시였을 뿐이다. 이윽고 그녀는 다시 무미건조한 투로 말했다.

"나는 그토록 그 아이를 증오했던 걸까? 열한 번이나 찌를 정도로? 온몸에 피를 묻히면서도 손을 멈추지 않았을 정도로? 잘 모르 겠어. 내가 아는 건 내 두뇌가 정지했고 몸이 저절로 움직였다는 것뿐이야. 그 아이한테는 다 핑계로 들리겠지만."

소피아는 말을 멈추고 우유를 마셨다. 나는 그제야 내가 우유를 한 모금도 마시지 않았다는 걸 깨달았다.

목이 말랐다. 아주 심하게.

미지근한 우유를 벌컥벌컥 들이켰다. 부글거리던 속이 조금 가 라앉았다.

아까 소피아가 했던 말이 떠올랐다.

'나 때문에 다친 사람이…….'

그랬나. 그래서 불안하고 초조했나. 그래서 눈물을 흘린 건가.

"수술은 잘 끝났고 걔는 무사했어. 하지만 난 무사하지 못했지. 중학생이라서 퇴학당하지는 않았지만 전학을 가야 했지. 나한테 찔린 애 부모랑 합의도 해야 했고. 부모님이 집을 팔아서 간신히 치료비와 합의금을 마련했어. 그리고 이사한 곳이 공교롭게도 이 근처였어. 이 근처 중학교에서 졸업을 하고 우리 학교에 배정되었 어. 똥통으로 유명한 학교였지만 난 아무래도 상관없었어. 부모님 도 무관심했고. 부모님은 내게 너무나 화가 나서 내 인생이 어떻 게 되든 신경 쓰지 않기로 마음먹었어. 입학한 다음의 일은 이야 기하지 않아도 알겠지?"

"SC에 가입하라는 권유를 받았겠군. 나처럼."

소피아는 고개를 끄덕였다.

"선배들이 날 주목하고 있었어. 선생님도. 그 사람들은 내가 동급생을 거의 죽일 뻔한 위험한 애라고, 그냥 놔둘 수는 없다고 했어. 난 솔직히 귀찮았지만 순순히 SC에 가입했어. 거절하는 것도 귀찮았거든. 가입하고 보니까 SC는 꽤 괜찮았어. 나는 감시를 당하면서 동시에 보호받기도 했어. SC 활동에 참여하기도 했고. 그게 의외로 재미가 있더라고. 선배들이 말했던 것처럼 스트레스도 풀리고. 지금은 평온하게 살고 있어. SC는 일단 문학부로 위장하고 있다는 게 아주 마음에 들어. 아지트에서 책도 마음껏 읽을 수 있고. 너도 책 좋아하는 것 같더라?"

"좋아해."

"그럼 SC에 들어와. 책은 실컷 읽을 수 있어."

기나긴 이야기 끝에 결론이 그거냐. 어이가 없었다.

"부실에 책이 그렇게 많은 것 같지는 않던데?"

"부 활동 지원비를 받아서 계속 책을 구입하고 있어. 점점 늘어날 거야."

"고맙지만 됐어. 책은 나도 많아. 할아버지가 유언장에 분명히 적어 두셨어. 이 집과 집에 있는 모든 물건을 내게 물려주신다고. 그러니까 그 많은 책도 모두 내 거야."

소피아가 내 가슴을 가리켰다.

"그 안에 쌓인 게 많지?"

나는 대답하지 않았다. 소피아도 대답을 기다리지 않았다.

"선배들이 내게도 그랬어. 안에 쌓인 게 많아서 그렇다고. 그 쌓인 것을 잘 분출하는 방법을 배워야 한다고. 안 그러면 언젠가 또 사고를 칠 거라고."

"무슨 심리 상담사 같은 소리를 지껄였구나."

"선배들은 물론 상담사 자격증 같은 건 없어. 대신 그걸 알고 있지. 안에 쌓인 게 너무 많은 사람들은 끼리끼리 모여야 한다는 걸."

나는 고개를 휘휘 내저었다.

"모여서 뭐 해? 서로의 가슴 아픈 사연을 들려주고 울어? 그다음에는 꼭 끌어안고 사랑한다고 말해 줘?"

빈정거리는 투였지만 소피아의 눈빛은 흔들리지 않았다. 그녀는 그저 담담했다. 언뜻 보면 별 감정이 없는 것도 같았다.

그러나 나는 그녀의 감정을 느낄 수 있었다. 생각을 읽을 수 있었다. 그녀가 내게서 시선을 돌리지 않았기 때문이었다. 그 한 쌍의 눈동자는 내 바로 앞에서, 마치 거기 존재하는 것이 운명이라도 되는 것처럼, 그 운명을 이미 받아들였다는 것처럼, 그렇게 내 시선을 받아 내고 있었다.

내가 여기에 있어.

그녀는 그렇게 말하고 있었다.

"SC 멤버들은 모두 비슷비슷한 사연을 가진 사람들이야. 창립 멤버였던 선배들이 처음부터 그런 사연을 가진 사람들만 모았거든. 끼리끼리 모일 수 있도록."

"그래서 나도 들어오라고? 끼리끼리 모이면 뭐가 좋은데?"

"조롱할 수 있어."

무엇을? 물어볼까 하다가 그만두었다. 묻지 않아도 알 수 있었다.

"네가 무슨 소리를 해도 난 SC에는 안 들어가."

"우리 멤버들은 포기하지 않을 거야."

"그거 협박이야?"

"사실을 말하는 거야. 그 사람들 집요해. 때로는 제정신이 아닌 것 같아."

"때로는? 항상이겠지."

소피아가 이를 드러내지 않고 슬며시 웃었다. 그러고 보니 애가 이를 드러내며 웃는 걸 본 적이 없었다.

"그건 그래. 다들 항상 정신이 나간 상태지. 나도 남 말 할 자격은 없지만."

"하나만 물어봐도 될까?"

"뭔데?"

"이름을 바꿀 생각은 해 보지 않았어?"

"부모님이 허락해 주지 않았어. 울며불며 떼를 써도 안 되더라고. 두 분은 소피아가 지혜를 뜻한다고, 그러니까 내가 지혜롭게 처신해야 한다고 하셨지. 나를 위해 매일 기도하고 있다면서. 날 포기한 요즘도 그렇게 말해. 매일 기도하고 있다. 그 말밖에는 하지 않아."

네 부모도 알 만한 작자들이구나.

나는 그 말을 가슴속에 눌러두었다.

"근데 너 반칙이다?"

"뭐가?"

"내가 부모님 얘기를 하게 만들었잖아."

"그럴 의도는 없었어."

"그래도 반칙은 반칙이지."

"억지야."

네 의도는 안다. 억지 부린다고 내가 부모 얘기를 털어놓을 것 같으냐. 사람 우습게 보지 말라고.

소피아가 짧게 한숨을 쉬고 말했다.

"좋아. 그럼 나도 하나만 물어볼게. 네 이름은 오나라의 오자서에서 따온 거야?"

"오자서를 알아?"

"인터넷에서 검색해 봤어."

중국사에 관심이 있는 건 아닌 듯하고, 아마 나에 대한 소문을 찾아본 거겠지.

소피아가 오른손 검지로 턱을 받치고 고개를 살짝 기울였다.

"만약 오자서에서 따온 거라면 좀 이상해. 오자서는 비참한 최후를 맞은 사람이잖아?"

그렇다.

오자서는 중국 춘추시대 사람이다. 원래 초나라 사람이었지만 임금인 초평왕이 누명을 씌워 죽이려고 하자 달아났다. 그의 아버지와 형은 처형당하고 말았다. 오자서는 복수를 맹세했다.

갖은 고생 끝에 그는 결국 초나라와 이웃한 오나라에서 자리를 잡는다. 군주의 신임을 얻어 오나라의 강력한 실세가 된다. 그리고 오나라 군대를 이끌고 초나라에 쳐들어가 수도를 점령하고 오래전에 죽은 초평왕의 시체를 무덤에서 꺼내 채찍질한다.

복수에는 성공했지만 최후는 소피아 말대로 비참했다. 오왕 부차의 미움을 사 자결하고 말았다.

"그 오자서에서 따온 거 맞아. 아버지가 지어 주셨지."

"왜? 설마 성이 오 씨라서 그런 건 아닐 테고."

"오자서는 자기 나라에서 도망쳐서 남의 나라에서 성공했어. 왕의 암살 계획을 주도하는 등 그야말로 수단 방법을 가리지 않고서. 그런 식으로 복수도 해내고야 말았지. 훌륭한 사람이라고 말하기는 어렵지만 강철 같은 의지를 가진 아주 강인한 사람이지. 독종 중의 독종이고. 아버지는 내가 그런 오자서를 닮기 원하신 거야. 그나저나 너도 결국 반칙을 저질렀구나. 나는 당하고 말았고."

"기왕 당한 거 계속 얘기해 봐."

나는 그녀의 시선을 외면했다. 그다지 자세히 얘기하고 싶은 일은 아니었다.

"할아버지는 평생 정직하고 성실하게 사셨어. 할머니도 그러셨고. 하지만 아버지는 그런 식으로 살고 싶어 하지 않으셨어. 수단 방법을 가리지 말고 무조건 출세하고 성공해야 한다고 생각하는 분이야. 그래야 뜻을 이룰 수 있다고."

"비참한 최후는 신경 안 쓰신대?"

"아버지께서 가라사대, 사람은 어차피 언젠가 죽는 거다. 비참하든 어쨌든 다 같은 죽음일 뿐이다. 중요한 건 살아 있을 때 무엇을 가지고 누렸느냐 하는 것이다. 한 번뿐인 인생을 수단, 방법 같은 거 고민하면서 낭비할 필요가 없다. 출세와 성공이 제일이다."

"무서운 분이네."

나보다는 아버지가 자서라는 이름을 가졌어야 했다. 그러나 할아버지는 그런 이름을 주지 않았다.

내 이름에는 아버지의 마음이 담겨 있다. 할아버지를 향한 원망의 마음. 왜 그런 식으로 살았느냐고, 내 자식은 그렇게 살도록 하지 않을 것이라고 소리치는 그런 마음.

할아버지는 내 이름을 못마땅해했다. 나를 끼고 기른 것도, 돌아가시는 그날까지 내 걱정만 한 것도, 재산을 물려준 것도 내가 정말 오차서처럼 될까 봐 염려해서였다. 아버지를 닮을까 봐 노심초사한 것이었다. 아버지의 원망에 대한 할아버지의 대답.

할아버지, 아버지, 그리고 나. 삼대에 걸쳐 전해져 내려오는 원망과 미움. 연민과 사랑. 얽히고설켜서 이제는 따로 떼어 낼 수도 없게 된 그 감정의 덩어리들.

나는 그만 일어섰다.

"자. 나도 자야겠다."

소피아는 말없이 고개를 끄덕였다. 나는 안방으로 돌아가 불을 끄고 누웠다.

아버지 생각이 났다. 지금쯤 쿨쿨 자고 있겠지. 하나뿐인 자식

놈은 제 아지트에서 잘 자고 있을 거라고 마음 놓고서.

아무래도 좋은 일이다.

나는 눈을 감고 잠을 청했다.

4

꿈을 꾸었다.

할아버지와 아버지가 나오는 꿈을.

나는 아직 어린애였다. 멜빵바지를 입고 할아버지의 손을 잡고 있었다. 할아버지는 처음 보는 청년에게 언성을 높이고 있었다.

"이게 무슨 짓인가!"

청년은 얼굴이 붉으락푸르락했다. 그러면서도 할아버지의 서슬에 눌려 감히 입을 열지 못했다. 할아버지와 청년 사이에는 청소부 아줌마가 서 있었다. 몹시 당황한 얼굴이었다.

청년은 화장실에서 손 닦는 페이퍼를 함부로 다루었다. 한 번에 몇 장이나 꺼내서 손을 닦고는 화장실 바닥에 버렸다. 청소부가 그걸 보고 한마디 했다. 그러면 안 된다고. 청년은 화를 냈다.

"내가 아줌마한테 그런 소리를 들어야 되냐고요!"

할아버지는 나와 함께 화장실을 나서다가 그 광경을 목격했다. 나는 소리를 지르는 청년이 무서웠는데 할아버지는 무섭지 않은 모양이었다. 할아버지는 청년을 나무랐다.

"자네가 잘못한 거 아닌가. 자기가 잘못하고서 왜 화를 내? 이 아주머니는 화장실을 관리하는 분이잖아. 더구나 자네 어머니뻘 되는 분이잖아."

청년은 끝까지 듣지 않았다. 재수 없어, X발. 그렇게 욕설을 지껄이고 화장실 밖으로 나갔다.

나는 할아버지가 청년을 쫓아갈까 봐 두려웠다. 싸움이 날까 봐 두려웠다. 그러나 할아버지는 쫓아가지 않았다. 할아버지는 침통한 표정으로 내 손을 잡고 걸었다.

지하철을 타고 집에 가는 길에 할아버지가 말했다.

"그 청년도 상대방이 청소부가 아니었으면 그렇게 말을 함부로 하지 못했을 거다."

나는 묵묵히 귀를 기울였다.

"자서야. 넌 어쩌면 할아버지가 괜한 일에 끼어들어 욕을 먹었다고 생각할지도 모르겠다. 사실은 나도 못 본 척할까 생각했다. 하지만 그럴 수는 없었다. 그래서는 안 되었다. 너와 같이 있었으니까."

할아버지가 자리에서 일어서더니 내 앞에 한쪽 무릎을 꿇고 앉았다. 그렇게 할아버지는 나와 눈높이를 맞추고 말을 이었다.

"세상에는 남들이 하기 싫어하는 궂은일, 이를테면 화장실 청소 같은 걸 하며 사는 사람들이 있다. 어쩌면 그런 사람들은 인생을 잘못 살았는지도 모르겠다. 남들 다 공부할 때 펑펑 놀기만 했을지도 모른다. 나쁜 짓으로 청춘을 망쳐 버렸는지도 모른다. 아니면 집이 가난해서 공부를 못 했을 수도 있다. 사업을 하다 실패했을 수도 있다. 남들이 헤아리기 어려운 사연이 있을 게다. 그러니까 자서야. 남의 인생을 함부로 평가하지 말거라. 그 사람이 어떤 일을 하든 정직하고 성실하게 하고 남에게 피해를 주지 않는다면 그거로 된 거다. 왜 진즉에 공부를 열심히 하지 않았느냐고, 좋은 대학 나오지 않았느냐고 하지 말거라. 그런 신세가 된 건 네 잘못이니까 내가 널 함부로 대해도 된다는 식으로 굴지 말거라. 열심히 사는 사람을 모욕하지 마라. 어떻게든 하려고 애쓰는 사람을 비웃지 마라. 지금의 너는 이런 말을 이해하기 어려울지도 모르겠구나. 그래도 할아버지는 들려주고 싶었다. 너도 언젠가는 그런 세상에 내던져질 테니까. 직업에 귀천은 없다고 말은 그럴듯하게 지껄이면서 사실은 청소부나 배달원 따위는 자기보다 신분이 낮다고 생각하는 인간들이 지배하는 세상. 신분이 낮은 것들은 평생 아무리 애써도 그 모양 그 꼴이라고 생각하는 인간들의 세상. 열심히 사는 사람을 비웃는 인간들의 세상. 나는 그렇게 생각하지 않는다고 말하면 당장에 위선자 취급을 당하는 세상. 너는 그런 세상에 내던져질 거다. 할아버지는 그게 걱정이다. 자서야, 네가 내 말을 이해할 수 있을까. 잊지 않을 수 있을까. 정말로 가슴에 새길 수 있을까. 자서야…….”

장면이 바뀌었다.

나는 여전히 멜빵바지를 입은 채 아버지를 따라가고 있었다. 아버지는 멀리 앞서갔다. 지팡이를 짚고 걷는데도 나보다 훨씬 빨랐다.

우리는 어느 공사 현장을 지나갔다. 인부들이 요란한 소리를 내며 석재를 자르고 있었다. 먼지가 뿌옇게 피어올랐다. 시멘트를 나르는 사람도 보였다.

아버지는 멈추어 서서 그들을 바라보았다. 내가 따라잡자 아버지가 말했다.

"저 사람들 좀 봐라. 너도 죽어라 공부하지 않으면 저렇게 되고 말 거다."

아버지는 식탁에서 바퀴벌레를 발견한 듯한 표정이었다.

"넌 저렇게 되지 마라. 절대로 저렇게 되어서는 안 된다."

아버지가 다시 걸음을 옮겼다. 나는 거의 달리다시피 하면서 아버지를 따라갔다.

"할아버지가 그러셨어요. 그 사람이 어떤 일을 하든 정직하고 성실하게 하고 남에게 피해를 주지 않으면 그거로 된 거라고."

내가 말하자 아버지는 웃었다. 송곳니를 드러내면서, 마치 물어뜯을 것 같은 모습으로 웃었다.

"위선이다. 네 할아버지도 내가 공사장에서 막노동이나 하는 신세가 되었다면 나를 잡아먹으려 들었을 게다."

당장에 위선자 취급을 받는 세상.

"…… 그럼 할아버지가 틀린 건가요?"

"틀렸지. 그 말도 틀렸고 인생도 틀렸다. 이 세상에는 신분의 차이가 있다. 신분은 태어날 때 거의 결정된다. 신분을 바꿀 기회는 극히 드물다. 그 기회를 놓치면 막노동이나 하면서 살게 된다. 정직하고 성실하게 살아? 남에게 피해를 주지 않아? 그래서 뭐 어쨌다는 거냐. 그래 봐야 달라지는 건 없다. 비참하고 비루하게 살다가 죽을 뿐이다. 아무리 용을 써도 안 되는 것들은 안 된다. 땀방울은 사람을 배신한다. 글러 먹은 것들은 죽어도 안 된다."

아버지는 돌아서서 나를 내려다보았다. 나는 그와 눈높이를 맞출 수가 없어서 고개를 뒤로 꺾어야만 했다. 나는 너무 어렸고, 너무 작았고, 아버지는 너무 컸다. 아버지의 시선은 내 손이 도저히 닿을 수 없는 저 꼭대기에 있었다.

꼭대기에서 나를 내려다보았다.

"정직하고 성실하면 된다고 하지 마라. 남에게 피해를 주지 않으면 된다고 하지 마라. 열심히 사는 사람들이라고 다 훌륭한 사람이라고 생각하지 마라. 주제도 모르고 어떻게든 하려고 애쓰는 것들을 보고 그 노력은 가상하다고 하지 마라. 다 헛소리다. 위선이고 기만이다. 넌 내 말을 이해하기 어려울지 모르겠구나. 하긴 이해할 필요도 없겠지. 너도 곧 알게 될 거다. 내년이면 넌 학교에 들어간다. 학교는 정말 좋은 곳이다. 그곳에서 너는 되는 놈과 안 되는 놈을 보게 될 것이다. 되는 놈은 되고 안 되는 놈은 안 된다는 걸 알게 될 것이다. 안 되는 놈은 설령 그놈이 정말로 열심히 살았어도 그 노력이 다 무의미하다는 걸 알게 될 것이다. 그런 놈들을 경멸하면서 겉으로는 경멸하지 않는 척하는 방법을 배우게 될 것이다. 사회에 나가면 네가 그것들을 턱짓으로 부려 먹어야 한다는 걸 알게 될 것이다. 그렇게 되지 못하면 네가 거꾸로 턱짓으로 부림당하게 될 거라는 걸 알게 될 것이다. 내 말을 굳이 이해하려고 하지 마라. 이해할 필요가 없다. 네가 애쓰지 않아도 학교가 모든 걸 가르쳐 줄 것이다."

아버지는 나를 내버려 두고 다시 걸어갔다. 저 앞에 할아버지가 나타났다. 할아버지는 나를 보고는 아버지의 반대편으로 나아갔다. 나는 멈추어 서서 그들을 바라보았다.

그들은 내 앞에서 좌우로 갈라져 멀어져 갔다. 누구도 나를 기다려 주지 않았다. 누구를 따라가라고 가르쳐 주지도 않았다.

나는 어느 쪽도 따라가지 못하고 멍하니 서 있었다.

5

"체온 재 보자."

"열 없어."

"그래도 혹시 모르잖아. 체온계 있는 거 그냥 썩힐래?"

아침에 눈뜨자마자 소피아가 체온계를 내밀었다. 구급상자 안에 있던 거였다.

체온은 36.8도. 정상이었다.

굳이 재 볼 것도 없이 정상이라는 건 알고 있었다. 나도 일어나자마자 몸 상태부터 점검해 본 참이었다. 피로가 풀렸는지 왼팔만 빼고는 몸이 개운했다.

왼팔도 어제보다는 나았다. 왼손으로 주먹을 쥘 수 있었다. 팔이 욱신거리기는 했지만 그 정도만 해도 다행이었다. 어제는 주먹 쥐는 것도 힘들었다.

소피아에게 주먹을 보여 주었다.

"뼈는 멀쩡해. 뼈를 다쳤다면 이렇게 빨리 회복될 리가 없어."

"그러니까 결국 병원은 안 가겠다는 거구나."

"안 가. 갈 필요 없어."

소피아는 한숨을 삼켰다.

"씻고 와. 밥 먹기 전에 상처부터 열어 보자."

용변 보고 세수하고 식탁 앞에 앉았다. 시각은 일곱시 이십사분. 가위로 붕대를 자르는 소피아에게 물었다.

"학교는?"

"가야지. 너는?"

"난 안 가."

소피아가 가위질을 멈추고 내 얼굴을 뚫어지게 보았다.

"아프니까 안 가겠다는 거야?"

"아프기도 하고, 솔직히 귀찮아. 며칠은 여기서 그냥 푹 쉬고 싶어."

"무단결석이야."

"그래서 뭐? 누가 신경이나 쓴대?"

"신경 쓸 사람 많지."

"무슨 소리야?"

소피아는 아무 말도 하지 않고 붕대를 벗겼다. 거즈를 떼어 내자 상처가 드러났다. 조금 붓기는 했지만 감염된 기색은 없었다. 고름도 나오지 않았다.

소피아가 상처를 소독하고 새 거즈와 붕대를 감아 주었다. 드레

싱이 끝나자 우리는 빵을 구워서 간단하게 아침을 먹었다.

"설거지 안 해도 되니까 학교 가."

"하고 갈게."

"여기서 학교까지 버스 타고 이십 분쯤 걸려. 지금 나가야 해."

"괜찮아."

소피아는 기어이 접시를 싱크대로 가져가서 설거지를 시작했다. 나는 식탁 앞에 앉아서 그녀가 하는 양을 지켜보았다. 앞치마까지 걸치고 있는 모습에 그만 '부부'라는 단어를 떠올리고 말았다.

나 왜 이러니. 혀를 깨물고 싶은 걸 간신히 참고 있는데 초인종이 울렸다.

"누구지? 올 사람이 없는데."

"내가 나가 볼게."

소피아가 고무장갑을 벗고서 현관으로 나갔다. 잠시 후 그녀는 전혀 뜻밖의 사람들과 함께 돌아왔다.

담임 박연희와 김종태. 그리고 고명성까지.

나는 세 사람을 보고 놀란 입을 다물지 못했다.

"여러분 여기는 어떻게……."

소피아가 싱크대 앞에서 고무장갑을 끼며 말했다.

"내가 불렀어."

"뭐?"

"어제 우리 멤버들에게 전화했거든. 아침에 찾아와 달라고."

부모에게 전화한 게 아니었단 말인가.

"네 마음대로 그러면 어떡해!"

"다른 사람 부르면 안 된다는 소리는 안 했잖아."

말문이 막혔다. 그녀의 말이 타당해서가 아니라 천연덕스러운 태도 때문이었다. 소피아는 흥, 콧방귀를 뀌고는 접시를 닦았다.

멍하니 있는 나에게 담임이 다가왔다. 그녀는 다짜고짜 내 왼팔을 낚아채서 붕대 감은 자리를 살펴보았다.

담임이 물었다.

"상처는 어때? 중해?"

내 대신 소피아가 대답했다.

"일단 열은 없어요. 감염되지는 않은 것 같아요. 그래도 병원은 가야겠지만요."

"병원부터 가자. 일어나."

나는 고개를 내저었다.

"안 갑니다."

"왜?"

"갈 필요 없으니까요."

"칼에 찔렸다며. 다 들었어. 너 그러다 팔 자르게 될지도 모른다?"

"상처 잘 소독했고 꿰매기도 했습니다. 하지만 선생님이 그렇게 세게 팔을 잡고 계시면 정말 어떻게 될지 모르겠군요."

담임은 혀를 차며 내 팔을 놓아주었다. 그녀는 팔짱을 끼고서 고압적인 시선으로 날 내려다보았다.

"한번 들어 보기나 하자. 그런 일이 있었는데 왜 나한테 연락 안 했어?"

"선생님한테 왜 연락을 합니까?"

"네 질문에 이미 답이 들어 있구나. 난 선생님이야. 네 담임이라 고."

"그럼 뒤처리나 하세요. 강제 전학이든 퇴학이든 상관없습니다. 부모님에게 연락하세요."

담임이 기가 막힌다는 듯 "핫!" 하고 웃더니 두 손으로 내 뺨을 잡아당겼다.

"좀 괜찮은 자식인가 했는데 역시 어린 건 어쩔 수가 없구나. 이런 철딱서니 없는 자식. 네가 성격 비딱하고 세상에 불만이 많은 건 알겠다. 그래, 그럴 나이지. 하지만 어쨌든 난 네 담임이야. 나한테 그만 식으로 지껄이지 마. 정말 병원 신세를 지게 되는 수가 있다."

나는 도리질을 쳐서 그녀의 손을 떨쳐 냈다. 뺨이 얼얼했다.

"담임이라는 게 뭐 어쨌다는 겁니까? 설마 사제 간의 정이나 의리를 말씀하시려는 건 아니겠죠?"

"그럴 리가 있냐. 네가 함부로 사고 치고 다니면 나도 골치 아파지니까 그러지. 너 때문에 나까지 높으신 분들한테 불려 다니게 되면 어떡할래? 학교에서 쫓겨나기라도 하면 어쩔 거야? 네가 내 인생 책임질래? 내가 늙으면 연금도 줄 거야? 앙? 내 평생의 꿈이 공무원 연금 받는 거란 말이다. 그거 하나 바라고 별별 더럽고 치사한 꼴을 다 참아 가며 교사 노릇 하고 있는 거라고."

이건 뭐…… 할 말이 없다.

내가 떨떠름한 얼굴로 침묵하자 명성이 말했다.

"선생님, 너무 솔직하신 거 아닌가요?"

"아, 걱정 마. 나도 남들 앞에서는 무너지는 공교육을 떠받치려고 애쓰는 의로운 교사인 척하니까. 너희 앞에서만 솔직한 거야. 너희는 나하고 똑같은 것들이니까."

명성은 낄낄거렸다. 종태도 옆에서 킥킥 웃었다.

남의 집에 막 쳐들어와서 저희끼리 웃고 자빠졌네. 뭐야 이것들.

담임이 소피아에게 물었다.

"넌 괜찮아?"

"오자서 덕분에 전 다치지 않았어요."

"근데 너 설거지는 왜 하고 있어?"

"밥 먹었으니까요."

담임이 오호라, 하면서 능글맞게 웃었다. 그녀의 시선이, 정말 정나미가 떨어질 정도로 징그러운 시선이 나와 소피아를 번갈아 찔렀다.

"이거 뭐야? 분위기 뭐 이래? 너희 꼭 신혼부부 같다?"

"선생님!"

나는 버럭 소리를 질렀고 소피아는 한숨을 푹 쉬었다. 담임이 내게 얼굴을 불쑥 들이밀었다.

"둘이 어젯밤에 뭐 했어? 응?"

"선생님……."

내가 주먹을 부르르 떠는데 담임이 안방 쪽을 척 가리켰다.

"김종태! 안방에 가서 이부자리를 확인해라. 베개가 두 개 나란히 있다면 이놈은 유죄다!"

"서, 선생님. 그게 무슨 말씀이세요……."

종태는 얼굴이 빨개져서 어쩔 줄을 몰라 했다. 소피아는 또다시 한숨을 쉬었다. 명성이 내 어깨 위에 손을 얹었다.

"이봐, 후배. 만약 우리의 여신님에게 손을 댔다면……."

명성은 말을 잇는 대신 이를 갈았다. 부드득. 섬뜩한 소리가 울렸다.

이것들 도대체 뭐냐. 죄다 바보인가.

나는 어이가 없어서 말도 나오지 않았다. 지난번에도 그랬다. 이 SC 멤버라는 것들은 죄다 얼빠진 바보 같았다. 이것들을 상대하다 보면 나까지 바보가 된 기분이 들었다.

다행히 SC 멤버 중에도 바보가 아닌 사람이 딱 하나 있었다. 소피아.

"그만들 하세요. 그보다 이제 어쩔 건지나 얘기해 보자고요."

소피아가 마지막 접시를 식기 건조대에 얹으며 담임에게 눈을 흘겼다. 담임은 켕겼는지 크흠, 헛기침을 하고는 내게 물었다.

"8대 1로 싸워서 이겼다며? 너, 정체가 뭐야? 효도르의 숨겨진 제자였어?"

"유리한 지형을 잘 활용했을 뿐입니다. 운도 따랐고요."

"팔 말고 다른 데는?"

"멀쩡합니다. 그보다 세 분은 여기 왜 오신 거죠?"

명성이 한 걸음 앞으로 나서며 말했다.

"우리 멤버들이 그런 일을 당했는데 당연히 와야지. 사실은 어제 전화받고 바로 오고 싶었는데 소피아가 말렸어. 네 상태가 안좋아서 진정할 필요가 있겠다면서."

나는 그를 날카롭게 쏘아보았다.

"복수형으로 말하지 마세요. 전 SC 멤버 아닙니다."

명성은 대범한 웃음으로 내 시선을 받아넘겼다.

"그래, 아직은 아니지."

아직도 아니고 앞으로도 아니다. 나는 그 말을 속으로만 삼켰다.

담임이 말했다.

"오자서. 네가 SC에 들어오든 안 들어오든 그건 일단 제쳐 두자. 지금은 이 상황을 수습해야 해. 너도 알겠지? 일이 다 끝난 게 아니라는 건."

그야 물론 알고 있었고 각오도 하고 있었다. 정범석 패거리는 별것 아니지만 도끼 패거리는 그렇지 않다. 조직을 만들겠답시고 설치는 것들이다. 후환이 있을 게 뻔했다.

내가 잠자코 고개를 끄덕이자 담임은 씩 웃었다.

"자, 그럼 학교부터 가자. SC의 아지트가 있는 곳으로. 아지트에서 회의 좀 해 보자고. 앞으로 어떻게 할 건지. 오자서, 너도 가는 거다. 이번 일이 끝날 때까지는 무조건 우리와 함께 행동하도록."

이건 명령이야."

요즘 세상에 교사가 학생에게 명령이라니. 어이가 없었지만 반발하지는 못했다. 담임은 자기가 명령을 내리는 게 당연하다는 것처럼 말했고, 그래선지 말에 힘이 있었다.

"저 혼자 알아서 하겠다는 소리를 했다가는 한 대 맞겠죠?"

"당연하지. 너 혼자 뭘 어떻게 할 거야? 네가 효도로여도 혼자서는 안 돼. 다행히 우리에게는 SC라는 조직이 있지."

명성이 말을 받았다.

"이번 일에는 우리 멤버인 소피아도 말려들었어. 그러니까 이건 우리 SC 멤버 모두의 문제이기도 해. 우리를 따돌리고 너 혼자 행동하면 안 돼."

"그건 알겠습니다. 근데 어떻게 할 거죠? 상대는 학교 안에서만 어깨에 힘주고 다니는 삼류 양아치가 아닙니다. 여러분이 뭘 어쩔 수 있다는 거죠?"

내 말에 담임과 명성은 서로를 보며 웃었다. 괜히 의미심장해 보이는 웃음이었다.

"내가 전에 그랬지? SC는 똥통 학교 속에서 단련된 것들이 모인 조직이라고."

"똥통에서 살아남은 것들이 어떤 것들인지 제대로 보여 주지. 기대하라고, 후배."

기대해야 하는 걸까? 어쨌든 이제 이들을 따라갈 수밖에 없었다.

나는 일어섰다.

"알겠습니다. 그럼 같이 가죠."

6

학교에 도착하자 담임과 명성은 방과 후에 보자며 본관으로 향했다. 나는 소피아, 종태와 함께 교실로 갔다. 가는 길에 종태가 내 가방을 반강제로 빼앗아 갔다.

"안 들어줘도 돼."

"너 다쳤잖아. 싸우고 난 후유증도 있을 테고. 조금이라도 무리하면 안 돼."

놈의 순박한 얼굴을 보면 순수한 호의가 분명한데도 나는 마음이 편치 않았다. 내게 잘해 주는 게 나를 SC의 예비 멤버로 여기기 때문이 아닌가 싶어서였다.

이유야 어쨌든 종태의 호의는 계속되었다. 쉬는 시간마다 내 옆에 딱 붙어서 뭐 도와줄 것 없느냐고 물었고 점심시간에는 심지어 밥을 먹여 주겠다고 했다.

"팔이 불편하잖아. 내가 먹여 줄게. 아, 해."

"나 오른손잡이야!"

이 자식아. 남들 다 보는 데서 숟가락을 내밀며 "아, 해"라니. 주위에서 별 미친것들 다 보겠다는 식의 눈길을 보내왔다. 개중에는 어쩐지 음흉하게 느껴지는 시선도 있었다.

이 학교의 전설에 '충격! 한 남학생이 전학 오자마자 커밍아웃!'이라는 게 추가될지도. 이 학교라면 그런 전설이 추가되고도 남는다.

종태와 달리 소피아는 내게 무심했다. 냉담하게 느껴질 정도였다. 아침까지만 해도 그토록 날 걱정했으면서 학교에 오자 말도 걸지 않았다. 이따금 감정을 읽기 어려운 시선을 보내올 뿐이었다.

나도 왠지 서먹해서 그녀에게 말을 붙일 수가 없었다. 찰떡처럼 붙어서 떨어지지 않는 종태가 방해되기도 했고.

종태는 상처받은 표정을 지었다.

"도와주고 싶어서 그러는데……."

순수한…… 호의겠지? 그렇겠지?

나는 놈에게서 조금 떨어져 앉아 밥을 먹었다.

7

"소피아! 종태야! 어서 와."

"오자서, 너도 왔구나. 환영한다."

"자, 자. 다들 앉아. 안 그래도 너희 얘기 하고 있었다."

문학부 부실에 들어서자마자 떠들썩한 환영의 말이 쏟아졌다. 나는 좀 어리둥절했다.

방과 후 종태, 소피아와 함께 온 참이었다. 원탁에 다섯 명의 남학생이 둘러앉아 있었다. 내가 아는 사람은 3학년인 고명성과 정주석뿐이었다.

환영은 그렇다 치고 이 분위기는 무엇인가. 나는 심각하고 무거운 분위기를 예상하고 있었다. 그도 그럴 것이 반쯤 조폭이나 다름없는 것들을 상대해야 하지 않는가. 평범한 고등학생이라면 사색이 되어서 벌벌 떨고 있어도 이상할 게 없었다.

그러나 예상과 달리 SC 멤버들은 모두 표정이 밝았다. 싱글벙글 웃는 얼굴에는 긴장감이나 두려움은 코딱지만큼도 없었다. 오히려 앞으로의 일을 기대하고 있는 듯한 설렘과 흥분까지 감지되었다.

똥통에서 단련된 것들이라 그런가. 아니면 아무 생각 없는 바보들인 건가.

뭐 그런 생각을 하며 자리에 앉았다. 내 왼쪽에 소피아가, 오른쪽에 종태가 앉았다.

원탁 위에는 웬 노트북이 한 대 있었다. 처음 보는 2학년 선배가 마우스를 클릭하는 중이었다.

나는 맞은편의 명성에게 물었다.

"이게 다 모인 건가요?"

"아니. 정보 조사 나간 애들이 곧 돌아올 거야. 개인 사정으로 좀 늦는 애들도 있고. 그리고……."

명성이 말을 하다 말고 우거지상을 했다.

"귀찮다고 안 오는 놈들도 있고."

옆에서 주석이 낄낄거렸다.

"'귀차니즘'은 어쩔 수 없지."

"이 빌어먹을 것들. 다시 문자 보내 볼까."

명성이 전화기를 꺼내려고 하자 주석이 말렸다.

"놔둬. 걔들 타고난 '귀차니스트'인 거 알잖아. 그래도 작전에는 참가할 테니까 놔두자고."

명성은 에휴, 한숨을 쉬고는 전화기를 도로 주머니에 넣었다.

"안 온 사람들은 다 3학년인가요?"

내가 묻자 주석이 대답했다.

"아니. 1, 2학년도 있어."

"선배가 호출을 했는데 안 온다는 건가요?"

"호출?"

주석은 별 희한한 소리를 다 듣는다는 표정이었다. 이윽고 그는 명성과 함께 쿡쿡 웃었다.

이 인간들 왜 웃어?

내가 고개를 갸우뚱하자 종태가 설명해 주었다.

"우리 SC는 자유로운 모임이거든. 중요한 회의가 있을 때는 일단 모두에게 문자를 보내지만 참가는 자유야. 선배가 부른다고 무조건 달려오고 그런 데 아니야."

그런가. 그야 뭐 지난번에 여기 왔을 때도 분위기가 자유롭기는 했다. 자유롭다 못해 아예 질서가 없어서 난리였지만.

명성이 말했다.

"너도 곧 우리 멤버가 될 테니까 미리 가르쳐 주지. 우리 SC 멤버들은 모두 평등해. 누가 대장이 되어서 명령을 내리고 하는 조직이 아니야. 그야 물론 선후배 간의 기본적인 예의는 지켜야 하지. 중요한 작전이 있으면 참가해야 하고. 그 정도만 지키면 다른 건 자유야. 선생님이 명령을 내릴 때가 있지만 그것도 어디까지나

교사로서 그러는 거고 자주 있는 일도 아니야. SC는 멤버들 전원이 평등한 입장에서 회의를 해서 어떻게 활동할지 결정해."

"제가 곧 멤버가 될 거라는 단정은 넘어가고요. 저는 명성 선배가 대장인 줄 알았는데요."

"아, 내가 앞장설 때가 많으니까 오해했나 보군. 그건 말이지."

명성이 에휴휴, 한숨을 쉬었다. 아주 땅을 팔 기세다.

"SC가 워낙 자유롭다 보니까 다들 귀찮은 일은 안 하려고 해서. 할 수 없이 내가 나서는 거야. 내가 이것들 중에서는 그나마 성실하거든."

그 소리에 다들 말도 안 된다는 듯 웃었다. 웃지 않는 사람은 나와 소피아뿐이었다.

그나저나 대장도 없고 다들 평등한 위치의 모임이라. 말은 좋다. 근데 그래 가지고 조직이 제대로 굴러갈 수 있는 걸까. 이것들 믿어도 되는 거 맞아?

새삼스럽게 괜히 왔나 후회하고 있는데 문이 열리고 미주가 들어왔다.

"늦어서 미안. 음료수 좀 사오느라고."

미주는 손에 커다란 비닐봉지를 들고 있었다. 멤버들이 환성을 질렀다.

"오오, 음료수!"

"역시 여신님이야!"

노트북을 갖고 놀던 2학년생이 벌떡 일어나서는 그녀에게 다가

갔다.

"뭘 이렇게 많이 사왔어? 무거웠을 텐데."

"많이들 모일 테니까. 아, 돈은 선생님이 주셨어."

2학년생이 미주에게서 비닐봉지를 받아 들고는 부르르 떨었다.

"이렇게 무거운 걸 우리 미주 여신님께서 들고 오시다니. 감격으로 몸이 다 떨리는군."

"여신님이라니……. 그러지 마……."

미주는 난처한 표정으로 고개를 돌리다가 나를 발견했다.

"오, 오자서도 왔구나. 반가워……."

"아, 예."

말과는 달리 전혀 반갑지 않다는 듯 그녀는 내 시선을 외면했다. 원래는 뽀얀 우윳빛이었을 뺨이 어느새 붉게 물들어 있었다. 지난번 일 때문에 그러는 걸까. 생각해 보니 나도 좀 민망해서 고개를 돌렸다.

"선배, 여기 앉아요."

소피아가 어쩐지 차가운 시선으로 날 노려보며 자기 옆의 의자를 빼 주었다. 미주가 앉자 2학년생이 원탁 위에 음료수를 쏟았다. 콜라에 사이다에 녹차나 웬 헛개차까지, 다양했다. 다들 음료수를 하나씩 집어 가며 한 목소리로 말했다.

"잘 마시겠습니다, 여신님!"

"여신님 소리 하지 말라니까……."

미주는 귓불까지 확 달아오르고 말았다. 주석이 일어나서 그녀

옆으로 다가오더니 한쪽 무릎을 꿇었다. 미주가 흠칫하며 몸을 뒤로 빼려고 했지만 늦었다. 주석은 그녀의 오른손을 잡아서 손등에 입을 맞추었다.

"이 아름다운 손으로 저 무거운 걸 들고 오셨군요. 저희를 위해서."

주석이 무슨 드라마 주인공처럼 씩 웃었다. 눈이 반짝반짝했다. 기분 탓인지 치아까지 반짝거리는 느낌이었다. 으아아아, 손발이 오그라든다!

"하지 마아아아……."

미주는 신음에 가까운 소리를 내며 손을 빼려고 했다. 눈에는 살짝 눈물까지 맺혔다. 정말 당혹스러운 모양이었다.

주석은 그녀의 손을 꽉 쥔 채 히히 웃었다. 다른 놈들도 헤실헤실 웃어 댔다.

이것들 바보 맞다. 틀림없다.

내가 그렇게 결론을 내린 순간 소피아가 일어섰다. 그녀는 주석의 귀를 비틀었다.

"아야야야……."

"그 손 놓으시죠, 선배님."

"왜 그래? 난 우리의 여신님에게 감사와 경의의 마음을 표현하고 있을 뿐인데!"

"그 손 놓을래요, 아니면 귀 하나를 포기할래요?"

"놓겠습니다."

주석이 손을 놓자 소피아도 귀를 놔주었다. 주석은 아픈 귀를 손으로 문지르면서도 어쩐지 득의양양한 표정으로 명성 옆으로 돌아갔다. 멤버들이 방금 여왕님을 알현하고 돌아온 동료 기사라도 보는 것 같은 얼굴로 맞아 주었다.

"히이이잉. 여신님 소리 하지 말라는데도 자꾸…….

"괜찮아요, 언니. 제가 있잖아요."

미주가 울먹거리며 소피아에게 안겼다. 소피아는 그녀의 등을 토닥이며 사내놈들을 쩨려보았다. 비유가 아니라 정말로 똥을 보는 듯 혐오감으로 가득 찬 시선이었다. 놈들은 흠칫흠칫했다.

"야, 소피아 여신님 화나셨다. 적당히 하자."

"그래. 근데 소피아가 쩨려볼 때마다 흥분되는 건 나뿐인가?"

"어, 사실은 나도 그런데."

……이것들 바보가 아니라 변태였나. 아무래도 아까의 결론을 좀 수정해야 하겠다.

문이 벌컥 열렸다. 담임이 남학생들을 뒤에 단 채 위풍당당한 모습으로 걸어 들어왔다.

"대충 모였냐? 그럼 회의 시작이다!"

8

"자, 그럼 정보 조사 나갔던 놈들 얘기부터 들어 보자."

담임이 의자에 다리를 꼬고 앉아 커피를 마시며 말했다. 그녀가 달고 온 멤버들은 각 학년별로 한 명씩 총 세 명이었다.

먼저 1학년 강민호가 말했다.

"정범석과 그 패거리에 대해 알아봤습니다. 이런저런 소문이 있더라고요. 걔들 초등학교 때부터 학교 안에서 행세 좀 하고 다닌 모양이에요. 학교 밖에서도 싸움이나 좀도둑질 정도는 해 본 모양인데 크게 사고 친 적은 없대요."

명성이 코웃음을 치며 말했다.

"흥. 전형적인 삼류 양아치로군."

그 말에 다들 사납게 웃어 댔다. 강민호가 계속 발언했다.

"다들 가정 형편은 그렇고 그런 모양이에요. 개중에 그나마 정범석이 나은 것 같더군요. 그 자식, 부모가 자꾸 대학 가라고 해서 짜증 나 죽겠다고 한 적이 있답니다. 그 자식 부모는 그런 자식이라도 대학에 보낼 생각은 있었다는 뜻이겠죠."

요즘은 일진이니 양아치니 하는 것들 중에도 좋은 집에서 잘 자란 것들이 많다고 하는데 아무래도 이 학교와는 무관한 얘기인 모양이다. 하긴 이 학교는 똥통 중의 똥통이니까. 좋은 집에서 잘 자란 것들이 이런 학교에 올 리가 없다. 이 학교에 배정되었어도 어떻게든 전학 가고 말았겠지.

그나저나 정범석 그 자식. 대학 가라고 잔소리하는 부모가 있단 말이지. 그 멍청한 자식.

강민호 다음은 2학년 김성지가 이었다.

"얘기 들어 보니까 그놈들 입학하자마자 어깨에 힘주고 다녔던 모양입니다. 그런데도 우리 귀에까지 소문이 들려오지 않은 건 피해자들이 입을 꽉 다물었기 때문인 것 같아요. 그놈들 무슨 조폭하고 연줄이 있다는 식으로 떠들고 다녔다나요. 선배들도 놈들은 일단 건드리지 않고 지켜보고 있었답니다."

마지막으로 3학년 박대원이 말했다.

"그 조폭하고의 연줄 말인데, 분명히 어제 소피아와 오자서를 공격했던 놈들이겠지. 3학년 중에 좀 놀고 다니는 것들한테 물어봤는데 4년 전에 퇴학당한 선배들이 무슨 조직을 만드니 어쩌니 하고 있다는 소문이 있다고 했어."

박대원이 말을 맺으며 담임을 바라보았다. 담임이 캔 커피를 내려놓고는 말했다.

"4년 전 기록을 찾아봤다. 그때 2학년 두 명, 3학년 한 명이 퇴학당했더군. 이름은 김서진, 김정현, 그리고 최주태."

최주태. 그놈이 바로 도끼일 거라는 직감이 들었다.

주먹에 힘이 꽉 들어갔다.

담임이 주머니에서 수첩을 꺼내 한 장을 쭉 찢었다.

"놈들의 집 주소와 전화번호를 적어 왔다."

그러면서 담임은 종이를 원탁 한가운데로 밀었다. 명성이 그것을 받아서 들여다보았다.

내가 담임에게 물었다.

"학생들 개인 정보를 빼내신 건가요?"

"그래. 교사의 특권이지."

특권이라니, 이 인간······.

명성이 종이를 보며 말했다.

"4년 전 정보인데 지금과는 다르지 않을까요?"

"그럴 수도 있지. 그러니까 너희가 직접 알아봐야지."

"왕 선배에게 부탁해야겠군요."

왕 선배? 내가 의아한 표정을 짓자 종태가 속삭였다.

"처음 SC를 만든 두 분의 선배님 중 한 분이야. 지금은 심부름센터에서 일하셔."

아, 그래서 왕 선배라고 하는 거로군. 그나저나 심부름센터라고?

명성이 강민호에게 물었다.

"정범석 패거리는 학교 나왔어?"

"아뇨. 모두 결석했어요."

담임이 말을 받았다.

"다들 말도 안 하고 무단결석했다. 걔네 담임이 전화해 봤는데 전화도 안 받는다는군. 집에 연락해도 모른다고 하고."

안 좋은 예감이 들었다. 다들 어디 한 군데씩 깨지고 박살이 났으니 결석하는 것도 이상한 일은 아니다. 하지만 나는 어쩐지 그 때문만은 아닐 거라는 생각이 들었다.

모두를 둘러보면서 말했다.

"그놈들이 지금 어디에 모여 있는 게 아닐까요? 앞으로의 일을 의논하면서 말입니다."

도끼가 그놈들을 꿇어앉혀 놓고 으르렁대고 있는 모습이 떠올랐다. 젠장.

명성이 고개를 끄덕거렸다.

"그렇겠지. 소피아에게 어제 일을 대충 들었는데, 움직이기도 어려울 정도로 다친 건 몇 명뿐이라고 하더군. 정범석 패거리든 도끼 패거리든 움직일 수 있는 놈은 총동원되었을 거야."

주석이 발언했다.

"그럼 그놈들 지금쯤 학교 밖에서 대기하고 있는 건 아닐까?"

"그럴 수도 있지. 그러니까 소피아와 오자서는 당분간 조심해야 해. 우리 멤버들이 지켜 줘야지."

"아, 그럼 내가 소피아를 집까지 바래다줄게."

"나도! 나도!"

"저도 가겠습니다!"

"소피아 여신님을 위해 이 한 몸 바치겠다!"

멤버들이 서로 질세라 손을 들고 엉덩이를 들썩이며 소란을 피웠다. 소피아는 팔짱을 낀 자세로 고개를 홱 돌렸다. 그 쌀쌀맞은 모습이 오히려 아름답게 보였는지 멤버들은 황홀한 표정을 지었다. 바보들. 아니, 변태들.

잠시 후 분위기가 겨우 가라앉은 다음 내가 말했다.

"정범석 패거리는 별 문제가 안 됩니다. 문제는 도끼 패거리죠. 그중에서도 도끼가 가장 위험합니다. 놈이 대장이에요. 놈을 어떻게든 하지 않으면 이번 일은 끝나지 않습니다."

명성이 물었다.

"좋은 생각이라도 있어?"

나는 잠시 생각해 보고 말했다.

"가장 좋은 방법, 아니 가장 현실적인 방법은 물론 경찰에 신고하는 거겠죠."

썰렁한 침묵이 내려앉았다. 잠시 후 명성이 칼날 같은 시선으로 날 노려보았다.

"경찰이 도움이 될 것 같아?"

"소피아와 제가 피해자로서 신고를 하면 적어도 도끼 패거리는 어떻게든 처리할 수 있겠죠. 정범석도요."

나는 범석에게 찔린 팔을 살짝 어루만졌다. 담임이 손으로 턱을 괴고 말했다.

"도끼 패거리는 학생이 아니니까 감옥에 보낼 수 있을지도 몰라. 하지만 정범석 패거리는 학생이라서 어려워. 이 나라의 법이 얼마나 물러 터졌는지는 너도 알겠지?"

"압니다. 하지만 아까도 말씀드렸듯 정범석 패거리는 별게 아닙니다."

"넌 어쩔 건데? 신고를 하면 너도 무사하지 못해."

소피아가 끼어들었다.

"오자서는 저 때문에 할 수 없이 싸운 거예요. 그것도 8대 1로. 오자서에게는 죄가 없어요."

담임은 고개를 흔들었다.

"그건 네 생각이고, 현실은 그렇게 만만하지 않아. 정당방위라고 주장하고 싶은 모양인데 정당방위라는 게 그렇게 쉽게 성립되지 않아. 이유야 어쨌든 오자서가 놈들을 때려눕혔으니까 쌍방 폭행으로 처리될 거야."

"놈들은 흉기를 휘둘렀어요."

"그것도 문제인데, 증거라고는 오자서의 상처뿐이야. 증인은 너희 둘뿐이고. 놈들이 모르는 일이라고 딱 잡아떼면 혐의를 입증하기 어려워. 오히려 놈들이 피해자 행세를 할 수 있어."

담임이 내 어깨를 툭 쳤다.

"네가 그놈들을 떡이 되도록 팼다며? 상식적으로 생각해도 8대 1로 싸워서 이겼다고 하면 말이 안 되잖아. 놈들도 잔머리는 굴릴 줄 알 테니까 네가 기습을 했다는 식으로 이야기를 꾸밀 수도 있어. 넌 팔만 빼면 멀쩡하고 다른 놈들은 떡이 되었으니 네가 유리할 수가 없어."

나는 담담하게 말했다.

"상관없습니다. 쌍방 폭행으로 처리하라죠. 그렇게 해서라도 도끼 패거리를 물고 갈 수 있다면 그거로 충분합니다."

명성이 못마땅한 표정으로 혀를 찼다.

"이봐, 후배. 물귀신 짓 하는 취미라도 있어? 아니면 설마 너 혼자 고귀한 희생이라도 하겠다는 건 아니겠지?"

"이 문제를 해결할 수 있는 가장 현실적인 방법을 제시한 것뿐입니다."

명성이 원탁을 쾅 내려쳤다. 미주만 화들짝 놀랐고, 다른 사람들은 아무 일도 없었다는 표정으로 나를 바라보았다.

"내가 아침에도 말하지 않았던가? 이건 너 혼자만의 문제가 아니야. 우리 SC 멤버들 전체의 문제다. 단독 행동은 용납 못 해."

"SC는 자유로운 모임 아니었나요?"

"넌 SC 멤버가 아니지."

"그러니까 여러분의 자유는 중요하고 남의 자유는 중요하지 않다는 거군요."

"맞아. 우리, 그런 것들이야."

……할 말이 없다.

떫은 표정의 나를 노려보며 명성이 힘주어 말했다.

"네가 말한 대로 한다고 치자. 그래도 문제는 해결되지 않아. 도끼 패거리는 금방 감옥에서 나올 테고 다시 우리를 노릴 거다. 우리라는 건 너까지 포함해서 하는 소리다. 정범석 패거리도 있고. 놈들은 네 말대로 시시한 잡것들이지만 그래도 까불도록 놔두면 안 되지. 이 기회에 한꺼번에 싹 처리해야 해."

"그럼 도대체 어떻게 하자는 겁니까? 설마 놈들을 죄다 한강에 수장시키자는 건 아니겠죠?"

"무슨 그런 험악한 소리를. 우리 착한 놈들이야. 그런 짓은 안 해. 하지만."

명성이 안경을 쓱 밀어 올렸다.

"착한 놈들에게도 방법은 있지. 스트레스를 발생시키는 원인을 제거하고 평화로운 일상을 지킬 수 있는 방법이."

9

"참 대단한 작전이네요."

회의가 대충 마무리된 다음, 나는 그렇게 말했다. 명성이 내게 의견을 물어본 참이었다.

조금 전까지 열심히 의견을 내놓던 멤버들 전원이 나를 돌아보았다. 나는 시선의 공격이라고 할 만한 그것을 묵묵히 견디었다.

"다른 의견이라도 있어? 경찰에 신고하는 거 빼고."

"그걸 빼면 없습니다."

"그럼 우리 작전대로 하자."

이것들 정말. 나는 한숨을 한 번 내쉬고는 말했다.

"여러분 작전대로 잘될 것 같은가요?"

"되게 해야지."

명성은 자신만만하게 대답했다. 얼굴에 여유가 넘쳤다.

나는 SC 멤버들의 얼굴을 하나씩 훑어보았다. 소피아만 빼고 다들 명성과 같은 얼굴이었다. 소피아는 평소처럼 무심한 표정이었지만 눈빛은 강렬했다. 강한 의지가 담긴 눈빛이었다.

설득할 수 있는 분위기가 아니다. 나 혼자 고집을 부려 봐야 아무 의미도 없다.

나는 손을 들고 항복 선언을 했다.

"알겠습니다. 그럼 여러분 작전대로 하죠."

소피아만 빼고 다들 그럼 그렇지 하듯이 웃었다. 소피아도 웃지는 않았지만 다행이라는 표정을 지었다.

　내가 재빨리 덧붙였다.

　"다만 조건이 하나 있습니다. 놈들의 대장, 도끼 말인데요."

　내가 방금 떠올린 계획을 설명하자 다들 표정이 심각해졌다. 소피아까지 노골적으로 인상을 쓰면서 말했다.

　"너, 팔 다친 거 벌써 잊었어?"

　"잊을 리가 있냐. 지금도 욱신거리는데."

　"그런데 어떻게 싸우겠다는 거야?"

　"할 수 있어."

　나는 소피아에게서 시선을 옮겨 명성을 바라보았다. 이 사람은 SC의 대장은 아니더라도 대표쯤은 된다. 누구보다도 이 사람을 설득해야 한다.

　"여러분 작전대로라면 앞으로 이삼일은 시간이 있겠죠. 그동안에 팔도 어느 정도 회복될 겁니다."

　명성은 팔짱을 끼고 도리질을 쳤다.

　"이봐, 후배. 그 상처가 겨우 며칠 사이에 나을 것 같지는 않은데?"

　"움직일 수 있는 정도만 되면 충분합니다."

　"싸움에 그렇게 자신이 있어? 네가 8대 1로 싸워서 이겼다는 건 알지만……."

　"자신이 있다기보다도 방법이 이것밖에 없기 때문입니다."

　나는 모두를 둘러보았다.

"다들 아시잖아요? 이번 일은 저 때문에 시작된 겁니다. 소피아는 어쩌다 보니 휘말렸을 뿐이고, 놈들이 노리는 건 접니다. 제가 놈들의 대장인 도끼하고 결판을 내야만 일이 끝납니다. 저는 놈과 싸움을 하려고 한다기보다는 놈을 납득시키려고 하는 겁니다."

"납득?"

명성이 되물었다. 나는 착 가라앉은 소리로 말했다.

"절 건드리지 않는 게 좋다는 것 말입니다."

너무 무게 잡았나. 말하고 보니 무슨 영화 주인공이나 할 법한 대사였다.

낯이 뜨겁긴 했지만 진심이었다. 나는 단순히 싸움을 하려는 게 아니다. 그 이상의 일을 하려는 거다. 놈에게 가르쳐 줄 것이다. 내가 왜 오자서인지.

왜 독종을 건드리면 안 되는지.

초평왕은 오자서를 건드렸다가 나라가 멸망할 뻔했다. 나는 그 오자서만큼 대단한 인물은 아니지만 도끼 하나 정도는 상대할 수 있다.

아니, 상대해야만 한다. 솔직히 말하면 나도 무섭다. 도끼도 무섭고 나 자신도 무섭다. 그러나 이건 해야만 하는 일이다.

다만 할 뿐이다.

독종이라는 거 별거 아니다. 해야 하는 일을 하는 것뿐이다. 말은 쉽지만 실제로는 얼마나 어려운가. 보통 사람들은 꼭 해야만 하는 일도 회피하기 일쑤다. 독종은 그냥 한다. 이유고 뭐고 필요 없다. 해야 하면 그냥 하는 거다. 그게 독종이다.

나는 오자서다.

SC 멤버들에게는 계획의 절반만 설명했다. 나머지 절반은 비밀로 해 둘 필요가 있었다. 저들이 알아서는 안 된다. 알면 말리려고들 것이다.

명성이 멤버들과 시선을 교환하고는 말했다.

"할 수 없군. 네 말대로 이번 일은 너 때문에 시작된 건데 널 빼놓을 수도 없지. 네가 결판을 내야 한다는 것도 맞는 말이고. 알았어. 네 말대로 하지. 다만 약속은 못 한다. 상황을 봐 가면서 네 말대로 하게 해 주든지 말든지 하겠어. 넌 불만이겠지만 우리 상황에서는 어쩔 수 없어. 우리는 예비 멤버인 네가 쓸데없이 다치는걸 원하지 않는다."

"불만 없습니다. 예비 멤버 운운하는 것만 빼면요."

이 정도만 해도 그들 입장에서는 많이 양보한 거겠지. 더 이상떼쓸 생각은 없었다.

"그럼 다 끝난 건가? 더 할 얘기 있는 사람?"

잠시 기다려도 아무도 발언하지 않자 명성이 다시 말했다.

"그럼 이제 소피아와 오자서를 경호할 사람들을 뽑자. 먼저 소피아부터……."

"저요! 저요!"

"나! 나 뽑아 주지 않으면 평생 원망할 테다!"

"넌 좀 빠져! 내가 갈 거야! 우리 엄마가 어젯밤에 그랬어. 나는 소피아를 지키기 위해 태어난 거라고."

명성과 종태만 빼고 사내놈들 전부가 일어나서 서로를 밀치고 숫제 난리가 벌어졌다. 소피아는 피곤한 듯 손으로 이마를 짚었고, 종태는 쓴웃음을 지었다.

명성이 버럭 소리를 질렀다.

"시끄러워! 이놈 자식들 하여간 여자는 무지하게 밝혀요."

"그러는 너는?"

"형, 치마만 둘렀으면 눈이 홱 돌아가는 주제에 그런 소리 하지 마요."

"소피아는 그냥 여자가 아니야. 여신님이라고."

"셧업! 셧업! 다들 좀 닥쳐!"

명성이 원탁을 쾅쾅 치자 겨우 소란이 가라앉았다.

"안 되겠다. 우선 오자서를 경호할 사람부터 뽑자. 지원자 손들어."

침묵.

조금 전까지 그 난리를 쳤던 인간들이 괜히 딴청을 피우며 못 들은 척했다. 휘파람을 불거나 휴대전화를 만지작거리는 등, 아주 지랄들을 하세요.

뭐 이렇게 될 줄 알고는 있었다. 알고는 있었지만 그래도 썩 좋은 기분은 아니군. 어이, 남자 동지들. 당신들 너무 솔직한 거 아니야?

내가 속으로 구시렁대는데 옆에서 종태가 손을 들었다.

"제가 할게요."

명성은 구원이라도 받은 것 같은 표정이었다.

"오, 김종태. 역시 너다. 넌 멋진 놈이야."

종태가 헤헤 웃으며 뒤통수를 긁었다. 덩치는 커다란 게 하는 짓은 왜 이리 아기 같으냐. 귀엽기도 하고 징그럽기도 하고 복잡한 기분이었다.

뭐 어쨌든 날 지켜 주겠다는 건 고마운 일이지만.

명성이 다른 멤버들에게 눈을 부라렸다.

"다른 놈들은? 적어도 두 명은 더 있어야 돼. 지금이라도 늦지 않았다. 멋진 사나이가 되고 싶은 놈은 손들어라."

침묵. 아니, 적막.

갑자기 공기가 멈춘 것처럼 모든 소리가 끊어졌다. 멤버들은 천장을 올려다보거나 전화기를 만지작거리거나 딴청을 피웠다.

명성이 잠시 끙끙 앓는 소리를 내더니 1학년 하나를 지명했다.

"서석민. 네가 가라."

각진 얼굴에 눈썹이 짙은, 남자답게 생긴 놈이었다. 놈은 생긴 것과 달리 남자답지 못하게 우물쭈물하다가 마지못해 고개를 끄덕였다.

명성이 주석에게 말했다.

"나머지 하나는 나다. 주석아, 네가 몇 명 더 뽑아서 소피아를 맡아."

"아싸! 좋구나!"

"형! 나 데려가요! 나!"

"주석아. 우리, 친구지?"

"……소피아. 이놈들하고 붙어 다니려면 피곤하겠지만 며칠만 참아라."

소피아는 벌써 피곤하다는 표정으로 고개를 끄덕였다.

"알았어요. 근데 저 병원에 따라갈 건데요."

병원? 내가 묻기도 전에 명성이 말했다.

"그래? 그럼 다 같이 가지 뭐. 미주야. 왕 선배에게 연락 좀 부탁해."

"예."

미주가 힘차게 고개를 끄덕이자 담임이 일어섰다.

"그럼 다 끝난 건가? 이제 병원에 가자."

담임은 나를 내려다보았다. 나는 떨떠름하게 그 시선을 맞받았다.

"병원에는 안 간다고 아침에 말씀드렸습니다."

"나도 아침에 난 네 담임이라고 말씀드렸습니다."

이 사람, 성대모사에 재능이 있는 것 같다. 말투가 나하고 똑같았다. 멤버들이 킥킥거렸다. 소피아까지 피식 웃었다.

담임이 멤버들에게 턱짓을 했다.

"야, 이 자식 똥고집 부리려는 모양이다. 뭐 하냐?"

명성과 종태가 먼저, 다음에 석민이 일어나서 나를 포위했다. 종태는 평소대로였지만 명성과 석민은 눈빛이 살벌했다.

명성이 지껄였다.

"이봐, 후배. 아까는 회의 중이라서 말을 안 했는데, 우리 사실

잊지 않았거든?"

"뭘요?"

"네가 소피아랑 어제 한 지붕 아래서 잔 거."

아, 그러십니까. 그래서 갑자기 부실이 살기로 터져 나갈 지경이 된 겁니까.

다른 멤버들도 모두 일어섰다. 주석이 목을 우두둑 꺾었다. 그 인간 목 굵네.

"야, 오자서. 좋은 말로 할 때 따라와라. 우리, 널 갈아 마셔 버리고 싶은 걸 참고 있거든?"

소피아는 모두가 들으라는 듯 큰 소리로 한숨을 쉬었다. 노골적인 혐오감이 담긴 한숨이었지만 멤버들은 아랑곳하지 않았다. 다들 주먹을 쥐고 콧김을 씩씩 내뿜었다. 이런 바보들을 봤나.

바보들과 싸워 봐야 아무 의미도 없다. 나는 그만 포기하고 자리에서 일어섰다.

10

"네 부모님에게 연락했다."

병원 가는 길에 담임이 말했다.

"아버지가 병원으로 오시기로 했어. 어머니는 연락이 안 되더구나."

그녀가 아까 혼자 뒤쳐져 걸으며 어딘가로 전화를 걸 때부터 짐작한 바였다. 나는 표정을 드러내지 않으려 애쓰며 고개를 끄덕였다.

학교를 나선 지 십 분쯤 되었을까. 저 앞길 건너편에 '대박 정형외과'라는 간판이 보였다. 도대체 뭐가 대박이라는 걸까. 무슨 병원 이름이 저래?

병원은 한산했다. 접수를 하고 바로 진료실로 들어갔다. 담임과 소피아가 따라왔다. 담임이야 그렇다 치고 소피아는 왜 따라오나 싶어 눈짓을 했지만 그녀는 본 척도 하지 않았다.

오십대 중반쯤 되는, 머리가 반 이상 벗겨진 남자 의사가 우리를 맞아 주었다.

"어이쿠, 또 그놈의 똥통에서 오셨구먼. 이번에는 무슨 사고를 치셨나?"

의사가 사뭇 기대된다는 듯 히히 웃었다. 담임이 그 앞에 나를 앉히고는 말했다.

"8대 1로 싸우다가 다쳤어요."

"8대 1? 아, 이놈이 여덟 명 중 하나였군."

"아뇨, 애 혼자 여덟 명을 상대했다고요. 심지어 이겼다네요."

"박 선생, 농담이 늘었네."

"저도 농담이었으면 좋겠네요. 이 팔 좀 보세요."

담임이 내 재킷을 벗기려고 했다. 나는 그녀의 손을 황급히 뿌리치고 직접 재킷을 벗었다. 소피아가 조용히 다가와서는 재킷을 받아 주었다. 나는 셔츠도 벗어서 그녀에게 맡겼다. 그녀는 옷들을 곱게 접어서 팔에 걸치고 뒤로 물러섰다.

의사가 내 벌거벗은 상반신을 보고 휘파람을 불었다.

"몸 좋네. 운동 좀 했구먼. 요즘 애들 말로는 '몸짱'이라고 하던 가?"

기분 탓인지 의사의 눈빛이 음흉해 보였다. 분명히 남자 맞는데. 더구나 내 아버지뻘 되는 사람인데. 기분 탓이겠지? 그럴 거야.

"몸이 정말 좋기는 하네. 고맙다, 제자야. 덕분에 선생님 눈이 호강을 하는구나."

담임까지 음흉한 시선을 보내왔다. 이건 기분 탓이 아니라 정말 로 음흉한 거였다. 심지어 담임은 흐흐 웃기까지 했다. 의사나 교사 나 선생님 소리를 듣는 직업 아닌가. 선생님들이 왜 이 모양이야!

의사가 가위로 붕대를 자르고 거즈를 떼어 냈다. 상처가 드러나 자 그는 혀를 찼다.

"쯧. 어디서 야매로 했구먼."

담임이 대답했다.

"집에서 했답니다. 쟤가 꿰매 줬다네요."

담임이 턱짓으로 소피아를 가리켰다. 소피아는 아무 말도 하지 않았다. 의사가 고개를 내저었다.

"바느질 솜씨는 좋은데 실이 문제야. 이거 바느질할 때나 쓰는 실이잖아. 봉합사를 써야지."

나는 뚱하니 대꾸했다.

"집에 그런 게 있었다면 썼겠죠."

"병원에는 있지. 소독은 제대로 한 거야?"

"소독약 세 통을 들이부었습니다. 상처 속까지요."

"어디서 주워들은 건 있는 모양이군."

의사가 코웃음을 치더니 가위로 실을 잘랐다.

"다시 꿰매는 겁니까?"

"그래야지. 이렇게 굵은 실로 꿰매면 상처에 안 좋아. 이건 살아 있는 사람의 생살이지 천 조각이 아니라고. 흉터도 커져. 조폭이라도 될 거라면 모르겠는데, 얌전하게 살 거라면 흉터 같은 건 작을수록 좋겠지."

의사는 핀셋으로 실을 모두 뽑아낸 다음 상처를 살펴보았다. 내내 장난치는 것 같던 그의 얼굴이 처음으로 진지해졌다. 담임도 음흉한 표정은 싹 지우고 상처를 들여다보았다.

의사가 물었다.

"뭐에 찔린 거야?"

"등산용 칼요."

"상처가 깊은데. 이걸 집에서 혼자 치료했다고?"

"뼈는 안 다쳤습니다."

"네가 어떻게 알아? 의사야? 의사라도 척 봐서는 몰라. 화타(중국 위나라 초기의 명의)라면 또 모를까."

"팔을 움직일 수 있습니다."

"그래도 엑스레이는 찍어야 해. 만약의 경우 뼈에 이상이 있으면 입원해야 된다. 팔 하나 잃고 싶으면 배짱부리든지."

나는 상처를 열어 둔 채 엑스레이실로 갔다. 촬영을 마치고 진료실로 돌아오자 의사는 책상 앞에 두 손으로 턱을 괴고 엑스레이

필름을 바라보고 있었다.

"뼈는 괜찮군. 너 운 좋았다."

나는 속으로 한숨을 삼켰다. 내색은 안 했지만 뼈를 다쳤을까 봐 조마조마하던 참이었다.

의사가 핀셋으로 소독솜을 집었다.

"욕 나올 정도로 아플 거다. 난 대범한 사람이니까 괜찮아. 마음 껏 욕해."

그러더니 그는 내 상처를 벌리고 그 안에 소독솜을 쑤셔 넣었 다. 욕은커녕 비명도 안 나올 정도로 아팠다.

의사는 정말 대범한 사람이었다. 내가 온몸을 바들바들 떠는 걸 보면서도 태연하게 손을 움직여 상처 안까지 싹싹 닦았다. 얼굴에 는 웃음기마저 감돌았다. 대범한 정도가 아니라 변태가 아닌가 싶 었다. 이 인간, 즐기는 거 아니야?

"칼이라는 게 더럽다고. 병원에서 쓰는 메스가 아닌 이상 아무 리 깨끗하게 보관해도 잡균이 묻어 있기 마련이야. 하물며 양아치 들이 쓰는 칼이 깨끗할 리가 없지. 소독약을 안에 부었다고? 이 자 식아, 소독은 이렇게 하는 거다."

겨우 소독이 끝났을 때 나는 온몸으로 식은땀을 흘리고 있었다. 의사가 실실 웃으면서 상처를 꿰맸다. 마취를 하지 않았지만 항의 할 정신도 없었다. 하긴 마취하기에는 이미 때가 늦었지만.

상처를 다 꿰매고 거즈를 붙이고 붕대까지 감은 다음 의사가 내 어깨를 툭 쳤다.

"가서 주사 한 대 맞아라. 내일 다시 오고."

주사실로 가서 주사를 맞고 나와서 옷을 입었다. 진료비를 내려는데 담임이 말했다.

"잠깐 기다려. 너희 아버지 오실 거야."

바로 그 말을 기다렸다는 것처럼 밖에서 딱, 딱, 하는 소리가 들려왔다. 나는 반사적으로 고개를 돌렸다.

내 귀에 너무나 익은 소리. 지팡이를 짚으며 걷는 소리.

이윽고 한 남자가 지팡이를 앞세우고 안으로 들어왔다.

180센티미터는 되는 장신. 맵시 있게 걸친 회색 정장. 꽉 조여맨 넥타이. 바위를 깎아 만든 것처럼 딱딱하게 굳은 얼굴.

그리고 오른손에 쥐고 있는 흑단 지팡이.

내 아버지였다.

11

아버지는 말없이 나를 노려보았다.

다른 사람들은 거들떠보지도 않았다. 담임에게도 눈길을 주지 않았다. 아버지는 오직 나만 보았다. 나만을.

아버지의 눈빛은 강렬했다. 아니, 강렬하다는 표현으로는 부족하다. 형형하다, 도 안 된다. 저 눈빛에 적합한 표현은 내가 아는 한 단 하나밖에 없다.

살기.

아버지는 죽일 것처럼 나를 보았다.

나는 아버지만큼 눈빛이 강한 사람을 본 적이 없었다. 웬만한 사람은 아버지의 눈을 감히 마주 보지 못했다. 마주 볼 수 있는 사람도 어쩌다 있었지만 결국은 아버지가 온몸으로 뿜어내는 박력에 질려서 고개를 숙이고는 했다. 실제로 지금도 다른 사람들은 끼어들 엄두도 못 내고 우리를 지켜보고만 있었다.

아버지는 그런 사람이었다. 눈빛이 강하고 온몸으로 뿜어내는 분위기가 강하고, 무엇보다도 그것들의 바탕이 되는 내면이 강했다. 강하고 또 강한 사람이었다. 아버지의 강함은 외향성이나 남성성에서 비롯된 흔해 빠진 그런 게 아니었다.

아버지는 지팡이를 짚어야 하는 불편한 몸으로 이 대한민국에서 살아왔다. 장애인이 사람 대접 받기 어려운 나라에서 온갖 차별과 굴욕을 이겨 내고 저 높은 곳으로 올라갔다. 두 다리가 멀쩡한 사람도 올라가기 힘든 곳을 그는 어떻게든 올라가고야 말았다.

가장 낮은 곳에서 가장 높은 곳까지 올라간 사람의 강함은 보통 사람은 감히 헤아릴 수 없는 법이다. 한순간에 모든 걸 잃고 조국에서 달아났다가 마침내 조국을 멸망 직전까지 몰아넣었던 오자서의 강함을 헤아리기 어려운 것처럼.

나는 그 시선을 맞받았다. 그래야만 했다.

나라고 무섭지 않은 건 아니다. 해야 하니까 할 뿐.

나는 오자서니까. 아버지가 지어 준 그 이름. 아버지에게 더 잘 어울리지만, 어쨌든 내 것이 되고 만 그 이름.

침묵이 지나간 다음, 아버지가 말했다.

"팔은?"

"괜찮아요. 뼈는 다치지 않았답니다."

"다른 데는?"

"멀쩡합니다."

짝.

몸이 휘청했다. 하마터면 넘어질 뻔했다. 간신히 균형을 잡고 자세를 바로 하자 입술에서 피가 흘렀다.

아버지는 아무 일도 없었던 것처럼 태연하기만 했다. 방금 나를 때린 왼손은 어느새 허리 옆에 돌아가 있었다. 반듯한 자세였다. 때리기는커녕 움직이지도 않았던 것 같았다.

얼어 있던 담임이 그제야 아버지에게 다가갔다.

"아버님, 이러지 마시고 대화로 해결하시는 게……."

담임이 아버지의 왼팔을 붙잡았다. 또 때릴까 봐 걱정되는 모양이었다. 아버지는 그녀를 돌아보지도 않고 팔만 휘둘렀다. 별로 거친 동작도 아니었는데 담임은 보이지 않는 뭔가에 떠밀린 것처럼 뒷걸음쳤다.

아버지가 지갑에서 수표를 꺼내 내게 던졌다. 나는 손을 내밀지 않았다. 수표가 아버지와 나 사이에서 하늘하늘 춤을 추다가 바닥에 떨어졌다.

아버지가 몸을 돌렸다.

왜 그런 짓을 했느냐고 묻지도 않았다. 꾸짖거나 나무라지도 않았다. 아버지는 그저 무심하게 몸을 돌렸고, 그대로 나가 버렸다.

나는 이를 악물고 서 있었다.

12

"너희 아버지 대단하시구나."

담임이 내 입술에 밴드를 붙여 주며 말했다.

병원 건물 1층에 있는 약국이었다. 좁아서 다른 사람들은 밖에서 기다리고 나와 담임과 소피아만 안에 있었다.

입술만 아니라 입안도 터져서 피 맛이 났지만 그것까지는 굳이 말하지 않았다. 담임은 밴드 남은 걸 내 주머니에 넣어 주고는 말했다.

"때리는 거 말려 주지 못해서 미안. 어쩐지 움직일 수가 없었어."

"괜찮습니다. 원래 다들 그래요. 어떤 자리에서든 아버지가 나타면 사람들이 모두 얼어붙고는 했죠."

"무서운 분이구나. 근데 그래도 그렇지. 다친 아들을 때리시다니. 얘기도 들어 보지 않고……."

담임은 쓸쓸한 표정으로 고개를 흔들었다. 소피아가 물었다.

"다리는 왜 그러신 거야?"

아까 일 때문에 놀랐는지 그녀는 안색이 좀 바뀌어 있었다. 나는 짤막하게 대꾸했다.

"어릴 때 병을 앓으셨어."

그만 밖으로 나갔다. 우리를 경호한답시고 따라온 SC 멤버들은 벽에 등을 붙이고 일렬로 늘어서서 뭐라고 수군대던 중이었다. 나를 보더니 다들 뚝 그쳤다. 내 얘기를 하고 있었나.

종태가 다가왔다.

"괜찮아?"

"입술이 터졌을 뿐이야. 호들갑 떨 거 없어."

내 귀에도 내 말투가 신경질적으로 들렸다. 나는 그게 못마땅했다. 왜 감정을 다스리지를 못하는 거냐. 이런 못난 자식. 빌어먹을.

명성이 어색하게 헛기침을 하더니 말했다.

"자, 그럼 집에 가야지. 소피아도…… 그리고 오자서 너는?"

"저도 집에 가야죠. 아버지 집이 아니라 제 집에."

담임이 뭐라고 할 듯 입술을 달싹이다가 한숨을 토했다. 명성이 말했다.

"그럼 여기서 갈라지자. 주석아. 너희들은 소피아를 집에 데려다줘. 우리는 자서랑 같이 갈게. 선생님은 어쩌실래요?"

담임이 대답하기 전에 소피아가 말했다.

"저도 오자서 따라가겠어요."

나도 모르게 말이 튀어 나갔다.

"뭔 소리야?"

소피아는 내가 아니라 다른 사람들에게 대답했다.

"저 고집불통에 제멋대로인 애가 정말 얌전히 있을지 알 수가 없잖아요. 누군가 지켜봐야죠. 그렇지 않아요?"

담임만 빼고 다들 어리둥절한 얼굴이었다. 소피아가 갑자기 왜 이런 소리를 하는지 얼른 이해가 되지 않는 모양이었다.

그러나 나는 그녀의 말뜻을 알아차렸고, 담임도 그런 게 분명했다. 담임은 SC 멤버들에게 눈짓을 보냈다. 그제야 명성이 아, 하며 고개를 끄덕였다.

"그래, 그렇군. 당분간 누가 오자서랑 같이 있는 게 좋겠다. 누가 남을지는 가서 결정하지. 일단 다 같이 가자. 선생님도 가시겠어요?"

"물론. 제자 놈이 건방지게 외박을 하겠다는데 담임이 되어 가지고 모른 척할 수는 없지."

아주 그냥 다들 작당해서 나오는구나. 이 인간들을 어쩌면 좋단 말인가.

어쩌고 말고 할 수가 없었다. 상대는 자그마치 여덟 명이었고 나는 혼자였다. 8대 1로 싸우는 건 내 인생에 한 번이면 족하다. 두 번은 사양이다.

결국 우리는 다 함께 할아버지 집이자 내 집인 곳으로 향했다. 처음에는 얼떨떨한 것 같던 사내놈들은 시간이 지나자 생기를 되찾고 떠들썩하게 굴었다.

"야, 그 집이 정말로 네 거야? 좋겠다."

"가만, 이러지 말고 우리 먹을 것 좀 사 갈까?"

"그래그래. 이따가 편의점에라도 들르자."

"미리 말해 두는데 난 치킨마요가 아니면 먹지 않는다."

"네 돈으로 사 먹어. 그럼 아무도 뭐라 안 해."

"잘못했습니다. 삼각김밥이라도 좋으니까 제발 사 주세요."

나를 보호하거나 지켜보려는 게 아니라 내 집에 놀러 오려는 사람들 같았다. 이것들 도대체 뭐냐.

처음 만났을 때부터 그랬지만 이 SC 멤버라는 것들과 있다 보면 도무지 심각해질 수가 없었다. 심각하다가도 분위기가 금방 바뀌고는 했다. 이것들은 타고났다고밖에 할 수 없는 바보스러움으로 심각한 분위기를 망쳐 버렸다.

아버지에게 얻어맞는 꼴을 보였기 때문에 나는 그들과 함께 있는 게 불편했다. 그러나 그들이 바보처럼 아무 생각 없는 얼굴로 시시덕대자 나 혼자 심각한 척하고 있는 것도 우스워졌다.

딱딱하게 굳어 있던 내 얼굴이 시나브로 풀려 버렸다. 표정의 변화를 자각했을 때는 이미 쓴웃음을 짓고 있었다.

버스에서 내리자 멤버들은 정말로 편의점에 들러 간식거리를 잔뜩 샀다. 계산은 담임이 했다.

"기분이다. 내가 쏜다."

"감사합니다!"

"정말 고마우면 여신님이라고 불러라."

"아니 그건 좀⋯⋯."

"왜! 미주랑 소피아만 여신님이고 나는 왜 그냥 선생님이야! 나도 여자잖아!"

"여자도 여자 나름⋯⋯. 으아악! 그렇게 세게 꼬집으면 어떡해요!"

"아주 그냥 살을 뜯어내 주랴?"

까불어 대는 그들을 이끌고 집으로 갔다. 문을 따자 그들은 사양하는 법도 없이 우르르 몰려 들어갔다.

다들 집을 둘러보며 한마디씩 했다.

"우와, 집 좋다."

"이게 좋은 거냐? 좁아 터졌구먼."

"그래도 우리 집보다는 나은데?"

"책 엄청 많다. 책 때문에 더 좁아 보이는 것 같아."

"그래도 깨끗하네. 관리는 잘하는 모양이다."

"야, 오자서. 여기 있는 게 다 정말 네 거야? 좋겠다, 짜샤."

"책은 안 부러운데 집은 부럽네. 젠장. 저 자식 부잣집 출신에 외고 다녔을 정도로 머리도 좋고 집까지 있고. 완전 인생의 승리자잖아? 젠장! 저 자식에 비하면 난 패배자야."

"괜찮아. 그래도 넌 고추가 크잖아."

나는 머쓱해서 뒤통수를 긁었다. 한편으로는 그들의 스스럼없는 태도가 신기하기도 했다.

할아버지는 부자가 아니었지만 아버지는 부자다. 아버지 덕분에 나는 어려서부터 부족한 것 없이 자랐고 공부도 잘했다. 남들의 질투와 시기는 내게 인생의 일부나 다름없었다. 질투와 시기를 드러내지 않으려고 일부러 냉담한 척하는 사람들에게도 익숙했다.

내 인생에는 이런 사람들이 없었다. 스스럼없이 부러움을 드러내고, 그러면서도 웃고 떠드는 사람들. 부럽기는 하지만 그렇다고 나를 적대시하지는 않는 그런 사람들.

그들이라고 질투나 시기의 마음이 아주 없는 건 아닐 게다. 있기는 있겠지만 그래도 그들은 웃는다. 보는 관점에 따라서는 위선이라고 할 수도 있겠지만 나는 여유라고 생각했다.

이 사람들은 여유가 있다. 질투나 시기 같은 부정적인 감정까지 조롱할 수 있는 여유. 그리고 마침내 웃어 버릴 수 있는 여유.

도대체 어떻게 된 사람들일까. 다들 내 또래에 불과하다. 나보다 많아 봐야 한두 살이다. 뭐 그리 대단한 인생 경험을 쌓고 깨달음을 얻었을 것 같지는 않다.

그런데 어떻게 그들은 서로 조롱할 수 있는 걸까.

소피아와 나누었던 대화가 떠올랐다.

'끼리끼리 모이면 뭐가 좋은데?'

'조롱할 수 있어.'

그런가.

그래서 그런 건가.

어쩐지 나는 쓸쓸해졌다.

13

바람이 시원하다.

나는 베란다에 서서 밤하늘을 올려다보았다. 삭막하고 왠지 애달픈 밤하늘. 별빛도 별로 없이 거멓게 죽어 가는, 그러나 바로 그 때문에 별을 하나하나 세어 볼 수 있는.

하늘을 보는 내 기분이 복잡했다. 쓸쓸하면서도 유쾌한, 야릇한 기분.

뒤에서는 SC 멤버들이 떠드는 소리가 들려왔다.

"역시 대세는 아이유라니까. 〈스물셋〉 너무 좋지 않냐?"

"아이유도 이제 지겨워. 신곡도 별로더라."

"뭐라고! 이 자식이 아이유 여신님을 모독하네? 너 나랑 한판 뜰래?"

"야, 야. 시끄러워. 너희는 아이돌밖에 모르냐? 진짜 대세는 가왕이야. 너희는 가왕의 〈바운스〉도 안 들어 봤냐?"

"선생님. 저희는 조용필 세대가 아니거든요."

"선생님은 역시 연세가 지긋하셔서…… 아얏!"

"조용필은 남녀노소 모두에게 사랑받는 가왕님이시다. 그러므로 젊디젊은 내가 가왕님을 사랑하는 것도 이상한 일이 아니다. 여기서 포인트는 '젊디젊은'이다. 잊지 말도록. 잊기만 해 봐. 다음에는 젖꼭지를 뜯어내 버릴 테니."

그들은 소파나 혹은 거실 바닥에 앉아서 TV를 보는 중이었다. 주위에는 먹다 남긴 과자며 빵 조각 따위가 너저분하게 널려 있었다. 편의점에서 사 온 것으로도 모자라서 냉장고에 있던 것까지 싹 비운 참이었다.

베란다 문이 열렸다가 닫혔다.

조심스러운 발소리가 들려오더니 이윽고 소피아가 내 옆에 섰다. 나는 돌아보지 않았고, 소피아도 굳이 내게 시선을 주지 않았다.

그녀는 나처럼 밤하늘을 올려다보며 말했다.

"하늘에 뭐 볼 거라도 있어?"

"달과 별과 구름."

"낭만적인 단어들을 되게 무뚝뚝하게 말하는구나."

나는 고개를 흔들었다.

"얘기할 게 있지?"

"눈치챘어?"

"내가 바보인 줄 아냐. 네가 갑자기 여기 오겠다고 했을 때부터 알아차렸어. 선생님도 그랬던 것 같고."

"그래, 그렇지. 지금은 다른 멤버들도 다 알아. 그러니까."

소피아는 말끝을 애매하게 흐리며 뒤를 한 번 돌아봤다. 멤버들과 담임은 TV를 보며 뭔지 모르겠는 노래를 따라 부르고 있었다.

원, 시끄러운 것들. 우리를 방해하지 않으려는 건 알겠는데 기왕이면 조용히 해 주면 안 될까?

그런 불만을 속으로 중얼거리는데 소피아가 말했다.

"네 아버지가 그렇게 왔다 가 버리고서, 왠지 너를 혼자 놔두면 안 되겠다는 생각이 들었어."

"쓸데없는 참견이다."

"방해가 됐어? 화났어?"

소피아의 눈빛이 뺨을 콕콕 찌르는 게 느껴졌다. 나는 얼른 입을 열 수가 없었다. 잠시 후에야 밤하늘을 향해 말을 토해 냈다.

"처음에는 화가 났는데 지금은 아니야."

"그래? 다행이다."

소피아는 정말 다행이라는 듯 살포시 웃었다. 얘는 항상 이렇게 웃는다. 이를 드러내지 않고 살며시. 마음의 한 갈피를 슬쩍 펼쳐 보이는 것처럼.

그렇기 때문에 항상 진심으로 보인다.

문제는 냉소나 비웃음까지 진심이라는 게 티가 난다는 거지만.

"너희 아버지 정말 무섭더라. 도대체 뭐 하는 분이서?"

"예전에는 검사였지. 강력부 부장검사. 날고 기는 조폭들도 아버지한테 걸리면 벌벌 떨었다나."

"어쩐지 분위기가 장난 아니더라니. 근데 지금은 검사 그만두셨어?"

"검찰청 나와서 로펌에서 변호사로 일하시다가 지난 대선 때 대선 캠프에 들어가셨어. 지금 우리나라의 대통령인 그 사람의 캠프. 서울대 인맥 덕을 봤다나. 아무튼 거기서 이런저런 일을 하시고 대통령에게 눈도장을 받으셨지. 여당에도 입당하셨고. 다음 선거 때 공천을 받을 게 확실하다는 소문이 파다했어. 예전부터 정계에 진출하기를 바라던 양반이라 그때는 무척 들떠 있었지. 그런데……."

나는 말끝을 흐렸다. 소피아가 대신 말을 완성해 주었다.

"네 사건이 터졌구나."

"응. 그 바람에 공천이고 뭐고 날아갔어."

"그래서 아버지가 널 미워하시는 거야?"

나는 헛웃음을 흘렸다. 이런 바보 같은 질문이라니.

"네가 보기에는 아버지가 날 미워하는 것 같았어?"

소피아는 잠깐 생각해 보고는 고개를 가로저었다.

"아니. 미워하는 것 같기도 했지만 그보다는……."

이번에는 소피아가 말끝을 흐렸다. 나도 그녀가 그랬던 것처럼 말을 대신 완성해 주었다.

"경멸하는 거였지."

소피아는 입을 다물었다. 나는 일부러 그녀를 보지 않으며 말했다.

"공천이 날아갔다지만 다음에도 선거는 또 있어. 아버지는 이미 대통령의 신임을 받고 있고. 심지어 새롭게 떠오른 실세라는 얘기까지 있을 정도야. 결국 언젠가는 국회의원이 되어서 여의도에 가시게 될 거야. 그다음은……. 글쎄, 당 대표라도 하시려나? 재선, 삼선을 거치고 당 대표나 국회의장 등으로 경력을 쌓고, 자기 세력을 만들고, 그러다 언젠가는 대선에 출마하고. 뭐 그렇게 되겠지. 아버지의 원대한 야망에 비하면 내 사건은 아무것도 아니야. 아버지에게 나는 걸림돌이 될 수가 없어. 그럴 가치조차 없어. 한순간의 분노를 참지 못해서 엘리트의 길에서 탈락한 못난 아들이니까."

"아주 탈락한 것도 아니잖아. 너라면 우리 학교에서도 좋은 성적을 올릴 수 있고, 명문대에도 갈 수 있을 텐데."

"내가 이 악물고 공부해서 서울대에 가든 미국 유학을 가든 한다면 아버지의 눈길도 달라지겠지. 경멸에서 관망으로. 이 못난 놈이 정말 끝까지 잘 해낼 수 있나 지켜보겠다는 뭐 그런 식의 눈길."

"대단한 아버지구나."

"대단하지."

잠시 어색한 침묵이 흐른 후, 소피아가 물었다.

"혹시 네 아버지 때문에 그랬어?"

"뭐가?"

"네가 전학 오기 전에 있었던 일."

나는 잠시 소피아를 보았다가 다시 밤하늘로 시선을 돌렸다.

"아버지 때문에 장애인을 비하하는 말에 민감하기는 했어. 날 싫어하는 놈들이 항상 하던 소리가 그거였거든. '너희 아버지는 다리병신이라며?' 하지만 그 학교에서 그랬던 건 아버지 때문은 아니었어."

"그럼?"

"그냥 화가 났어. 그리고……."

소피아는 다음 말을 재촉하지 않고 기다려 주었다. 나는 머릿속을 헤집어 보았지만 내 두뇌에 저장된 단어 중에 쓸 만한 게 없었다. 결국 되는 대로 지껄이고 말았다.

"내가 나를 제어하지 못했지. 바보같이. 단지 그뿐이야."

"단지 그뿐."

"그래."

"그 애랑 친했어?"

그 애가 누구인지 물어볼 것도 없었다. 나는 할 말이 없어서 잠자코 있었다. 소피아가 잠깐 간격을 두고 말했다.

"난 네가 왜 그런 짓을 저질렀는지 자세한 건 몰라. 인터넷에 떠도는 소문들을 읽어 보았을 뿐이야. 그래도 어쨌든 네가 이유도 없이 그랬을 거라고는 생각하지 않아. 아니, 생각할 수가 없어. 네가 어떤 애인지 요 며칠 동안 겪어 봤으니까. 가능하다면 네 입을 통해서 그때 이야기를 듣고 싶어."

"그 한심한 이야기를? 꼭 듣고 싶어?"

"듣고 싶어."

소피아는 이번에도 재촉하지 않았다. 부탁한다는 식으로 덧붙여 말하지도 않았다. 그런 말도 재촉으로 들릴 게 뻔하다는 걸 아는 거다.

거절할 수 있다. 그 얘기는 하고 싶지 않다고 하면 그만이다. 소피아도 이야기를 강요할 생각은 없다. 내가 싫다고 하면 말없이 물러서리라.

그렇기에, 소피아가 그런 애였기에, 나는 결국 입을 열고 말았다.

"그 애 이름은 이지호야."

14

지호는 지체 장애 1급 장애인이었다.

어쩌다 그렇게 되었는지는 모른다. 날 때부터 그런 몸이었는지, 무슨 병이나 사고가 있었는지 알지 못했고 알려고 하지도 않았다.

우리는 친하지 않았다. 짝꿍이었지만 꼭 필요한 말 이상은 나누지 않았다.

변명 같지만, 내가 특별히 냉담했던 건 아니다. 나만 아니라 다른 그 누구도 지호하고 친하게 지내지 않았다.

다들 지호를 어떻게 대해야 하는지 몰라서 내심 당황하고 있었다. 휠체어를 타고 다니는 중증 장애인이라는 건 TV에서나 보던 기이한 존재였다. 장애인 아버지를 둔 내게도 그랬는데 다른 애들이야 말해서 무엇하겠는가.

지호가 학교를 다니는 데 큰 불편은 없었다. 적어도 교실까지 올라오는 건 그랬다.

엘리베이터 덕이었다. 우리 학교에는 그해 신입생들, 그러니까 우리가 입학하기 전에 부랴부랴 설치한 엘리베이터가 있었다.

지호 때문에 설치한 엘리베이터였다.

지호는 중학교 때 공부를 무척 잘했다고 한다. 본인에게 들은 게 아니다. 신문에서 읽은 얘기다. 신문은 우수한 학생인 지호가 명문 외고에 지원했는데 학교 측에서 중증 장애인을 위한 편의 시설이 없다는 이유로 입학을 거절했다고 보도했다.

지호는 싸웠다고 한다. 역시 내가 들은 얘기는 아니다. 신문이 전해 준 정보다. 당시는 아직 고등학교에 입학하기 전이었는데, 나는 곧 들어갈 학교에 대한 흥미로 기사를 하나도 빼놓지 않고 읽었다.

기사 제목이 아직도 기억난다.

중증 장애인 이지호 학생, 학교 측의 차별에 맞서.

교육 당국의 무관심이 장애인을 이등 시민으로 만든다.

장애인에게는 교육받을 권리가 없는가.

지호와 그 부모가 시위를 하고, 장애인 단체와 언론까지 거들자 결국 학교가 백기를 들고 말았다. 학교는 우선 1학년 교실이 있는 별관에만 서둘러서 엘리베이터를 설치했다. 본관에는 다음 방학 때 설치하겠다고 약속했다.

교실에서 지호를 발견하고 나는 적잖이 놀랐다. 언론의 조명을 받았던 유명 인사와 같은 반이라니. 짝꿍이 되었을 때는 당혹스럽기까지 했다. 그를 어떻게 대해야 할지 알 수가 없었다.

나를 비롯한 학생들이 어쩔 줄 몰라 하고 있을 때 교사들은 분노하고 있었다.

언론의 논조는 항상 공격적이었다. 장애인을 차별하는 학교라며 마구 비난했다. 학교 홈페이지에도 비난하는 글이 폭주했다.

그들의 분노가 꼭 장애인에 대한 연민 때문이었을까. 혹시 명문 외고라는, 특권층을 양산하는 기관으로 찍혀 버린 학교에 대한 반감은 아니었을까.

진실은 알 수 없지만 교사들은 아마도 그렇게 생각한 모양이었다. 그들은 지호를 냉대했다.

'학교 망신을 시킨 놈.'

'왜 굳이 우리 학교에 온다고 고집을 부려서 그 난리가 벌어지게 한 거냐.'

‘너 하나 때문에 우리가 얼마나 욕을 먹은 줄 아냐.’

‘꼭 저런 놈이 하나씩 있다니까. 저 혼자만 참으면 되는 걸 괜히 설쳐 대서 남들 욕먹게 만드는 놈.’

대놓고 말하는 사람은 없었다. 말할 필요가 없었다. 제삼자인 나도 그들이 눈빛이나 몸짓으로 전해 오는 그 말들을 똑똑히 들을 수 있었다.

지호는 묵묵히 참았다.

시간이 지나도 교사들의 태도는 달라지지 않았다. 학생들은 조금씩 달라졌다. 긍정적인 방향이 아니라 그 반대로.

급우들까지 교사들의 영향을 받아 자기를 냉대해도 지호는 참았다. 아무도 말을 걸어 주지 않고 투명 인간 취급을 해도, 급식실에서 혼자 밥을 먹을 때도 그는 외로움이나 서러움을 드러내지 않았다. 항상 무표정한 얼굴은 가면 같기도 했다.

그는 내게 인사할 때만 살며시 웃어 보였다.

‘고마워.’

급식실은 1층이지만 문턱이 다소 높았다. 식판을 챙겨서 밥을 받는 것도 지호에게는 불가능했다. 나는 날마다 지호 대신 식판에 밥을 받아 주었다. 지호가 다 먹고 나면 식판을 치워 주기도 했다. 나 말고는 도와주는 사람이 없었다.

나 혼자 의로운 사람이었다고 하려는 게 아니다. 나는 지호의 짝이었고, 그 때문에 자연스럽게 그런 뒤치다꺼리를 맡게 된 것이었다. 이유야 어쨌든 그 일은 내 것이 되었고, 그렇다면 나는 그냥 해야 했다.

다만 할 뿐.

지호를 특별히 동정한 것도 아니었고 친해지고 싶지도 않았다. 나는 기계적으로 식판을 날라다 주었다. 때로는 휠체어를 밀어 주기도 했다. 기계적으로. 단지 기계적으로.

'고마워.'

그때마다 지호는 그렇게 말했다.

기계적인 말이 아니었다. 매일 몇 번이나 반복되는데도 그 말은 항상 사람의 말이었다. 그 웃음도.

나는 도와주는 기계였고, 그는 고맙다고 하는 사람이었다.

그 차이를 나는 학교를 떠나오고서야 깨달았다. 내 가슴은 어찌 그다지도 무딜 수 있었던 말인가. 이제 와서는 차라리 믿고 싶지 않은 그때 그 시절. 그때의 나.

그리고 그 일.

모든 것을 망쳐 버린 그 한마디.

'애자 새끼가 용쓰고 있네.'

15

"안 되겠다."

나는 입술을 깨물었다. 어느새 두 손이 제멋대로 주먹을 쥐고 떨고 있었다. 왼팔이 아팠지만 손에서 힘을 뺄 수가 없었다.

간신히 목소리를 쥐어짰다.

"역시 안 되겠어. 그 얘기는 못 하겠어. 미안."

소피아가 내게 손을 뻗어 왔다. 위로의 손길이었지만 나는 단호한 몸짓으로 거부했다. 소피아는 움찔하더니 손을 거두어들였다.

이윽고 그녀가 속삭이듯 말했다.

"나야말로 미안해. 괜한 걸 물어봤네."

"됐어. 그보다 너 그만 집에 가야지. 시간 늦었다. 설마 오늘도 여기서 자겠다는 건 아니겠지?"

나는 대답도 기다리지 않고 거실로 들어갔다. 노래를 부르는 척하고 있던 멤버들과 담임이 동시에 뚝 그치더니 나를 바라보았다.

"다들 그만 가 보셔야죠. 밤입니다."

소피아가 내 뒤에서 말없이 나왔다. 담임이 그녀와 눈짓을 교환하고는 일어섰다.

"그래, 이만큼 놀았으니 가야지. 근데 그 전에 청소는 하고."

종태가 제일 먼저 일어나서 주위에 널린 쓰레기들을 줍기 시작했다.

"됐어. 내가 치울 테니까 그냥 가."

"아니야. 우리가 어지럽힌 건데 우리가 치워야지."

다른 멤버들도 일어나서 거들었다. 명성이 말했다.

"이봐, 후배. 우리를 오해한 모양인데, 우리가 이래 봬도 끝장나게 성실하고 예의 바른 것들이라고. 안 그러냐?"

다들 그렇다고 한 목소리로 대답하고는 낄낄 대며 청소를 했다. 어이가 없었지만 청소하는 품새가 빠릿빠릿한 것만은 인정해야 했다.

청소를 마친 다음 다들 현관으로 나갔다. 주석이 말했다.

"소피아는 이대로 집까지 바래다주고, 오자서는 어쩌지? 누가 옆에 안 있어도 되나?"

내가 입을 열려는데 담임이 먼저 대꾸했다.

"됐다. 아까 한 소리는 농담이지. 얘도 칼침도 맞아 보고 했으니 까 혼자 조용히 있겠지. 너무 걱정할 거 없어. 다들 가자. 근데 나 바래다줄 사람은 누구야?"

"어? 선생님을 왜 바래다 드려요?"

"나도 여자거든? 밤길 걷기 무섭거든?"

"아, 그러네요. 그리고 보니 선생님도 여자였죠. 어쨌든 여자죠. 아무튼 여자죠. 어어, 젠장."

"야, 야!"

"선생님 바래다 드릴 사람? 손들어 봐."

당연히(?) 아무도 손을 들지 않았다. 담임은 어깨를 격하게 흔 들며 웃었다.

"후후후. 너희들 밖에 나가서 좀 보자."

"주먹 쥐고 있는 선생님은 보고 싶지 않아요."

"폭력 반대!"

"이것들아아아!"

담임이 덤벼들자 사내놈들은 종태만 남고 다들 와와 하며 문을 열고 나갔다. 한심하다는 표정을 감추지도 않고 그 꼴을 지켜보고 있는데 종태가 내 어깨를 툭 쳤다.

"그럼 내일 보자. 잘 자고. 혹시라도 무슨 일 있으면 전화해."

"전화번호 모르는데?"

소피아가 기다렸다는 듯이 주머니에서 쪽지를 꺼냈다.

"우리 멤버들 번호야. 선생님 것도 있고. 무슨 일 있으면 공중전화를 써서라도 꼭 전화해. 아무리 늦은 시각이라도 괜찮으니까."

준비성도 좋군. 나는 잠자코 쪽지를 받아 들었다.

종태가 손을 흔들고 밖으로 나갔다. 마지막으로 소피아가 나가면서 나를 흘깃 돌아봤다. 뭔지 모르게 애잔한 눈빛이었지만 나는 아무 말도 하지 않았다.

소피아도 침묵했다. 그녀가 조용히 나간 다음 나는 바로 문을 닫았다.

5장
나는 정의롭지 않습니다, 다만

1

사흘이 지났다.

'놀토'였지만 나는 아침 일찍 학교로 향했다. 나를 지켜 주는 경호 팀, 종태, 명성, 석민을 대동하고서.

그들은 지난 사흘간 등하교 할 때마다 나를 따라다녔다. 아침 일곱시 정각 초인종 소리에 문을 열어 보면 하품을 하고 있는 그들이 서 있었다. 수업을 마치면 교문을 나서기도 전에 어느새 그들이 내 옆으로 다가왔다.

소피아를 지켜 주는 경호 팀은 매일 신이 났을 게다. 소피아는 그들의 여신님이니까. 하지만 난 남자다. '남신님'이라는 말은 들어 본 적도 없다. 나는 성실한 내 경호 팀이 고맙기도 하고 놀랍기도 했다.

그들은 한 번도 싫증을 내거나 짜증스러운 기색을 보이지 않았다. 내가 말수가 적으니까 그들도 말을 많이 하지는 않았다. 조용히 나를 집에서 학교까지, 그리고 다시 학교에서 집까지 데려다줄 뿐이었다.

그들은 바보지만 성실한 것 하나만은 알아줘야 했다. 어쩌면 바보라는 낱말 속에 성실하다는 뜻도 내포되어 있을지 모른다는 생각도 들었다. 성실하니까 바보처럼 보이거나 혹은 바보니까 성실하거나.

습격은 없었다. 나도 소피아도 아무 일 없었다. 놈들은 조용히 때를 기다리고 있거나 아니면 내가 벌써 경찰에 신고한 줄 알고 숨어 있는 모양이었다.

물론 그렇다고 놈들이 언제까지나 가만히 있을 거라고는 생각할 수 없었다.

다 함께 문학부 부실로 갔다. 정확히 열 명의 멤버들이 원탁에 둘러앉아 시끌벅적 떠들어 대고 있었다. 조용한 사람은 소피아와 미주뿐이었다. 두 소녀는 노트북을 들여다보며 무어라 속삭이는 중이었다.

명성이 자리에 앉으며 말했다.

"대충 다 모인 거야?"

주석이 대답했다.

"명식이랑 태환이는 XX빌라에 먼저 가 있어. 호빈이랑 민수는 내가 빠지라고 했고. 아, 그리고 선아도."

"호빈이랑 민수는 지난번에 출석 정지당했으니까 이번에는 빠지는 게 좋지. 그건 당연한데 선아는 왜?"

"컨디션이 안 좋대. 알잖아. 그 지병 말이야."

주석이 어쩔 수 없다는 듯 어깨를 으쓱했다. 명성은 아쉬운 표정이었다.

"하필이면 이럴 때 그러냐. 선아가 있어야 하는데. 솔직히 걔가 여기 있는 시시한 놈들보다는 훨씬 믿음직스러운데."

멤버들이 당장 야유를 보냈다.

"우우!"

"그러는 댁은 뭐 얼마나 믿음직스러워서?"

"사람 차별하지 맙시다. 우리도 알고 보면 잘난 것들이라고요."

"셧업! 셧업! 알았으니까 다들 닥쳐."

소피아가 나를 불렀다.

"오자서. 팔은 좀 어때?"

나는 왼팔을 굽혔다 폈다.

"움직일 수 있어."

"그래도 싸우는 건 무리일 텐데."

"할 수 있어."

소피아는 미간을 살짝 찡그렸다. 명성이 말했다.

"뭐 괜찮아. 자서는 마지막 순간까지 나서지 않을 테니까. 그때까지는 우리가 다 알아서 한다. 그리고 마지막 순간이 올지 안 올지도 몰라. 상황 봐 가면서 결정하기로 한 거 잊지 않았지?"

나는 고개를 끄덕였다. 오른손으로는 배를 살짝 쓰다듬으면서.

마지막 순간은 결국 오고야 말 것이다. 오지 않는다면 내가 오게 만들 테다. 그 순간을 위해 나는 아무도 모르게 '이것'을 준비했다.

명성이 모두를 둘러보았다.

"자, 그럼 다들 각오는 된 거지?"

멤버들은 말도 필요 없다는 듯 히죽히죽 웃어 댔다. 명성도 빙그레 웃으며 안경을 고쳐 썼다.

"좋아. 그럼 이제부터 우수고등학교 스트레스클리닉이 작전을 시작한다. 스트레스의 원인을 제거하고 평화로운 일상을 되찾는 거다."

멤버들이 지르는 환성에 부실이 떠나갈 듯했다.

2

작전은 단순했다.

단순하고 무식했다. 내가 참 대단하다고 어떤 의미에서는 진심으로 감탄했던 작전.

우선 미주가 노트북을 자기 앞으로 끌어와서는 키보드를 두드렸다. 노트북 뒤로 랜 선이 연결되어 있는 게 보였다.

"어제 새벽에 왕 선배가 조사를 마치고 메일을 보내 주었어요. 다들 이 근처에 산다네요. 전화번호도 있어요. 도끼, 그러니까 최주태는 2년 전 폭행과 절도 혐의로 감옥에 갔어요. 원래는 그 사람도 이 학교 출신 선배들이 만든 조직에 몸을 담고 있었던 모양인데 그때 연줄이 끊어진 것 같아요. 출소하고서는 한동안 조용히 살다가 얼마 전부터 후배들을 모으기 시작했다는군요."

주석이 물었다.

"자기 조직을 만들려고?"

"그렇겠죠."

"그러니까 지금은 조직이고 뭐고 없는 거군."

"잘 모르는 사람들에게는 조폭 행세를 했지만 실제로는 아직 조직이라고 할 만한 건 없다네요. 그래도 후배들에게는 상당한 영향력이 있는 모양이에요. 왕 선배 말로는 그 사람 2년 전에 감옥에 갔을 때 선배들의 죄를 대신 덮어쓴 것 같다고 해요. 정확한 건 모르지만 그런 소문이 있다고."

명성이 끼어들었다.

"이용당하고 버림받은 게로군."

주석이 말을 받았다.

"이 학교 출신 양아치들의 전형적인 코스잖아. 학교 졸업하고는 뒤봐주겠다는 선배만 믿고 따까리 노릇하다가 버림받는 거."

"선배만 믿고 따르면 정말로 조폭이 될 수 있는 줄 아는 멍청한 것들 때문에 우리 학교가 더 욕을 먹는다니까. 조폭은 뭐 아무나 되는 줄 아나."

"정범석도 그걸 아니까 조폭은 되기 싫다고 버틴 거 아닐까?"

"그렇겠지. 그놈은 정신 차릴 가능성이 약간은 있을지도 모르겠군. 도끼는 구제 불능인 것 같지만. 미주야. 도끼가 동원할 수 있는 인원이 얼마나 될까?"

"왕 선배도 그것까지는 알 수가 없어서 제가 혼자 조사를 해 봤어요. 선배가 준 정보를 바탕으로 구글링을 해 봤는데 그 사람들 블로그가 몇 개 있더라고요. 그중에 도끼 패거리인 김서진의 블로그 계정을 해킹했죠."

해킹? 내가 놀란 표정을 짓자 종태가 말했다.

"미주 누나는 컴퓨터를 잘 다루거든."

미주는 쑥스러운 듯 헤헤 웃었다. 뺨이 살짝 붉어졌다.

"포털 사이트 계정인데 보안이 워낙 취약해서. 내가 아니라도 해킹 좀 할 줄 아는 사람이면 누구나 쉽게 뚫을 수 있는 정도야."

명성이 다음 말을 재촉했다.

"그래서? 그다음은?"

"대장인 도끼의 계정을 해킹했다면 더 좋았겠지만 도끼는 블로그고 트위터고 쓰는 게 없는 것 같더라고요. 김서진은 도끼와 친한 게 분명하고 블로그 활동도 활발했어요. 해킹을 해서 그 사람 계정에 접속한 다음 전화기를 잃어버렸으니까 연락처를 비밀 댓글로 달아 달라고 포스팅 했어요. 간밤에 했는데, 보세요."

미주가 노트북을 돌려서 원탁 가운데로 밀었다. 모두들 엉덩이를 들고 노트북을 들여다보았다.

연락처를 가르쳐 달라는 포스트 밑으로 댓글이 정확히 열한 개 붙어 있었다.

명성이 턱을 쓰다듬으며 중얼거렸다.

"흐음, 열한 명인가."

주석이 고개를 저었다.

"댓글을 단 놈만 열한 명인 거지."

미주가 어깨를 움츠렸다.

"미안. 뭔가 더 좋은 방법이 있을 텐데 이런 것밖에 생각이 나지 않아서."

"무슨 소리야. 이 정도만 해도 아주 큰 정보야. 일단 놈들과 긴

밀히 연락하는 것들이 최소한 열한 명은 된다는 거잖아. 잘했어."

주석이 위로하듯 말하자 명성이 덧붙였다.

"이놈들이 모두 도끼 패거리라는 확증은 없어. 그놈들의 지인이라는 것뿐이지. 하지만 지금 상황에서는 이 이상의 정보를 구할수도 없겠지. 이 정보를 바탕으로 추론하는 수밖에. 열한 명이라, 쉽지는 않겠지만 해 볼 만하겠어."

"지난번에 자서가 떡으로 만들어 준 놈들도 있잖아. 그놈들은 지금쯤 병원에 누워 있을 테니까 빼야지."

"그래도 열 명 이하는 아닐 거라고 생각하는 게 좋아. 우리가 모르는 것들을 동원할 수도 있으니까."

"그럼 대충 열 명에서 열다섯 정도라고 생각하자. 충분히 해 볼만한데? 선배들을 부를 필요는 없겠어."

"이 정도로 선배들을 부르면 안 되지. 혼난다고. 우리의 SC가 이것밖에 안 되냐고. 우리끼리 해결해야지."

미주만 빼고 다들 자신만만한 표정이었다. 미주는 다소 겁먹은 표정이었지만 소피아가 살며시 손을 잡아 주자 웃음을 되찾았다.

명성이 전화기를 꺼내며 물었다.

"미주야. 도끼 전화번호는?"

"010-XXX-XXXX."

명성이 전화번호를 입력하고는 전화기를 내게 건넸다.

"전화해. 뭐라고 말해야 되는지는 알지?"

나는 고개를 끄덕이고 통화 버튼을 눌렀다. 신호가 몇 번 울린 다음 굵은 목소리가 들려왔다.

"여보세요?"

몇 번 듣지도 못했건만 뇌리에 콱 박혀 버린 목소리. 도끼였다.

"저 오자서입니다."

"오자서?"

도끼는 말문이 막힌 듯 잠시 후에야 말을 이었다.

"너 이 새끼. 내 번호는 어떻게 알았어?"

"그건 됐고, 정말 중요한 얘기나 하죠. 우리 사이에 해결해야 할 문제가 있지 않습니까?"

"이 새끼가……."

"선배가 저한테 고마워해야 하는 일이 하나 있습니다. 저 아직 경찰에 신고 안 했습니다."

"오호, 그러서? 고마워 죽겠구먼."

"선후배 간의 문제인데 우리끼리 잘 해결하면 되지 애꿎은 경찰을 귀찮게 할 필요는 없잖아요? 만납시다. 만나서 해결하죠."

"믿는 구석이 있는 모양이지?"

"그런 건 아닙니다. 전 혼자 나갈 겁니다. 싸우고 싶은 게 아니에요. 대화로 해결했으면 합니다. 원한다면 치료비도 물어 주죠. 저도 다쳤지만 제 치료비는 됐습니다. 만나 주세요."

"무릎 꿇고 빌기라도 할 거냐?"

나는 일부러 한숨을 길게 내쉬었다. 너무 저자세로 나가면 안 된다. 오히려 의심을 살 거다. 마지못한 척해야 한다.

"원하신다면."

"그럼 좋아. 만나 주지."

"고맙습니다. 선배도 아시겠지만 전 전학 온 지 얼마 안 되어서 친구도 없습니다. SC도 저하고는 상관없고요. 혼자 나갈 테니까 선배도 혼자 나와 주세요."

"그건 안 돼. 지난번의 그 계집애도 같이 나와."

예상한 바였다. 나는 또 한숨을 쉬었다.

"얘기해 봤는데 걔는 죽어도 못 나간답니다. 곧 전학 갈 거라네요."

"이 새끼, 구라 치는 거 아니야?"

"아닙니다. 그리고 소피아는 안 나오는 게 선배에게도 좋은 일 아닌가요? 어차피 소피아는 문제의 당사자도 아니고, 소피아가 나오면 SC 멤버들도 할 수 없이 나오게 될 겁니다. 그러면 문제가 복잡해져요. 전 SC와 상관없습니다."

"도대체 그 SC가 뭐야?"

"저도 잘은 모르지만 학교 안의 조직인 것 같습니다. 지금은 조용해요. 다들 어디 숨었는지 얼굴도 보기 힘듭니다. 소피아도 만나기 힘듭니다."

과연 믿어 줄까? 그러면 좋겠지만 아니어도 상관은 없다. 어차피 우리는 최악의 경우를 가정하고 움직이고 있다.

잠시 후 도끼가 말했다.

"좋아. 그럼 우선 너하고의 문제부터 해결하지. SC인지 뭔지는 급한 건 아니니까."

"잘 생각하셨습니다. 그럼 장소를 정하죠."

미주가 노트북을 내 쪽으로 돌렸다. 어느새 노트북을 조작했는지 화면에 구글 지도가 나타나 있었다.

"지난번 그 동네의 XX빌라라고 아시죠? 거기 옥상에서 이따가 열시에 만나죠."

"네 마음대로 장소와 시간을 정하시겠다?"

"어차피 그 동네는 선배들 아지트나 다름없지 않나요? 시간은 되도록 빠른 게 좋을 것 같아서 두 시간 후로 정한 겁니다."

"새끼. 네가 내 얼굴을 보면서도 그렇게 또박또박 대꾸할 수 있는지 한번 보겠다. 꼭 나와. 안 그래도 벼르고 있던 참이었다. 나오지 않아도 우리가 찾아낼 수 있어. 나오지 않으면 죽는다."

"제가 먼저 나가겠다고 한 겁니다. 약속은 지키니까 걱정 마시죠. 그보다 혼자 나오겠다는 약속이나 지켜 주세요."

"오냐, 그러지. 사나이 대 사나이의 약속이다. 그럼 이따가 보자."

전화가 끊어졌다.

사나이는 무슨 얼어 죽을. 나는 전화기를 명성에게 돌려주었다. 명성은 즉시 일어섰다.

"자, 그럼 미리 의논했던 대로 움직이자. 어서."

다들 일어나는데 소피아가 말했다.

"저도 가겠어요."

2학년 선배 하나가 깜짝 놀라며 말했다.

"안 돼! 여신님께서 가실 만한 장소가 아니라고."

"여신님 소리 좀 그만하세요."

소피아는 두 손으로 원탁을 짚고 확 일어섰다.

"여러분이 작전을 실행하는 동안 밖에서 대기할 사람이 필요해요. 여차하면 경찰을 부르든가 선배들에게 연락하든가 해야죠."

"그건 그런데, 아무래도 위험해. 여자는 빠지는 게……."

"선의로 하는 말이겠죠. 고마워요. 하지만 여자라고 꼭 보호해주려고만 할 필요는 없어요. 저도 SC 멤버예요. 미주 언니는 정보조사를 맡았지만 저는 여태 한 게 없어요. 이렇게라도 도움이 되고 싶어요. 저 또한 이번 일의 당사자이기도 하고요. 너무 걱정은 마세요. 바깥에서 대기하고 있는 것만이라면 그리 위험하지도 않잖아요."

저 계집애가 혹시 내가 신경 쓰여서 그러나.

어쩐지 그런 느낌이 들었다. 소피아를 뚫어지게 보자 시선을 느꼈는지 그녀도 이쪽으로 고개를 돌렸다. 앙다물고 있는 입술이 결연해 보였다.

내가 할 말을 찾고 있는데 미주가 일어났다.

"그럼 나도 같이 갈게."

소피아는 반사적으로 대답했다.

"언니는 역할을 다했어요."

"아니야. 나도 SC 멤버인데 끝까지 같이해야지. 그리고 하나보다는 둘이 낫잖아. 우리가 함께 있으면 괜찮을 거야."

미주가 소피아의 손을 두 손으로 꼭 쥐었다. 소피아도 차마 그
손을 뿌리치지는 못했다.

무거운 침묵이 지나간 다음, 명성이 말했다.

"할 수 없군. 그럼 다 같이 가자. 혹시라도 위험해지면 바로 도
망치고. 오자서, 너는 이따가. 알지? 자, 어서 가자."

다들 밖으로 나갔다. 종태는 잠시 내 어깨에 손을 얹은 다음 멤
버들을 따라갔다. 마지막으로 소피아가 문을 나서다 말고 말했다.

"너 허튼짓하지 마."

역시 내가 신경 쓰였나. 뭔가를 감지한 건가.

나는 짐짓 여상한 투로 말했다.

"너나 몸조심해라."

소피아는 한동안 말없이 서 있다가 몸을 휙 돌렸다. 나는 혼자
남겨졌다.

3

동네는 조용했다.

별로 좋은 기억이 있는 것도 아닌 이 동네가 작전 무대로 선택
받은 것은 조용하기 때문이다.

가난한 사람들의 동네다. 주말이고 뭐고 낮에는 다들 일하러 나
간다. 집을 지키는 사람도 없지는 않겠지만 소수다. 더구나 이 동
네는 원래 양아치들 아지트로 유명하다고 하지 않던가. 다소 소란

을 피워도 신경 쓸 사람은 없다.

새 휴대전화를 장만하지 못해서 대신 챙겨 온 손목시계를 보았다. 아홉시 오십오분.

이렇게 이른 시간에 작전을 개시하기로 한 것도 이 동네의 특수성을 최대한 활용하기 위해서였다. 오후 늦은 시간이 되면 일 나갔던 사람들이 돌아온다. 어두워지면 양아치들도 몰려들 거다. 지금 이 시간대가 적당하다.

한편으로는 어둠이 두렵다는 이유도 있다. 어둠 속에서 싸우는 건 너무나 위험하다. 상대를 미처 발견하지 못해 기습을 당할 수도 있다. 아니면 어둠에 이성이 마비되어 지나치게 흥분할 수도 있다. 인간은 어둠 속에서 너무나 쉽게 짐승으로 변한다.

우리는 짐승이 아니다. 사람이다. 나도 그렇고 SC 멤버들도 그렇다.

우리가 하려는 일은 사람의 일이다.

그렇다고 정의로운 행동은 결코 아니지만.

XX빌라에 도착했다. 지나다니는 사람 하나 없이 조용했다.

다들 잘 숨어 있겠지. SC 멤버들이 지난 며칠 동안 이 주변 일대를 탐색한 끝에 골라낸 장소다. 몸을 숨길 곳도 여기저기 많다. 도끼 패거리에게 들킬 염려는 거의 없다.

옥상으로 올라갔다. 문은 열려 있었다.

"어서 와라."

도끼가 난간에 기대어 앉은 채 나를 맞아 주었다. 오른손에 담배를 들고 있었다.

나는 그에게 다가가며 주위를 살폈다. 도끼가 코웃음을 쳤다.

"왜? 누구 달고 왔을까 봐?"

일단 주위에는 아무도 없었다. 일단은.

도끼와 1미터쯤 거리를 두고 멈추어 섰다. 도끼가 내 쪽으로 담배 연기를 후 뱉었다.

"너 팔은 괜찮냐?"

"걱정해 주신 덕분에 괜찮습니다."

"덕분에? 그놈 자식 말투하고는. 그래, 나도 네 덕분에 괜찮다."

도끼가 이것 보라는 듯이 몸을 뒤틀었다. 뚜둑, 하는 소리가 울려 퍼졌다. 이윽고 도끼는 담배를 던져 버리고 자세를 바로 했다.

키는 175센티미터 정도일까. 그렇게 장신은 아니지만 어깨가 넓고 목이 굵다. 척 보기에도 맷집이 대단할 것 같은 몸이다.

물론 나는 위축되지 않았다. 이미 한 번 쓰러뜨려 본 놈이다. 사람이 제아무리 강해도 급소를 당하면 쓰러지기 마련이다.

겁낼 거 없다. 할 수 있다.

아니, 해야만 한다.

도끼가 오른팔 삼두근에 힘을 주었다. 도끼 문신이 확 오그라들었다.

"우리 애들이 박살이 난 걸 보고는 기가 막혔다. 화가 나기는커녕 웃음이 나오더라고. 어이가 없어서. 너 도대체 정체가 뭐냐? 네가 뭐 스티븐 시걸이야?"

"평범한 학생입니다. 선배님의 후배이기도 하고요."

"그건 대답이 안 되지. 너 어디서 무술이라도 배웠어?"

"어릴 때부터 유도를 했습니다."

"이런 쌍. 좋겠구나. 부잣집 도련님에 공부도 잘해, 주먹질까지 끝내줘. 이 새끼 완전 '엄친아'네? 야, 부럽다. 정말 부러워 뒈지겠다."

"부러우실 거 없습니다. 그래 봐야 저도 지금은 똥통에 빠진 신세니까요."

"그렇지. 그리고 이제는 그 똥통에서 쫓겨난 나한테 무릎을 꿇어야 하고."

도끼의 눈이 비열한 감정으로 번들거렸다.

"뭐 하냐? 약속했잖아. 꿇어라."

"혼자 온 거 맞습니까?"

"그건 왜?"

"선배가 약속을 지키지 않았다면 저도 지킬 필요가 없으니까요."

"약속? 흥."

도끼가 휘파람을 불었다. 휘이익, 하는 소리가 울리자 물탱크 뒤에서 사내놈들이 쏟아져 나왔다.

그럼 그렇지. 별로 화가 나지도 않았다. 처음부터 이렇게 될 줄 알고 있었다.

놈들은 재빨리 내 주위를 감쌌다. 얼른 세어 보니 도끼까지 포함해서 열세 명. 개중에는 정범석도 있었다.

나는 범석을 노려보았다. 범석은 감히 마주 보지 못하고 고개를 돌렸다.

도끼가 말했다.

"야, 이 새끼야. 너 '엄친아'잖아. 잘나신 분이잖아. 우리같이 천한 것들하고는 태생부터 다른 분이시잖아요, 응? 그러니까 핸디캡을 인정하고 양보해야지. 우리는 너랑 다르다고. 넌 뒤늦게 똥통에 빠졌지만 우리는 날 때부터 똥이었다고. 우리는 약속 같은거 지킬 여유가 없다. 너같이 잘난 놈은 여유가 넘쳐서 약속 운운할 수 있겠지만 우리는 다르다고."

나는 담담한 투로 되물었다.

"뭐가 다르다는 겁니까?"

"뭐?"

"바보 같고 한심한 짓이나 하고 있는 건 여러분이나 저나 마찬가지입니다. 굳이 구별할 것도 없습니다. 우리는 모두 똥입니다."

진심이었다.

나는 이놈들이 싫다. 특히 저 도끼가 싫다. 미움이나 혹은 증오라고도 할 수 있는 감정.

그러나 나는 놈을 경멸하지는 않았다.

어떻게 경멸할 수가 있겠는가. 우리는 다 같은 똥통에 빠져서 허우적대고 있는데. 나는 주제를 안다.

도끼는 멈칫했다. 말이 잘 나오지 않는 모양이었다. 그는 잠시 후에야 입을 열었다.

"이 새끼 이상한 소리를 지껄이네? 됐고, 무릎이나 꿇어."

"꿇으면 지난번 일은 없었던 거로 해 주시겠습니까?"

"됐으니까 꿇으라고 새끼야."

"약속하세요."

"너 건망증 있냐? 우리는 너처럼 여유 있는 놈이 아니라고. 약속 같은 거 모른다고."

나는 여기 올라온 이후 처음으로 주먹을 쥐었다. 온몸의 근육이 팽팽해졌다. 왼팔이 쑤시듯이 아팠지만 참았다. 아니, 참아야만 했다. 몸에 힘이 들어가는 걸 나도 주체할 수가 없었다.

"비겁한 소리 하지 마."

"뭐?"

"똥이니 뭐니 자학하듯이 지껄여 댔지만 본심은 아니지. 넌 네가 다른 사람들보다 잘난 줄 알지. 그래서 주변 환경을 용납할 수가 없지. 나는 원래 잘났는데 환경 때문에 이 모양 이 꼴로 살고 있다고 생각하지. 그러니까 비겁한 소리를 부끄러운 줄도 모르고 지껄일 수 있는 거지. 여유가 없다고? 웃기고 있네. 넌 여유가 넘쳐. 망상에 빠져 있고 자기 합리화를 하고 비겁한 소리를 지껄일 수 있을 정도로 여유가 넘쳐. 너는 정말로 똥통에 빠진 사람의 심정을 몰라."

나는 곁눈질로 정범석을 보았다. 범석은 멍한 얼굴이었다.

"정범석. 넌 삼류 양아치에 불과해. 하지만 그 사실을 네가 진심으로 인정할 수만 있다면 저 도끼 놈보다는 나은 인간이 될 수 있다. 어쩌면 네 말대로 평범하게 사는 것도 가능할지 몰라. 지금이라도 늦지 않았어. 여기서 나가. 집으로 돌아가. 너 같은 놈을 대학 보내 주겠다고 하는 부모님에게 돌아가라고."

"개자식아!"

도끼가 노호하며 땅을 박찼다. 그 순간 뒤에서 펑 하는 굉음이 들려왔다.

도끼는 내게 달려오다 말고 멈칫했다. 모두들 얼빠진 표정으로 옥상 문을 돌아보았다. 문 앞에서 방금 뭐가 터진 것처럼 하얀 연기가 피어올랐다. 매캐한 화약 냄새가 났다.

"안녕하십니까! OHSC, 우수고등학교 스트레스클리닉에서 나왔습니다!"

우렁찬 목소리와 함께 SC 멤버들이 나타났다.

4

"여러 선배님, 학우 여러분. 만나서 반갑습니다. 저는 우수고등학교 3학년에 재학 중인 고명성이라고 합니다. 이곳에 우리 학교 학생들을 괴롭히는 스트레스의 원인이 있다고 해서 달려왔습니다."

명성이 유들유들 웃으면서 앞으로 나섰다. 도끼가 눈을 휘둥그렇게 떴다.

"너 뭐야?"

"방금 말씀드렸는데요? 너무 멍청해서 그새 잊어버린 겁니까,

선배 놈아?"

"이 새끼가!"

도끼는 버럭 고함을 지르면서도 움직이지는 못했다. 다른 놈들도 주춤거리며 SC 멤버들을 살펴보았다.

도끼 패거리는 모두 열세 명. SC 멤버들은 열두 명.

숫자만 따져 봐도 박빙이다. 더구나 SC는 기선을 제압했다. 그들의 갑작스러운 등장에 도끼 패거리는 당혹감을 감추지 못했다. 반면 SC 멤버들은 다들 웃음을 머금은 얼굴이었다.

"선배님과 저기 오자서가 하는 얘기는 잘 들었습니다. 근데 들어 보니까 선배님 너는 틀렸고 오자서 말이 맞더라고요. 선배님 너는 자기가 똥인 줄도 모르는 똥이지. 너 같은 놈이 제일 더러운 거야."

명성의 얼굴이 차갑게 변했다.

"우리도 똥통에 빠져 있다. 그래도 우리는 우리가 똥인 걸 알아. 주제 파악이 얼마나 중요한 건지 너 같은 놈은 죽어도 깨닫지 못하지. 우리는 안다. 우리는 똥이고."

명성이 내게 흘깃 눈길을 던졌다.

"지금 우리가 하려는 짓도 더러운 짓이다. 정의가 아니야. 그냥 폭력일 뿐이지. 우리는 결코 정의의 영웅이 아니다. 정의가 뭔지도 몰라. 하지만 이건 안다. 스트레스의 원인을 제거해야지 마음 편하게 살 수 있다는 거. 정당한 스트레스라면 참고 견뎌야겠지. 근데 너는 그런 게 아니거든. 우리는 너처럼 부당한 스트레스를 주는 놈을 그냥 놔두지 않아. 우리는 SC다. 변변찮은 놈들이지만 부당한 스트레스에 적극적으로 맞설 줄 안다는 것 하나만은 자랑스럽게 내세울 수 있는 놈들이지."

어쩌면 그마저도 궤변인지 모른다. 혹은 자기 합리화거나.

우리는 이런 짓을 해서는 안 되었는지도 모른다. 경찰에 신고를 하고 공권력에 의지해야 했는지도.

그러나 명성의 말에는 묘하게 통쾌한 구석이 있었다.

스트레스라.

다만 스트레스일 뿐이라는 거지. 미움도 증오도 없고, 비뚤어진 한풀이 같은 건 더더구나 없다. 복잡한 논리도 없다. 그저 네가 부당하게 스트레스를 주었으니까 그에 대응한다는 거다.

단지 그뿐.

단순하고 바보 같다. 정말 웃음이 나올 정도로.

바보의 논리는 어쩜 이다지도 유쾌한가.

나는 웃으며 몸을 돌렸다. 그대로 범석을 향해 달렸다. 다른 놈들이 반사적으로 내게 덤벼들려고 했다. 그들 뒤에서 펑 하는 소리가 울렸다.

다들 당황하는 사이에 오른 주먹으로 범석의 배를 찔렀다. 쓰러지는 놈을 타 넘고 SC 멤버들에게 달려갔다.

종태가 오른손에 폭죽을 들고 나를 반겨 주었다.

"자서야, 괜찮아? 어서 뒤로 빠져 있어."

주석이 주먹을 쥐고 내 옆을 지나갔다.

"그래, 예비 멤버는 빠져 있어. 견학만 하라고."

이 와중에도 예비 멤버 타령이냐. 나는 또다시 웃고 말았다.

종태와 다른 멤버들이 라이터로 폭죽에 불을 붙여 도끼 패거리 쪽으로 던졌다. 폭죽은 땅에 닿자마자 굉음을 울리며 폭발했다. 놈들은 기겁을 하며 뒤로 물러섰다.

그 틈을 놓치지 않고 명성과 주석이 앞으로 나섰다. 명성은 어느새 안경을 벗은 맨눈이었다. 둘 다 권투 선수처럼 두 주먹을 올렸다.

이윽고 그들은 앞장서서 도끼 패거리에게 짓쳐 들어갔다. 다른 멤버들도 와와 소리를 지르며 뒤따랐다.

앞장서는 명성과 주석은 기가 막히게 잘 싸웠다. 통통 튀는 듯한 스텝으로 상대방의 주먹을 흘려 버리고 스트레이트와 훅을 연달아 날렸다. 한 놈이 쓰러지는 데 오 초도 걸리지 않았다. 어떤 놈이든 그들에게 걸리면 두 대 이상은 버티지 못하고 무릎이 꺾였다.

초보의 솜씨가 아니었다. 둘 다 권투 선수 출신이 분명했다.

종태는 그들처럼 날렵하지도 기술이 있지도 않았지만 그 대신 덩치에 걸맞은 괴력을 과시했다. 날아오는 주먹을 피하지도 않고 그냥 맞아 준 다음, 때린 놈을 덥석 들어서 다른 놈에게 던졌다. 무슨 짐짝을 부리는 것 같다.

다른 멤버들도 그 셋만큼은 아니지만 나름대로 용맹을 발휘했다. 다들 악을 쓰며 덤벼들고, 있는 힘껏 주먹을 날리거나 발길질을 했다. 한 놈을 붙잡고 힘겨루기를 하다가 같이 뒹구는 멤버도 있었다.

명성이 보디블로와 스트레이트로 한 놈을 쓰러뜨리고는 외쳤다.

"이 자식들아! 겨우 이것밖에 안 되냐?"

그 옆에서 주석이 날카로운 잽으로 상대의 얼을 뺀 다음 놈의 배를 뻥 걷어찼다.

"겨우 이런 것들로 조직을 만들겠다고? 차라리 우리를 스카우 트하지그래."

도끼가 저 뒤에서 악을 썼다.

"둘러싸! 다른 것들은 놔두고 저 두 놈을 둘러싸라고!"

그 소리에 놈들이 두 선배에게 몰려들었다. 개중에 몇은 SC 멤 버들에게 가로막혔지만 몇은 선배들을 포위하는 데 성공했다.

선배들은 서로에게 비스듬히 등을 돌리고 섰다. 영화에서 많이 보던 구도였지만 어설픈 흉내는 아니었다. 명성이 왼쪽으로 방향 을 틀면 주석이 그림자처럼 따라갔다. 주석이 오른쪽으로 틀면 또 명성이 따라갔다.

둘의 거리는 30 내지 40센티미터 정도 될까. 상대가 치고 들어 올 틈을 주지 않으면서도 서로에게 거치적거리지도 않는 딱 적당 한 거리를 두고 그들은 한 몸처럼 움직였다. 쉴 새 없이 좌우로 방 향을 바꾸면서 연타를 날렸다.

포위에 성공했다는 기쁨에 희희낙락 달려오던 도끼가 멈칫했 다. 포위진은 순식간에 와해되었다. 종태와 다른 멤버들까지 가세 하자 놈들은 포위고 뭐고 포기하고 뒤로 물러섰다.

명성이 외쳤다.

"어떠냐! 우리가 바로 우수고등학교의 전설, 쌍두 뱀이다!"

주석이 살짝 얼굴을 붉혔다.

"야, 그거 중2병 돋는다."

"그래도 멋있잖아."

"멋없어! 너 그거 만화에서 본 거 표절한 거지! 오타쿠 자식!"

바보다운 소리를 지껄이며 그들은 다시 놈들에게 덤벼들었다. 두 선배의 위용에 종태와 다른 멤버들까지. 놈들은 완전히 질렸는지 제대로 저항도 못 하고 하나둘 쓰러져 갔다.

나는 어느새 입을 헤벌리고 있다는 걸 깨달았다.

놈들을 한 장소로 유인해서 일망타진한다. 이 단순 무식하면서도 어찌 보면 효율적인 작전을 내가 탐탁지 않게 여긴 건 SC 멤버들의 실력을 믿을 수 없어서였다.

SC는 숫자는 많지만 저쪽도 많다. 패싸움은 필연적으로 난전이 될 수밖에 없고 그러면 이기든 지든 피해가 엄청날 것이다.

그렇게 예상했던 건데 이제 보니 내가 SC 멤버들을 과소평가한 거였다. 설마 이렇게 잘 싸울 줄은 몰랐다.

'똥통에서 단련된 것들.'

뒤늦게 담임의 말이 떠올랐다.

부하들이 쓰러져 가는데도 도끼는 싸움에 가담하지 않았다. 놈은 뒤로 몸을 빼고 소리만 질렀다.

"저 두 놈을 상대해! 멍청이들아! 다른 것들은 놔두고 저 둘을 어떻게 하라고!"

속이 빤히 보이는 소리였다. 제일 위험한 적들을 부하들에게 떠넘기겠다는 것 아닌가. 자기는 그다음에야 나서겠다는 수작.

넌 정말 구제 불능이구나. 나는 이를 악물었다.

대장이 그 모양이니 놈들은 전의를 상실하고 말았다. 한 놈이 두 손을 들며 졌다고 하자 다른 놈들도 연달아 따라 했다.

"항복! 항복!"

"알았으니까 무릎 꿇고 손 내밀어."

SC 멤버들은 일사분란하게 움직였다. 절반 정도는 아직도 싸우려고 하는 놈들을 상대하고 나머지는 항복한 놈들을 꿇어앉히고 주머니에서 청테이프를 꺼내 두 손을 묶었다.

끝까지 저항하던 놈들도 얼마 버티지 못했다. 오 분도 지나지 않아서 도끼를 제외한 패거리 모두가 꿇어앉거나 혹은 바닥에 자빠진 자세로 손이 묶이고 말았다.

두 선배는 그만 주먹을 내리고 멤버들을 둘러보았다. 도끼가 옥상 끝에서 덜덜 떨었지만 그쪽에는 눈길도 주지 않았다.

"대충 다 처리한 건가?"

"다친 사람!"

멤버들 여덟 명이 손을 들었다. 다들 코피가 터졌거나 이가 부러진 채 히히 웃고 있었다. 움직이지 못할 정도로 중상을 입은 멤버는 한 명도 없었다.

"당장 병원 가야 하는 사람은 없지? 그럼 됐다. 이제 마지막 순서다."

명성은 다시 안경을 꺼내 쓰고는 도끼를 돌아보았다. 도끼는 아무 말도 못 하고 이를 갈았다. 별로 움직이지도 않은 주제에 땀을 흘리고 있었다. 식은땀일까.

"마지막은 제가 맡겠습니다."

나는 도끼를 향해 걸어갔다.

5

"너, 이 새끼……."

도끼는 몸을 쭉 펴고 내게 눈을 부라렸다. 나는 주머니에서 가죽 장갑을 꺼내어 긴 다음 천천히 주먹을 쥐었다.

"기회를 주겠다."

"뭔 개소리야?"

"나와 일대일로 싸워서 이겨. 그러면 곱게 보내 주겠다. 너만 아니라 네 패거리까지."

도끼는 믿을 수 없다는 표정이었다. 나는 명성에게 눈짓을 했다.

"선배, 저놈이 절 이기면 저놈들 다 보내 주실 거죠?"

명성은 잠깐 주저한 끝에 고개를 끄덕였다.

"그러지."

"약속하시겠습니까?"

"약속한다."

그러면서도 명성은 썩 내키는 기색은 아니었다. 다른 멤버들도 걱정스러운 표정이었다. 종태가 나지막하게 "자서야" 하고 불렀지만 나는 돌아보지 않았다.

"들었지? 선배님이 약속해 주셨다."

"이해가 안 되는데."

도끼는 머리를 휘휘 흔들었다.

"이미 너희가 이겼잖아. 근데 왜 이런 기회를 주겠다는 거야? 승자의 여유냐?"

"너를 죽여 버리고 싶다."

내 말에 도끼가 움찔했다. 나는 한 마디 한 마디 힘주어 말했다.

"다시는 나를 건드리지 못하도록 죽여 없애고 싶어. 하지만 그럴 수는 없지. 그러니까 죽이는 대신 네게 가르쳐 주겠다는 거다. 날 건드리면 안 된다는 걸."

"하! 이 자식 폼 무지하게 잡네. 8대 1로 싸워서 이겼다 이거냐? 너, 팔도 다쳤잖아."

"한 팔로 너 정도는 상대할 수 있어."

"이 새끼가 정말……."

도끼가 이를 갈았다. 이를 갈면서도 눈알은 좌우로 열심히 굴렸다.

눈치를 보는 거겠지. 정말로 이기기만 하면 보내 줄 것인가 생각하면서.

보내 줄 리가 없지. 내가 도끼와 일대일로 붙는다는 계획은 SC 멤버들에게서 이미 동의를 받은 거지만 사후 처리까지 확답을 들지는 못했다. 명성이 약속한다고 말했지만 나는 믿지 않았다.

약속 따위는 헌신짝만도 못하다. 더구나 약속을 먼저 어긴 건 도끼다. SC 멤버들이 이제 와서 놈에게 약속을 지킬 의리 따위는 없다.

의리가 없으니까 명성도 약속해 준 거다. 내가 패하면 명성과 다른 멤버들은 아쉬운 표정을 잠깐 지은 다음 도끼를 때려눕힐 거다. 그들이 져야 하는 리스크라고 해 봐야 약간의 찜찜함 정도다.

도끼도 아주 바보는 아닐 테니까 그 정도는 알 것이다. 그러나 나는 놈이 미끼를 물고 말 거라고 확신했다. 다른 수가 없으니까. 옥상 아래로 뛰어내리는 것 말고는 여기서 도망칠 방법이 없다. 이 건물은 5층이다. 뛰어내리기만 한다면 도망이야 칠 수 있다. 저 세상으로.

침묵이 잠시 지나간 다음, 도끼가 주먹을 가슴 앞으로 모았다.

"오냐, 좋다. 붙어 보자."

나는 말없이 오른 주먹을 들었다. 도끼가 신중하게 거리를 재면서 슬금슬금 다가왔다. 1미터 정도 앞에서 놈은 멈추었다.

나는 움직이지 않았다.

놈은 눈살을 찌푸렸다. 잘 이해가 가지 않는 모양이었다. 한편으로는 겁먹은 것도 같았다.

아까 나는 어릴 때부터 유도를 했다고 놈에게 말했다. 거짓말은 아니지만 참말도 아니었다. 할아버지에게서 유도를 배운 건 사실이지만 도장은 다닌 적이 없다. 당연히 단증도 없다. 내 유도 실력은 그리 대단한 게 아니다.

어릴 때부터 유도를 했다는 말은 듣기에 따라서는 '어릴 때부터 죽어라고 연습했다'로 해석될 수도 있다. 일부러 애매하게 말한 거였다. 놈의 생각이 많아지도록.

당연한 얘기지만, 생각이 너무 많으면 몸을 제때 움직일 수가 없다. 자꾸 멈칫거리게 된다.

실제로 도끼가 그랬다. 금방 덮쳐 올 수 있는 거리까지 접근하고서도 놈은 더 이상 움직이지 못했다.

어쩌면 놈은 유도 선수를 상대해 본 경험이 있는지도 모른다. 유도 선수의 악력은 상상을 초월한다. 그 손에 붙잡히면 싸움은 끝난 거나 다름없다. 한평생 유도를 한 할아버지도 악력이 대단했다. 나는 유도는커녕 팔씨름으로도 할아버지를 이겨 본 적이 없다.

도끼에게는 다친 내 왼팔이 희망일 게다. 아무리 유도로 단련된 몸이라고 해도 왼손은 쓰지 못할 테니까.

생각대로 놈은 슬그머니 게걸음을 쳐서 내 왼쪽으로 돌아갔다.

나는 움직이지 않았다. 눈으로만 놈을 좇았다.

놈과 달리 나는 별생각이 없었다. 애당초 놈에 대해 잘 알지도 못한다. 몸집을 보면 싸움 좀 하게 생겼지만 그것뿐이다. 무슨 운동을 했는지, 어떤 경험이 있는지 전혀 알지 못한다. 모르는 건 생각해 봐야 소용이 없다.

아무 생각 없이 놈을 지켜보았다.

놈이 지껄였다.

"뭐야, 그대로 서 있기만 할 셈이냐?"

일부러 대답하지 않았다. 무슨 말을 하든 놈의 페이스에 말려들 뿐이다.

아무 반응도 보이지 말 것. 상대를 초조하게 할 것.

그것이 지금 내가 할 수 있는 최선이었다.

"이 새끼야, 선배님이 묻는데 대답은 해야지."

"……."

"하! 이 새……."

끼, 라는 말이 이어져야 할 타이밍에 놈은 땅을 박찼다.

잔머리.

딴에는 무슨 대단한 책략이라고 생각했는지도 모른다. 그러나 잔머리는 잔머리에 불과할 뿐이다. 놈은 한 가지 중요한 걸 놓쳤다.

잔머리는 나도 굴릴 줄 안다는 것.

"으아아아!"

놈의 기합이 귀를 할퀴고 지나갔다. 다음 순간 주먹이 날아들었다. 내 왼팔을 노리고 직선으로 날아오는 주먹.

나는 왼쪽 주먹을 뻗었다.

무슨 크로스카운터를 기대한 게 아니었다. 그럴 능력도 없고, 능력이 있다고 해도 지금의 왼팔로는 무리다. 놈의 자세가 잠깐이라도 흐트러지기를 바랐다.

퍽.

"윽……."

놈의 주먹이 왼쪽 겨드랑이 아래를 치고 지나갔다. 정통으로 꽂히지 못한 건 내 왼 주먹이 진로를 방해했기 때문이었다. 놈은 자기가 때리고서도 놀란 얼굴이었다.

빗맞은 것도 아프기는 마찬가지였다. 통증을 참으며 오른팔을 움직였다. 아프다고 주저할 틈이 없었다.

내가 무슨 싸움의 신도 아니고 한 팔로 놈을 이길 방법이 뭐가 있겠는가. 오직 하나. 근접했을 때 어떻게든 오른손으로 끝장을 보는 거다. 그 때문에 나는 일부러 피하지 않은 거였다.

오른손으로 놈의 어깨를 잡았다. 관절을 으스러뜨릴 것처럼 힘을 주고 놈을 끌어당겼다.

유도 선수는 아니지만 악력에는 자신이 있다. 내가 악력으로 이기지 못한 사람은 할아버지뿐이었다.

"아악!"

놈이 비명을 지르며 몸을 버둥거렸다. 하체가 흐트러진 틈을 놓치지 않고 다리를 걸었다. 놈은 허우적대다가 내 옷깃을 잡고 넘어졌다. 놈의 무게를 이기지 못하고 나도 자빠지고 말았다. 우리는 같이 뒹굴었다. 놈이 아래, 나는 위.

놈의 왼팔을 덥석 쥐는 것과 동시에 놈이 내 왼팔을 쳤다. 재킷에 가려 보이지 않을 텐데도 놈은 용케도 상처를 정통으로 맞혔다. 살이 뭉개지는 것 같은 고통에 비명을 질렀다.

너무 아프면 몸에 힘이 들어가기 마련이다. 나는 격통으로 모든 힘을 쥐어짜서 놈의 팔을 비틀었다. 놈도 내 왼팔을 쥐고 걸레 짜

듯이 짰다.

"끄아아아!"

비명과 비명이 하나가 되었다. 누가 지르는 소리인지 분간도 되지 않았다. 내가 아직도 비명을 지르는지 나도 알 수가 없었다. 내가 알 수 있는 것은 팔이 터질 것 같다는 것뿐이었다.

팔이 터지는 것 같고 목이 터지는 것 같고 가슴이 터지는 것 같고, 그리고.

우두둑.

놈의 팔꿈치가 비틀렸다.

나는 놈의 팔에 내 팔을 엮고 체중을 실어 눌렀다. 뼈 부러지는 소리가 내 몸에서 나는 것처럼 가깝게 들려왔다. 놈은 비명을 지르다 못해 헛숨을 삼켰다. 놈의 몸이 활처럼 휘었다가 늘어졌다.

"아아⋯⋯."

놈이 신음을 흘리며 내 팔을 놓았다. 손이 바닥에 툭 떨어졌다. 나는 고통으로 몸부림을 치면서 일어났다. 놈의 왼팔이 팔꿈치 바깥쪽으로 확 휘어 있었다. 내 왼손은 어느새 흘러나온 피로 젖어 있었다.

놈이 힘겹게 말했다.

"그만. 내가 졌어⋯⋯."

"아직 끝나지 않았어."

나는 재킷 단추를 풀었다. 배에 감고 있던 매듭이 드러났다.

빨랫줄로 묶은 매듭이었다.

6

"오자서!"

날카로운 외침이 귀를 찔렀다.

옥상 문에 소피아가 서 있었다. 방금 달려 올라왔는지 호흡이 거칠었다.

나는 그녀를 무시하고 빨랫줄을 풀었다. 줄에 쓸리자 셔츠를 입고 있는데도 살이 화끈거렸지만 개의치 않았다.

"뭐 하는 거야?"

겁먹은 얼굴로 묻는 도끼도 무시하고 놈의 왼쪽 어깨를 밟았다. 놈이 반사적으로 팔을 꿈틀거렸다. 재빨리 팔에 매듭을 건 다음 놈을 옥상 끝으로 끌고 갔다.

"우워어어억!"

놈은 무슨 짐승 같은 소리를 질렀다. 끌려오지 않으려고 버티는 듯 저항이 거셌다. 나는 빨랫줄을 오른쪽 어깨에 메고 온 힘을 다했다.

격통이 치솟는 순간에는 힘이 났지만 잠시였을 뿐이다. 지금은 오히려 맥이 풀리고 있었다. 완전히 풀려 버리기 전에 나는 몸을 앞으로 밀어붙였다. 내 몸이 방해물인 것처럼, 쓰러뜨려야 하는 대상인 것처럼, 그렇게.

"오자서!"

소피아가 다시 외쳤다. 그녀가 달려오는 소리가 들려왔다.

안 된다. 아직 안 돼.

나는 도끼의 허리띠를 잡고 놈을 일으켜 세웠다. 놈은 균형을 잡지 못하고 휘청대다가 난간에 부딪쳤다. 고통과 공포로 일그러진 놈의 얼굴을 보면서 발을 내질렀다.

"우아아아아아악!"

놈은 허파가 터질 것처럼 소리 지르며 밑으로 떨어졌다.

밑으로. 옥상 저 밑으로.

나는 재빨리 등을 돌리고 앉았다. 빨랫줄을 다시 오른쪽 어깨에 멨다. 줄이 재킷을 태울 것처럼 스치고 지나갔다. 어깨가 화끈거렸다.

아직 남은 줄을 손에 감았다. 줄이 꽉 조여지면서 오른손이 짓눌렸지만 단단한 가죽 장갑 덕분에 참을 만했다. 무기 삼아 챙겨 온 장갑이 아니었다. 이렇게 쓰려고 가져온 거였다.

줄을 쥐고 몸을 앞으로 기울였다. 남은 줄이 다 저 밑으로 딸려 가고, 곧바로 엄청난 충격이 몸을 덮쳤다. 한순간 손이 부러지는 줄 알았다. 전신을 이용해 무게를 분산시키지 않았다면, 그리고 장갑을 끼지 않았다면 정말로 부러졌으리라.

"오자서! 뭐 하는 거야!"

소피아가 내 앞으로 달려와 소리쳤다. 나는 눈을 부릅떴다.

"가만있어. 이 줄 놔 버리는 수가 있다."

"너……."

소피아는 말문이 막혔는지 멤버들을 돌아봤다. 내가 몸을 일으키며 말했다.

"아무도 움직이지 마. 움직이면 이놈 죽는다."

난간을 향해 돌아섰다. 저 밑에서 도끼가 지르는 비명이 끊임없이 들려왔다. 난간 밖으로 몸을 내밀어 놈을 살펴볼 수는 없었다. 그랬다가는 몸이 앞으로 확 기울어 나까지 떨어지든가 아니면 줄을 놔 버리게 될 것이다.

나는 허공을 향해 외쳤다.

"최주태! 그게 네 이름 맞지?"

"으어어어! 어어어억!"

"대답해! 대답하지 않으면 이 줄을 놔 버릴 테다! 최주태 맞지? 그렇지!"

"맞아! 내가 최주태야! 살려 줘! 제발 살려 줘!"

"살고 싶어? 그럼 약속해! 다시는 날 건드리지 않겠다고! 여기 있는 누구도 건드리지 않겠다고!"

"약속할게!"

나는 오른발을 난간에 걸치고 줄을 끌어당겼다. 소피아가 도와주려고 손을 뻗어 왔다.

"저리 가!"

"오자서……."

"이건 내 문제야. 넌 저리 가."

난 왼팔을 휘둘러 그녀를 밀어냈다. 통증 때문에 팔이 후들거렸지만 어떻게든 움직일 수는 있었다. 오른손으로 한 번 더 줄을 끌어당긴 다음 왼손을 보탰다. 왼손에 무게를 분산하자 상처가 불타는 듯했다.

작열하는 불꽃이 피부와 근육과 신경을, 그리고 마침내는 뼈까지 살라 버린다.

내가 뭐라고 소리를 질렀는지 모르겠다. 욕을 했는지 할아버지를 불렀는지 아니면 그저 짐승처럼 울부짖었는지 알 수가 없다. 아무튼 나는 소리를 질렀다. 지르고 또 지르며 줄을 끌어당겼다.

아까보다 한층 심한 격통이 온몸에 힘을 불어넣었다. 아니, 불어넣는다기보다는 쫓아내는 것 같았다. 전신의 힘이라는 힘은 모조리 두 손으로 몰려서 그 끝을 통해서 분출되고 있었다.

이윽고 도끼의 퍼렇게 질린 얼굴이 난간 위로 올라왔다. 소피아가 놈의 옷깃을 쥐고 당겨 주었다. 놈은 맥없이 몸을 뒤집더니 옥상 바닥에 널브러졌다.

"하아, 하아……."

잠시 숨을 고르고는 소피아를 확 밀었다. 거친 짓이지만 지금은 할 수 없었다.

아직 끝나지 않았다.

나는 멍한 표정의 소피아를 내버려 두고 도끼의 멱살을 쥐었다. 놈에게 얼굴을 들이밀었다. 놈은 내 눈을 보고 한순간 숨을 멈추었다.

"너, 아까 그랬지? 약속을 지킬 여유가 없다고."

"어, 어……."

긍정의 소리가 아니었다. 대답을 할 정신은 없고, 내 눈은 코앞에서 이글거리고 있고, 놈은 그저 되는대로 입을 벌려서 아무 의미도 없는 소리를 흘렸을 뿐이었다.

안다. 나도 다 안다.

알기 때문에 나는 말했다.

"역시 널 믿을 수는 없어."

나는 놈을 다시 일으켜 세웠다.

"오자서!"

"그만둬!"

소피아와 SC 멤버들이 달려들었지만 이미 늦었다. 나는 놈의 몸뚱이를 난간 밖으로 밀어 버리고 돌아앉았다.

아까의 일이 반복되었다. 저게 정말 사람이 지르는 소리인가 싶을 정도의 비명. 어깨를 스치고 가는 빨랫줄. 온몸을 덮치는 충격.

종태가 빨랫줄을 쥐려고 했다.

"자서야, 이러지 마."

"저리 꺼져! 이 줄 놔 버린다!"

"자서야……."

나는 손에 감고 있던 줄을 세 번 연달아 풀었다. 도끼의 비명이 온 동네에 메아리쳤다. 종태는 질린 얼굴로 뒷걸음쳤다. 다른 멤버들도 감히 내게 접근하지 못했다. 딱 한 명만 빼고.

"오자서."

소피아가 나를 부르며 다가왔다. 도끼가 추가 되어 줄을 흔드는 바람에 나는 어깨가 너무 아팠다. 재킷은 벌써 너덜너덜했다. 안에 셔츠도 입고 있지만 그것도 오래갈 것 같지는 않았다.

나는 손을 조금 들어 보였다.

"줄 남은 거 봐. 길이가 얼마나 될 것 같냐? 1미터? 50센티미터?"

소피아는 내 손 밑으로 늘어진 빨랫줄을 보고는 다시 고개를 들어 나와 눈을 마주쳤다. 믿을 수 없는 광경을 본 것처럼 그녀는 눈을 있는 대로 크게 뜨고 있었다.

"내 눈대중으로는 70센티미터 정도 남은 것 같은데. 손 놔 버리면 일 초도 안 돼서 다 끌려갈 거다. 네가 잡을 수 있을까? 번개처럼 빨리 움직여야 할 텐데?"

소피아는 아무 말도 못 하고 두 손으로 가슴을 눌렀다. 터져 나오려는 비명 혹은 울음을 억누르는 듯한 몸짓이었다.

나는 그녀의 손을 똑바로 볼 수가 없었다. 내 피가 묻었던 손이다. 내 상처를 꿰매 주었던 손이다. 그 손이 지금은 가슴속에 가득 찬 그 무엇을 억누르고 있었다.

나는 볼 수 없었다.

고개를 돌리며 내뱉었다.

"끼어들지 마. 아무도 끼어들지 마. 내가 해결한다. 다들 보고만 있어."

소피아가 한 걸음 앞으로 나서는 순간 명성이 그녀의 어깨를 잡았다.

"선배……."

"물러서."

명성은 딱딱하게 굳은 얼굴을 하고 있었다.

"어쩌면 자서가 현명한지도 몰라. 어쩌면……."

"선배!"

소피아는 배신이라도 당한 것 같은 얼굴이었지만 명성은 기어이 그녀를 데리고 뒤로 물러갔다. 다른 멤버들도 그들을 따라갔다. 종태가 울 것 같은 얼굴로 중얼거렸다.

"자서야, 그만둬. 제발……."

나는 일어나서 아까처럼 난간에 발을 얹고 줄을 끌어당겼다. 잇몸이 터지도록 이를 악물고 힘을 주는데 어느 순간 저항이 조금 약해졌다. 조심스럽게 밑을 내려다보니 도끼가 가스 파이프를 한 손으로 붙잡고 있었다. 놈은 위로 올라오려고 낑낑거렸다.

내 힘에 놈의 힘까지 더해져서 아까보다는 힘이 덜 들었다. 그래도 놈을 완전히 끌어올려 바닥에 팽개쳤을 때는 땀이 줄줄 흘러 눈을 뜨기 힘들 지경이었다.

주저앉아서 재킷으로 땀을 훔쳤다. 도끼는 대자로 뻗은 채 숨을 몰아쉬었다. 놈의 바지가 젖어 있는 게 눈에 띄었다.

이놈이 오줌을 지렸구나.

웃음이 나왔다. 스스로 생각해도 어처구니가 없는 일이지만 나는 정말로 웃었다.

웃으면서 놈의 멱살을 쥐었다.

"약속할 거야?"

"야, 야, 약……."

놈은 말도 제대로 못 하고 떨었다. 나와 눈을 마주치지도 못했다. 얼굴에 혈색이 없었다.

나는 놈의 따귀를 한 대 때렸다. 그제야 놈이 나와 눈을 마주치고는 말했다.

"약속할게. 정말이야. 다시는 덤비지 않을게. 까불지 않을게. 그러니까 제발, 제발……."

놈의 눈이 젖어 들기 시작했다.

"큰 소리로 말해! 약속한다고!"

"약속할게!"

"다시 말해!"

"약속해! 약속한다고! 다시는 네 앞에 나타나지 않을게! 제발 그만해. 이제 그만 좀……."

나는 잠깐 숨을 멈추었다. 허파가 터질 것 같았지만 억지로 참았다. 놈은 침묵을 견디지 못했다.

"약속한다니까. 정말이야. 맹세할 수 있어. 맹세할게! 한다고!"

눈물이 그렁그렁한 놈의 눈.

나는 그 눈을 향해 내뱉었다.

"아니야. 역시 널 믿지 못하겠어."

"안 돼에에에……."

놈을 일으켜 세웠다. 놈은 괴성을 지르며 몸을 버둥거리고 팔로 나를 때렸다. 심지어 부러진 왼팔까지 어깨를 이용해서 흔들어 댔다. 통증도 잊어버린 처절한 몸짓.

약해.

너 따위는 너무 약해.

놈은 이미 힘이 빠진 상태였다. 나는 솜방망이 같은 주먹에 맞으면서 놈을 난간 밖으로 밀어 버렸다.

"우허허어어어!"

더 이상 비명도 아니었다. 놈은 통곡을 하면서 떨어졌다.

나는 돌아앉아서 빨랫줄을 어깨에 멨다. 버틸 수 있을까. 솔직히 자신이 없었다. 나도 이미 지쳤다. 놈은 너무 무겁다. 왼팔은 막대기처럼 뻣뻣했고 오른손에는 감각이 없었다. 이 몸으로 버틸 수 있을까.

버티지 못하면 놈은 떨어진다.

떨어지면 죽는다. 운 좋으면 살겠지만 구급차 타고 실려 갈 건 확실하다.

그런데.

그래서 뭐 어쨌단 말인가.

나는 세 번째 충격을 견디며 생각했다. 이대로 줄을 놓쳐도 어쩔 수 없다고. 놈이 떨어져서 죽는다고 해도 나는 어쩔 수가 없다고.

이것은 해야만 하는 일이다. 해야 하는 일은 토 달지 말고 그냥 하는 거다. 그게 독종이라는 거다.

나는 오자서다.

"으허어엉! 으허어엉!"

도끼가 울부짖는 소리에 고막이 터질 것 같았다. 나는 전신의 뼈가 으스러지는 것 같은 느낌을 간신히 견디며 일어섰다. 돌아서서 허공을 향해 외쳤다.

"약속해! 약속하라고!"

"약속할게! 정말로 약속할게!"

"무슨 약속!"

"다시는 널 건드리지 않을게!"

"안 들려! 더 큰 소리로!"

"건드리지 않을게! 네 앞에 나타지 않을게! 약속해! 으허, 으허형. 약속한다고. 맹세한다고. 정말 한다고. 으허허형……."

세 번째로 놈을 끌어올렸다. 격통의 효과는 다했고 이제 내게 남은 건 악뿐이었다. 악을 쓰면서 몸을 움직였다.

신기하게도 더 이상 아프지가 않았다. 통각 신경이 마비된 것 같았다. 아니, 내 몸이 기계가 된 것 같았다. 나는 도르래였다. 비통하게 울부짖는 살덩이를 끌어올리는 도르래였다.

이윽고 놈은 다시 옥상 바닥에 뻗어 버렸다. 나는 그 옆에 앉아 손에 감은 줄을 풀어 버렸다.

놈은 울었다. 울고 또 울었다. 가슴을 들썩거리며 어린애처럼 울었다.

나는 일어나서 놈을 내려다보았다.

"일어서."

"으허, 으허, 허억……."

놈이 울다가 못해 딸꾹질을 했다. 일어나려고는 하지 않았다.

"일어나지 않으면 다시 떨어뜨릴 테다."

놈이 몸을 뒤집었다. 멍청하게도 놈은 두 팔로 바닥을 짚으려고 했다. 왼팔은 뼈가 부러진 데다 매듭이 꽉 조여 피가 통하지 않아 시푸른 빛이었다.

놈의 머리칼을 쥐고 일으켰다. 놈은 눈물범벅이 된 얼굴로 나를 올려다보았다. 그 얼굴에 주먹을 날렸다. 쩍! 가죽 장갑에 살이 찍히는 소리가 울려 퍼졌다.

더 이상 비명 지를 기운도 없는 걸까. 놈은 조용히 쓰러졌다.

"일어나."

"으, 으……."

놈이 울음을 삼키며 간신히 일어섰다. 이미 입술이 터져서 피가 흐르고 있는 그 얼굴에 또 주먹을 꽂았다. 핏물이 튀고 부러진 이 조각이 날아갔다. 놈은 얼굴을 바닥에 처박았다.

"일어나."

"으흐, 으으으으……."

"일어나라고!"

"으허허헝……."

"일어나라고! 일어나지 않으면 다시 옥상 밖으로 던져 버린다!"

놈이 일어서는가 싶더니 내 발 앞에 몸을 던졌다. 놈은 오른손으로 내 발목을 쥐고 울음을 터트렸다.

"어허허헝……. 살려 주세요. 제발 살려 주세요."

나는 말없이 숨을 몰아쉬었다. 놈이 바닥에 머리를 짓찧으며 말했다.

"살려 주세요. 제가 잘못했습니다. 다시는 안 그럴게요. 살려 주세요. 제발 살려 주세요……. 으어어엉……."

놈의 머리카락을 쥐고 고개를 들게 했다. 놈은 감히 나를 보지 못하고 눈을 감았다. 눈물이 줄줄 쏟아지고 있었다.

"살려 주세요. 살려 주세요. 살려 주세요……."

"눈 떠."

"살려 주세요……."

"눈 뜨라고 했다."

놈이 눈꺼풀을 파르르 떨다가 눈을 떴다. 놈의 눈동자는 초점이 맞지 않은 채 멍했다.

나는 나직하게 말했다.

"나는 오자서다."

"살려 주세요. 살려 주세요……."

놈은 다른 말은 생각이 나지 않는 모양이었다. 살려 달라는 소리만 끝없이 늘어놨다.

"대답해. 내가 누구라고?"

"살려 주세요……."

"대답해! 내가 누구야!"

"오, 오, 오자서……."

놈의 턱을 콱 쥐었다. 놈의 얼굴에 숨결을 뿜어내며 말했다.

"그 이름 절대로 잊지 마라. 또 한 번 오자서를 건드리면 넌 정말 죽는다."

"으, 으, 으어……."

나는 그만 놈을 놔주었다. 바닥에 축 늘어진 놈을 잠시 내려다보다가 몸을 돌렸다.

침묵.

무겁다기보다는 싸늘한 침묵이 모두를 짓누르고 있었다. 도끼패거리는 물론이고 SC 멤버들도 입을 열지 못했다. 하나같이 아연실색한 얼굴들이었다.

듣지 않고도 그들의 심정을 알 수 있었다.

뭐 저런 놈이 다 있냐.

저거 미친 거 아니냐.

왜 그렇게까지…….

그날도 그랬다. 내 인생이 망가지기 시작한 그날도 주위의 모두가 꼭 저런 얼굴로 날 보았다. 내게 다가오는 사람은 아무도 없었다. 내가 친구라고 믿었던 이들도 그랬다.

나는 혼자였다. 그때도 지금도.

그들은 내 분노를 이해하지 못했다. 여기 있는 이들이 내가 도끼에게 그런 만행을 저지른 진정한 이유를 이해하지 못하는 것처럼.

결국 아무도 모른다. 내 가슴속에 무엇이 있는지.

그래서 뭐 어쨌단 말인가. 도대체 뭐가 어쨌단 말이냐.

나는 비틀거리며 정범석에게 다가갔다. 범석의 얼굴이 공포로 일그러졌다. 놈은 손이 묶인 채 하반신으로만 휘청대며 일어섰다. 놈이 뒷걸음치는 바람에 나는 달려야만 했다.

"오지 마. 오지 말라고."

범석이 숫제 애원을 했다.

망할 자식. 나도 지쳤단 말이다.

나는 놈을 덮치고 그대로 쓰러졌다. 놈은 내 밑에 깔려서 끙끙 앓았다. 나는 한동안 헐떡거린 끝에 겨우 몸을 일으켰다.

"이 악물어."

놈은 잠깐 눈을 크게 떴다가 이윽고 눈을 감고 이를 사리물었다. 다 포기한 모양이었지만 놈의 몸은 떨고 있었다. 맞는 게 무서워서 벌벌 떨고 있는 몸. 몇 대만 맞으면 터지고 부러지는 이 몸뚱이라는 물건.

내 주먹이 옥상 바닥에 꽂혔다.

쿵 하는 소리가 울린 다음에도 놈은 상황이 이해가 안 되는 모양이었다. 놈은 얼떨떨한 표정으로 나를 바라보았다.

"정범석. 넌 양아치야."

"어, 어……."

"내가 뭐라고 했냐. 말해 봐."

"야, 양아치라고……."

"그래, 넌 양아치다. 똥통 학교에 다니는 양아치. 그걸 잊지 마.

똥통에 빠진 심정을 잊지 마. 도끼 놈처럼 자기 합리화 같은 거 하지 마. 자기를 기만하지 마. 너 같은 놈도 쓸데는 있는 거지. 이제 사고 치지 말고 얌전히 학교 다녀. 졸업하면 대학 가든지 기술을 배우든지 해. 네가 말했던 것처럼 평범하게 살아. 평범하지만 진실하게 살아. 네가 똥이라는 사실을 인정하고, 똥이 아닌 다른 것이 되기 위해 살아. 뼈 빠지게 일해서 푼돈밖에 못 벌더라도 그게 정말 네가 할 수 있는 일이고 남에게 피해를 주지 않는 거면 열심히 해. 어깨에 힘주고 다니지 못해도 벤츠 몰고 다니지 못해도 열심히 살아."

나는 손을 들어 도끼를 가리켰다.

"저따위 놈이 너를 똥 취급 하도록 내버려 두지 마. 네가 설령 똥이라도 그건 너만 알고 너만 인정하면 되는 일이야. 저따위 놈이 너 같은 건 아무것도 할 수 없다고 해도 무시해 버려. 네 인생에 아무런 가치도 없다고 해도 듣지 마. 너도 알지? 세상에는 저런 인간들이 널리고 널렸다. 사실은 자기가 열등감이 강하니까 남을 깎아내리는 것들. 깎아내리고 또 깎아내려서 완전히 의욕을 꺾어 버리려고 하는 것들. 주제 파악도 못하고 그 때문에 다시 시작하지도 못하는 것들. 그래서 더욱더 남을 비난하고 헐뜯는 것들. 남의 기를 완전히 죽여서 제 것으로 만들고 이용해 먹으려는 것들. 남을 자기 노예로 길들이려고 일부러 더 악랄하게 구는 것들. 저런 것들에게 지지 마. 나는 네 편이다."

범석은 뒤통수라도 맞은 얼굴이었다.

"뭐라고?"

"나는 네 편이라고. 네가 정말로 열심히 산다면, 남에게 피해를 주지 않는다면. 그렇게만 하면 네가 화장실 청소를 하든 중국집 배달을 하든 나는 네 편이다."

"도대체 무슨……."

"착각하지 마라. 네가 좋아서 하는 소리가 아니야. 너 같은 놈, 죽을 때까지 싫어할 거다. 네가 정말 정신 차리고 똑바로 살 수 있다고 믿는 것도 아니야. 그럴 수도 있고 아닐 수도 있겠지. 나는 몰라. 어떻게 알겠냐. 나는 다만, 다만……. 화가 난다. 너 같은 놈을 보면 화가 난다. 도끼 같은 놈을 보면 화가 난다. 화가 나서 견딜 수가 없다고."

범석은 아무 말도 하지 않았다. 입을 헤벌리고 멍하니 있었다.

나는 몸을 일으켜 주위를 둘러봤다. SC 멤버들도 범석과 비슷한 표정이었다.

그들을 탓할 수는 없었다. 다들 그랬으니까. 어쩌면 나도 내 말을 이해하지 못하는지 몰랐으니까.

나는 그들을 내버려 두고 문으로 걸어갔다.

7

"오자서."

계단을 내려가는데 소피아의 목소리가 들려왔다. 나는 돌아보지 않았다.

계단을 하나씩 내려갈 때마다 몸 전체가 쩌르르 울렸다. 척추가 비틀린 게 아닌가 싶었다. 왼팔은 뼈까지 녹아내리는 느낌이었고 오른쪽 어깨도 화끈거렸다. 오른손은 아직도 감각이 완전히 돌아오지 않은 상태였다.

터덜터덜 내려가면서 장갑을 벗었다. 손에 빨랫줄 자국이 움푹 파여 있었다. 장갑을 던져 버리고 난간을 잡았다. 난간에 기댄 채 한발 한발 내려갔다.

빌라에서 나와 아무 데로나 걸어갔다. 어디를 가야겠다는 의식은 없었다. 집에 가고 싶은 생각도 없었다. 아직 몸을 움직일 수 있는 동안 무작정 걷고만 싶었다. 발길 닿는 대로 가다가 마침내 힘이 다해 쓰러져도 좋을 듯싶었다.

"오자서."

왜 그렇게 나를 부르는 거냐. 어차피 이해하지도 못하면서.

그래, 나는 오자서다. 나는 독종이다. 나는 똥이다. 담임교사를 폭행한 학생이다. 방금 전 사람 하나를 죽일 뻔한 놈이다. 나는 그런 놈이다.

"오자서!"

부르지 마. 그렇게 안타깝다는 듯이 부르지 마. 내 이름은 그렇게 불러야 할 이름이 아니다.

아버지는 항상 차갑게 나를 불렀다. 친구라고 믿었던 것들은 두려움에 차서 불렀다. 어쩔 수 없이 불러야 할 때만 그랬다. 평소에는 아예 날 부르지도 않았다. 내 이름을 입에 담는 게 역겹거나 혹은 무서운 것처럼.

너도 그렇게 나를 불러라. 아니면 꺼져 버려라. 나는 네게 용건이 없다. 아무것도 없다.

어딘지 알 수 없는 골목길을 지나갔다. 전봇대 하나가 나타났다. 쓰레기봉투가 널린 전봇대 밑에서 나는 무릎을 꺾었다. 상반신까지 기울어지려는 걸 전봇대에 오른손을 얹고 겨우 버텼다.

쓰레기 냄새가 코를 찔렀다. 나에게 딱 맞는 장소라는 생각이 들었다.

사람을 거의 죽일 뻔하고 주제에도 맞지 않는 설교나 늘어놓고, 그리고 이제는 사람들이 쓰레기를 버리는 장소에 주저앉아 있다. 나 혼자서. 정말 감탄이 나올 정도로 내게 딱 맞는 귀결이 아닌가.

나는 정범석을 위해 그런 소리를 해 준 게 아니다. 뭘 좀 안다는 듯이 지껄였지만 사실은 아는 게 없었다. 나는 언제나 혼란스러웠다. 어쩌면 혼란이야말로 내 분노의 연료인지도 몰랐다. 혼란을 먹고 분노는 불꽃을 터트렸다. 정신을 차리고 보면 항상 이 모양이었다. 그때도 지금도.

뚜렷한 주관이 있는 것도 아니고 혼란을 다스리지도 못하고, 그저 어쩔 줄을 몰라서 할 수 없이 분노를 쏟아 낼 뿐. 그것도 비열하고 폭력적인 방식으로.

나는 그런 놈이다. 정의의 영웅이 아니다. 정의는 내게 너무 멀기만 하다. 잘 보이지도 않는다.

화가 났다. 너무나 화가 났다. 누구에게 화가 났는지도 모르겠는데 화는 불길처럼 치솟았다.

가슴이 타들어 갔다. 너무 뜨거워서 나는 울었다. 뜨거운 가슴 때문에 미지근한 눈물을 쏟았다. 뜨거워지지도 못하는 보잘것없는 눈물을.

"오자서."

소피아가 내 어깨에 손을 얹었다. 나는 팔을 휘둘러 그 손을 뿌리쳤다.

"저리 가!"

소피아는 억지로 손을 얹으려고는 하지 않았다. 그녀는 내 옆에 무릎을 꿇고 앉았다. 맨바닥이었고 쓰레기 냄새까지 났지만 개의치 않는 듯했다.

"왜 그래?"

그녀가 속삭이듯이 말했다.

"왜 그렇게 화가 났어?"

힐난조가 아니었다. 정말로 궁금해서 묻는 것이었다. 나는 격정을 참지 못하고 소리쳤다.

"왜 너희는 화가 나지 않는 건데!"

내가 무슨 소리를 하는 건가. 나도 알 수가 없었다.

"너희는 왜 화를 내지 않는 거야! 도대체 왜!"

뒤늦게 깨달았다. 내가 소피아가 아니라 그들을 향해 소리쳤다는 걸.

그때, 멀찌감치 떨어져서 나를 보고만 있던 그들.

"오자서, 너 왜 그래?"

친구라고 믿었던 놈이 그렇게 물었다. 매일같이 등하교하고 학원도 같이 다니던, 거의 하루 종일 붙어 지내던 놈이.

나는 말문이 막혔다. 할 말이 없어서가 아니었다. 너무 많은 말이 한꺼번에 쏟아지려고 해서 입을 열 수가 없었다.

내 셔츠는 피로 물들어 있었다. 주먹도 피범벅이었다. 내 피가 아니었다. 담임의 피였다.

담임은 교실 바닥에 길게 드러누워 있었다. 얼굴에서 피가 줄줄 흘렀다. 코가 완전히 뭉개졌고, 주위에는 입에서 튀어나온 이 조각이 널려 있었다.

그리고 이지호.

그가 담임에게서 조금 떨어진 곳에 엎드려 있었다. 휠체어는 그의 뒤편에 바퀴를 위로 하고 뒤집혀 있었다.

지호는 두 팔로 상반신을 지탱하며 나를 올려다보았다. 그 눈이 묻고 있었다. 도대체 왜 그런 거냐고.

나는 찔렸다. 담임의 말에 찔렸다. 그래서 그런 것이었다. 나를 향한 말이 아니었는데도 내가 찔리고 말았다.

"애자 새끼가 용쓰고 있네."

수학 시간이었다. 지호는 화장실이라도 다녀왔는지 수업에 조금 늦고 말았다. 학교는 지호를 위해 휠체어가 들어갈 수 있는 화

장실을 설치했다고 했지만 정말 제대로 된 시설을 갖추었는지는
알 수 없었다. 지호는 화장실에 갈 때마다 늦고는 했다.

그가 문을 열고 교실로 부랴부랴 들어서자 담임이 그렇게 중얼
거렸다. 애자 새끼가 용쓰고 있네. 중얼거림이었지만 목소리가 컸
다. 사실상 들으라고 한 소리였다.

지호는 내 옆으로 오다가 말고 멈칫했다. 담임을 뚫어지게 보았
다. 담임이 짜증스러운 기색으로 말했다.

"뭐 해? 어서 자리로 가."

지호는 침착하게 대꾸했다.

"선생님. 사과하십시오."

"뭐? 너 뭐라고 했어?"

"선생님은 방금 저에게 '애자 새끼'라고 하셨습니다. 그건 장애
인을 비하하는 욕설입니다. 사과하십시오."

담임은 얼굴이 시뻘게졌다.

"이 자식이 근데. 야! 난 뭐 말도 못 해? 나 혼자 중얼거린 건데
왜 지랄이야?"

"저에게 들으라고 하신 소리였습니다. 저는 그런 소리를 들을
이유가 없습니다. 사과하십시오."

"뭐? 사과? 이 자식이 진짜."

담임이 씩씩대면서 지호에게 다가갔다. 지호는 휠체어를 돌려
서 그를 마주 보았다. 담임이 허리에 두 손을 얹고 말했다.

"너 다시 말해 봐. 나한테 뭐라고 했어?"

"사과하시라고 했습니다."

"야, 이 자식아. 내가 그래도 네 담임이야. 선생이라고. 넌 싸가지도 없냐? 어따 대고 사과를 하라 마라야?"

담임은 히스테릭하게 지껄였지만 지호는 차분하기만 했다.

"선생님이니까 더 그런 말씀을 하시면 안 되는 겁니다."

"내 말이 뭐 틀렸어? 너 애자 맞잖아!"

"장애인이라고 하시면 인정하겠습니다. 하지만 애자는 아닙니다."

"이 자식이. 수업에 제멋대로 늦어 놓고서는 제 잘못은 모르고 막 지껄여 대네. 너 하나 때문에 우리 모두가 피해를 봤잖아!"

"수업에 늦은 건 죄송합니다. 화장실이 쓰기 불편해서 그랬습니다. 하지만 저 때문에 모두가 피해를 봤다는 건 이해할 수 없군요. 선생님은 이미 수업 중이셨습니다. 저 때문에 수업이 늦어지지는 않았습니다."

"너 자꾸 말대꾸할래? 선생님이 그렇게 우스워?"

"말대꾸하는 게 아니라 저의 권리를 주장하는 겁니다. 저도 사람입니다. 부당한 욕을 들을 이유가 없습니다. 수업에 늦은 걸 지적하고 주의를 주셨다면 저도 납득했을 겁니다. 하지만 그런 욕설은 아닙니다."

"야! 내가 네 선생이야!"

"예, 그리고 저는 학생이죠. 다른 학생이 수업에 늦었어도 애자가 어쩌고 하셨겠습니까? 저도 선생님 제자입니다. 차별하지 말고 똑같이 대해 주십시오."

"똑같이? 잘도 지껄이네. 야, 이 새끼야. 너 때문에 우리 학교가 그 난리 끝에 엘리베이터 설치한 거 몰라? 너 하나 때문이었어. 오직 너 하나. 넌 특별 대접을 바라고 징징거리며 떼를 쓰고 그것도 모자라서 언론까지 동원했어. 너 때문에 우리 학교가 얼마나 욕을 먹었는 줄 알아? 그러면서 뭐? 똑같이 대해 달라고?"

"그건 경우가 다릅니다. 저는 계단을 오르내릴 수 없습니다. 그래서 엘리베이터 설치를 요구한 겁니다. 특별 대접을 원한 게 아니라 다른 학생들처럼 교육받을 권리를 누리고 싶어서 투쟁한 겁니다. 저도 대한민국의 국민이고 교육받을 권리가 있단 말입니다."

"왜 하필 우리 학교였는데? 도대체 무슨 억하심정이 있어서 우리 학교를 물고 늘어졌냐고."

"어떤 학교든 저는 선택할 권리가 있습니다. 그건 법이 보장하는 학생의 권리입니다."

"다른 학교 갔으면 됐잖아! 너 같은 새끼 받아 주는 학교도 있을 거 아니야! 특수학교라도 가든지!"

"이 사회는 특수학교 학력을 인정해 주지 않습니다. 저도 남들처럼 좋은 학벌을 갖고 싶었습니다. 속물적이지만 어쩔 수 없습니다. 학벌이라도 갖지 못하면 장애인은 이 사회에서 어떻게도 발을 붙일 수가 없습니다. 설령 서울대 졸업장을 딴다고 해도 저는 취직하기도 힘듭니다."

"그래, 맞아. 너 애자 새끼니까. 네가 아무리 용써 봐야 안 돼. 넌 안 된다고. 어차피 안 되는 놈이 왜 우리 학교에 온 거야?"

지호는 그래도 화내지 않았다. 그는 침착하다 못해 건조하게 느껴지는 음성으로 말했다.

"되든 안 되든 해 보고 싶었습니다. 한 번뿐인 인생, 저도 한번 열심히 살아 보고 싶었습니다. 남들이 인정해 주지 않아도 말입니다. 열심히 하다 보면 길이 열릴지도 모른다는 희망도 있었습니다."

"희망? 주제를 알아라. 너 같은 건 안 돼. 대기업에서 사회에 공헌한답시고 장애인 채용해 주고 그러는 거 믿고 있나? 꿈 깨라. 그런 거 다 전시효과를 노리고 하는 짓이야. 운 좋게 대기업 들어간다고 치자. 네가 일을 제대로 할 수 있을 것 같아? 그 몸으로 잘도하겠다. 네 직장 동료들은 또 어떻고. 너 때문에 매일 피해를 볼 텐데 참아 줄 것 같아? 너 결국 쫓겨날 거야. 너 같은 놈은 아무리 용을 써도 안 돼. 기껏해야 장애인들이 수제품 만드는 데나 들어가서 푼돈이나 받으며 살게 될 거다. 한평생 비참하게 살다가 죽을 거다."

안 되는 놈은 안 된다.

이해하려고 하지 마라. 저절로 알게 될 것이다.

"그만해!"

담임의 넋 나간 얼굴을 보고서야 깨달았다. 내가 소리쳤다는 것을. 그리고 그의 멱살을 쥐었다는 것을.

나는 담임의 멱살을 흔들며 말했다.

"되든 안 되든 왜 네가 난리야. 네가 뭔데 남의 인생을 된다, 안 된다 하는 거야. 네가 뭔데 남의 인생을 비참하다고 해. 도대체 네가 뭔데! 네가 뭐냐고!"

"너, 너……."

담임이 내 가슴을 확 떠밀었다. 나는 비틀거리다가 지호의 휠체어에 부딪혔다. 균형을 잡자마자 담임이 따귀를 때렸다. 고개가 확 돌아갔지만 나는 아픈 줄도 모르고 담임을 노려보았다.

담임은 길길이 날뛰었다.

"이 새끼들이 둘 다 미쳐 가지고! 나한테 대들어? 어? 너희가 감히 나한테 대드냐고! 내가 그렇게 우스워? 이 새끼들아! 내가 우습냔 말이다!"

담임이 나를 발로 찼다. 나는 뒤로 자빠지면서 그만 휠체어를 넘어뜨리고 말았다. 지호는 몸이 가벼웠다. 내 무게를 이기지 못하고 휠체어와 함께 쓰러졌다.

"내가 우스워? 내가 만만해? 어? 이 새끼들아!"

담임이 지호의 다리를 걸어찼다. 항상 휠체어에 의지하느라 수수깡처럼 마른 다리였다. 그걸 담임은 발로 찼다.

내 몸이 저절로 일어섰다. 담임은 완전히 이성을 잃은 상태였고 나도 마찬가지였다. 담임은 내 공격을 피하거나 막을 정신이 없었고, 나는 나를 막을 정신이 없었다.

오른 주먹으로 담임의 배를 치고 왼 주먹으로 얼굴을 강타했다. 쓰러지는 그를 일으켜 세워 이번에는 콧잔등을 정통으로 갈겼다. 코뼈가 우지직 부러졌다.

담임을 밀어서 넘어뜨린 다음 올라탔다. 정신없이 주먹을 날렸다. 한 대 때릴 때마다 피가 내 얼굴에까지 튀었다. 살이 뭉개지고 뼈가 조각나는 감촉이 주먹으로 전달되어 왔다. 그 감촉이 나를 더욱 흥분시켰다. 이성이 마비된 뇌가 포효하고 있었다.

죽여 버리겠다. 죽여 버리고야 말겠다.

"……야."

처음에는 멀리서 들려오듯 아련하던 소리가 이윽고 고막을 때렸다.

"자서야! 하지 마! 그만해!"

누군가 내 등에 매달려 있었다. 돌아보니 지호였다. 지호가 필사적으로 기어 와서 나를 붙잡은 거였다.

"하지 마, 자서야. 제발……. 제발 그만해!"

지호의 눈이 젖어 있었다. 나는 그제야 정신을 차렸다. 지호의 손을 떼어 내고 천천히 일어섰다.

담임은 끄으으, 신음할 뿐 움직이지 못했다. 입에서 피거품이 솟았다. 그 꼴을 보고서야 내가 무슨 짓을 했는지 깨달았다. 오한이 들었다. 몸이 저절로 떨렸다.

나는 주위를 둘러봤다.

다른 학생들은 그새 모두 일어나 있었다. 교실 구석에 몰려 있거나 혹은 창가에 붙어 있거나 했다. 다들 나와 거리를 두고 있었다.

수군대는 소리가 들려왔다.

"저거 왜 저래."

"미쳤나 봐."

"제정신이 아니야."

친구 하나가 말했다.

"오자서, 너 왜 그래?"

친구는 이해가 안 된다는 얼굴이었다. 멀쩡하던 놈이 이유도 없이 미쳐 날뛰는 꼴을 본 듯했다.

미쳐 날뛴 건 사실이었다. 나도 내가 저지른 짓이 무서웠다. 혐오스럽기도 했다. 도대체 이게 뭔가. 이게 뭐란 말인가.

그러나 나는 이유도 없이 그런 건 아니었다. 이유가 있다고 폭력이 정당화될 수 있다는 뜻은 아니다. 이유가 없지는 않았다는 것뿐이다.

나는 그 이유를 설명하고 싶었다. 설명할 수 있는 말이 너무나 많았다. 하지만 막상 입을 열자 말이 잘 나오지 않았다. 잠시 후에야 겨우 한마디를 꺼냈다.

"너희는 왜 화내지 않는 거야?"

말하고 나서야 후회했다. 이건 이유를 설명하는 말이 아니지 않은가. 하지만 나는 곧 깨달았다. 내가 그렇게밖에는 말할 수 없었다는 걸.

내 말은 질문이자 호소였다.

"너희는 왜 화내지 않는 거야?"

다시 한 번 말했다. 대답은 돌아오지 않았다. 나는 부르짖었다.

"왜 화내지 않느냐고! 화가 나지 않아? 왜 화를 안 내! 도대체 너희는 왜……!"

아무도 대답하지 않았다. 아무도.

다들 미친놈을 보듯이 나를 바라볼 뿐이었다. 그 눈길이 억울하지는 않았다. 다만 그 침묵이 억울했다. 억울하고 서러웠다.

"왜 화를 안 내! 왜!"

나는 어느새 눈물을 흘리고 있었다.

그래도 대답은 돌아오지 않았다.

나는 혼자였다.

9

"그때도 그랬어! 나 혼자 화를 냈다고! 나 혼자!"

나는 목이 터져라 고함을 질렀다. 소피아는 묵묵히 듣기만 했다.

눈물이 뺨을 타고 흘렀다. 쓰레기봉투 위로 뚝뚝 떨어졌다. 울음을 그치려고 해도 잘되지 않았다.

나는 무언가가 사무치도록 억울하고 서러웠다.

그리고 화가 났다. 화가 나서 견딜 수가 없었다.

나는 쓰레기봉투를 내려쳤다.

"꺼져! 꺼지라고!"

이게 도대체 뭐 하는 짓인가. 이 계집애한테 옛날이야기를 들려주는 게 도대체 무슨 의미가 있다고.

소피아가 말했다.

"오자서."

아버지가 지어 준 내 이름. 수단 방법을 가리지 말고 출세하고 성공하라는 뜻으로 지어 준 이름.

그 이름을 소피아는 애타는 목소리로 불렀다.

"오자서."

따뜻한 두 손이 내 얼굴을 감쌌다. 그제야 소피아의 눈물을 발견했다. 소리도 없이 흘러내리는 두 줄기의 맑은 눈물.

"넌 왜 울어?"

"너를 위해서."

"나를…… 위해?"

"그리고 나 때문에."

소피아는 눈물이 넘쳐흐르는 눈으로 나를 지그시 바라보았다.

"나는 너처럼 강하지 못해. 독종도 아니야. 그래서 너와 함께 화 내 줄 수가 없어. 그런 나 자신이 너무 한심해. 나한테 화가 나. 내가 할 수 있는 건 같이 우는 것뿐이야. 너는 남을 위해 화를 냈으니까, 이제 나는 너를 위해 우는 거야."

소피아가 내 얼굴을 끌어당겨 가슴에 품었다.

"넌 이제 그만 울어."

나는 아무 말도 할 수 없었다. 소피아가 속삭였다.

"너는 다른 사람을 위해서 화를 냈어. 그걸로 충분해. 우는 것까지 네가 할 필요는 없어. 내가 울어 줄게. 누군가는 화를 내야 한다면 누군가는 울어야 해. 우는 건 내가 할게. 너는 그만 쉬어."

그랬나. 나는 다른 사람을 위해서 화를 냈나. 주먹질을 하고 그토록 끔찍한 만행을 저질렀나.

확신할 수는 없었다.

무슨 말을 갖다 붙여도 내가 폭력을 휘둘렀다는 사실은 변하지 않는다. 내가 한심하다는 것도. 정의롭지 못하다는 것도.

다만.

그녀의 눈물이 내 머리를 적시고 있었다. 미지근하던 내 눈물과 달리 따뜻한 눈물이었다. 그녀의 가슴도 따스했다.

그 정도로 충분했다. 지금은.

이제는 그만 쉬고 싶었다.

나는 소피아의 가슴에 안긴 채 울음을 삼켰다. 신기하게도 울음이 쏙 들어갔다.

"이것들아! 미인 여교사가 왔다. 경배해라."

담임이 당당하게 지껄이며 문을 열었다. 부실에 모여 있던 SC 멤버들의 눈길이 한꺼번에 그녀에게 쏠렸다가 금세 다시 흩어졌다.

"젠장. 미인 여교사라고 해서 난 또 누군가 했네."

"야, 뭘 기대했냐? 이 학교에 미인 여교사 같은 거 없어."

"여기 있잖아! 여기!"

담임이 발을 쿵쿵 굴렀다. 멤버들은 키들키들 웃었다.

"너희들은 왜 미주랑 소피아만 여신님, 여신님 하면서 떠받들고 난 취급도 안 하는 거야?"

"저희한테 그러지 마시고 선이나 보세요."

"야! 너희 나이 때는 원래 연상의 여자 좋아하잖아. 나같이 젊고 예쁜 여교사가 있으면 밤에 잠도 못 이루고 러브레터도 보내고 그래야 하는 거 아니야?"

"도대체 언제 적 드라마를 보신 건지."

"선생님. 십대 남자애들이 다 연상의 여자를 동경한다는 것도 편견이거든요?"

"아, 그래도 저는 연상의 여자 좋아해요. 여자요. 선생님 말고요."

"이것들아아아!"

어휴, 이 바보들. 계속 이 꼴을 지켜보고 있다가는 내 차례가 오지 않겠다.

나는 부실 안으로 들어섰다. 멤버들이 웃음을 뚝 그치고 날 바라보았다. 어쩐지 머쓱해서 뒤통수를 긁었다.

원탁 앞에 앉아 있던 종태가 벌떡 일어나서 나를 맞아 주었다.

"자서야!"

"으응……."

나는 애꿎은 뒤통수를 자꾸 긁으며 소피아를 돌아보았다. 소피아는 읽던 책을 덮고 나를 향해 돌아앉았다. 말을 건네 오지는 않았다.

소피아 맞은편에 앉아 있던 명성이 안경을 꾹 누르며 말했다.

"이봐, 후배. 네가 스스로 여기 오다니 내일은 해가 서쪽에서 뜨겠는데?"

"오라고 강요할 때는 언제고요."

다소 퉁명스러운 말투에도 명성은 기분 상한 기색 없이 빙긋 웃었다. 아무 죄도 없는 뒤통수를 피가 나도록 긁고 있는데 담임이 말했다.

"내가 데려왔다. 얘가 너희들한테 할 말이 있다고 해서."

휴게실에서 게임을 하던 멤버들이 게임기를 껐다. 체육실에서 운동을 하던 멤버들도 운동기구를 내려놓았다.

다들 나를 향해 귀를 활짝 열어 주고 있었다. 나는 헛기침을 한 번 하고는 말했다.

"여러분은 아직도 저를 예비 멤버로 생각하십니까?"

주석이 대답했다.

"그야 물론이지. 이미 들었는지 모르겠는데, 우리 집요한 것들이거든."

"어제오늘은 SC에 들어오라고 하는 사람이 아무도 없었는데요."

"아, 그거야 지난 주말에 그런 일이 있었으니까. 너도 힘들었을 거 아니야. 상처도 터져서 다시 꿰매야 했고. 며칠은 편히 쉬게 해 줄 생각이었지."

나는 정색을 했다.

"바로 그게 문제입니다. 그런 일이 있었다는 것."

더 이상 자세한 설명은 필요 없었다. 멤버들은 모두 얼굴이 굳었다.

잠시 후 명성이 팔짱을 끼고 말했다.

"지난번 일은 너무 뜻밖이었어. 우리도 많이 놀랐지. 우리끼리 모여서 회의를 해 봤는데, 아무래도 널 그냥 놔둬서는 안 되겠다는 결론을 내렸어. 어떻게든 우리 SC에 들어오게 해야지 안 그랬다가는 무슨 사고를 칠지도 모르겠다고 판단했거든."

"SC는 부당한 스트레스에 대응하는 모임일 뿐이죠?"

"물론이지."

"정의하고는 상관이 없죠?"

명성이 잠시 뭔가를 생각하고는 말했다.

"이봐, 후배. 너는 그때 정범석을 위해서 그런 소리를 했나? 한심한 양아치 하나 갱생시키려고?"

"아뇨. 저는 단지 화가 났을 뿐입니다."

"그래, 그랬겠지. 우리도 마찬가지야. 네가 눈치를 챘는지 모르겠는데, 우리 바보거든. 복잡하거나 어려운 건 몰라. 정의는『정의란 무엇인가』라는 책을 쓴 마이클 샌델 같은 사람이나 고민하라지. 나 그 책 읽어 봤는데 뭔 소린지 하나도 모르겠더라. 우리는 똥통에 빠져 있는 똥들이고 동시에 바보들이야. 단순하게 산다고."

"무책임합니다."

"맞아."

"그래도 끝까지 하겠다는 거군요."

"이미 말했듯이 우리는 바보거든. 아, 이건 기밀 사항이니까 어디 가서 발설하지 말도록. 우리는 그렇다 치고 우리의 여신님들이 사실은 바보라는 게 들통나면 불쌍하잖아."

그러면서 명성은 소피아와 그 옆에 앉은 미주에게 눈웃음을 쳤다. 소피아는 못 본 척했고, 미주는 얼굴이 새빨개져서 손사래를 쳤다. 둘 다 바보라는 사실을 부정하지는 않았다.

담임이 삐친 표정으로 중얼거렸다.

"아니 그러니까 난 왜 여신님이 아닌 거냐고……."

그렇다. 이것들은 바보다. 담임까지 포함해서 몽땅.

"기밀 사항이라고요? 여러분이 바보라는 건 처음 봤을 때부터 눈치챘습니다. 정말 뭐 이런 바보들이 다 있나 싶었죠."

내가 말하자 소피아만 빼고 다들 이를 드러내며 웃었다. 나도 어느새 웃음을 머금고 있었다.

"SC에 들어가겠습니다."

멤버들이 당장에 일어섰다. 앉아 있는 사람은 명성과 소피아뿐 이었다.

명성이 물었다.

"왜 마음이 바뀌었지?"

"저도 조롱하고 싶어졌거든요."

"무엇을?"

"여러 가지 있습니다. 하지만 그 무엇보다도 조롱하고 싶은 건 저 자신입니다."

나는 늘 혼란스럽다. 나는 늘 심각하다. 나는 늘 혼자다.

하지만 이 사람들이 나와 함께해 준다면.

그래도 나는 혼란스러울 것이다. 심각할 것이다. 때때로 혼자일 것이다.

그렇지만 웃을 수는 있다. 가장 큰 스트레스의 원인이 되는 나를 비웃으면서.

학교에 정의는 없다. SC가 하는 짓거리도 정의가 아니다. 스트레스에 저항하는 것이고, 동시에 조롱이다. 어쩌면 학교에 필요한 건 정의가 아니라 조롱인지도 모른다. 스트레스를 주는 모든 것들에 대한 조롱. 특히 자기 자신에 대한 조롱.

혼란에 빠진 나. 심각한 나. 늘 혼자인 나. 어떻게 할 수가 없어서 결국 화를 내고야 마는 나.

그런 나 자신을 조롱하며 웃는다는 건 얼마나 통쾌한 일인가.

명성이 일어섰다. 그는 뚜벅뚜벅 걸어서 내게 다가왔다.

"환영한다."

그가 내민 손을 나는 굳세게 잡았다.

"감사합니다."

멤버들이 와 환성을 질렀다. 제일 먼저 종태가 달려와서 내 어깨를 두들겼다. 뒤이어 주석이, 그리고 다른 멤버들이 내 어깨며 머리를 마구 때렸다.

"아유, 이 자식. 안 들어온다고 똥고집 부리더니만."

"내가 이럴 줄 알았어. 여신님들에게 혹해서라도 들어올 수밖에 없지."

"야, 야. 이러지 말고 환영식 하자."

"좋지. 노래방이라도 갈까?"

"한방에 다 들어갈 수가 없잖아. 어디 다른 데 없나?"

"그럼 여기서 해야지."

"여기는 만날 모이는 데잖아. 다른 데 가자."

내가 말했다.

"그럼 저희 집에 오시겠어요? 이웃들이 있으니까 너무 시끄럽게 굴면 안 되지만요."

"아, 그렇지! 네 집이 있었지. 그럼 먹을 거 사러 가자."

"선생님도 가세요."

담임이 흥, 웃었다.

"나더러 돈 내라는 거지?"

"에이, 저희들도 조금은 낼 거예요."

"조금?"

"조금 많이요."

"여신님이라고 불러주면 내가 다 낼 수도 있는데."

"야, 야. 그냥 우리끼리 가자."

"그래, 그러자. 애들 노는 데 선생님이 끼는 것도 이상하고."

"주책만 안 부려도 끼워 줄 텐데. 선생님은 연세도 지긋한 분이 왜 그렇게 주책이세요? 아, 연세가 지긋하셔서 그런가?"

"이놈드으으을!"

멤버들은 담임에게 쫓겨서 부실 밖으로 달아났다. 담임까지 쿵쾅거리며 나가 버린 다음, 나는 유일하게 남은 소피아를 향해 돌아섰다. 소피아가 책과 가방을 챙기고 일어섰다.

지난번 일이 떠올라서 얼굴이 확 붉어졌다. 소피아는 그 일은 잊어버렸는지 평소처럼 무표정한 얼굴이었다.

그녀가 무뚝뚝하게 말했다.

"환영해."

"으응, 고마워."

"그럼 가야지."

"으응."

소피아가 먼저 복도로 나갔다. 나는 그녀를 따라가며 문을 닫았다.

멤버들은 벌써 사라지고 없었다. 운동장 쪽에서 외치는 소리가 들려왔다.

"여신님이라고 불러어어어!"

"싫어요오오오오!"

나는 쿡 웃고 말았다. 앞장서 걷던 소피아가 나를 돌아봤다.

"참. 지난번 일 말인데."

"응?"

"내 가슴에 안겼던 거."

몸이 딱딱하게 굳었다. 나도 모르게 멈추어 섰다.

"그거 다른 멤버들에게는 비밀로 해. 멤버들이 알면 널 죽이려들 거야."

살벌한 소리를 지껄이고서 소피아는 그 말에 어울리지 않는 미소를 머금었다.

입술을 살짝 벌리고 이를 감추어 두었던 보물처럼 슬며시 드러내는 웃음. 입가가 조금 파였을 뿐이지만 이상하게도 한없이 깊어 보이는 그런.

　하마터면 말해 버릴 뻔했다. SC에 들어가기로 한 건 사실은 너 때문이기도 하다고. 너랑 같이 있고 싶다고. 같은 반이지만 그 정도로는 부족하다고. 너와 함께 우리에게 부당한 스트레스를 주는 것들을 조롱하고 싶었다고.

　좋아하는 걸까. 좀 더 거창하게 말하면 사랑하는 걸까.

　알 수 없다. 내 마음인데도 알 수가 없다. 어쩌면 동병상련이나 동료애 같은 건지도 모르겠다.

　뭐 아무려면 어떤가. 우리는 같이 있을 것인데. 같이 조롱하고 같이 웃을 것인데. 그러다 보면 언젠가는 선명하게 밝혀지지 않을까. 모든 것이 밝혀지지는 않더라도 적어도 나와 너의 마음 정도는.

　내가 멍하니 있는 사이 소피아는 다시 몸을 돌리고 걸어갔다. 창밖에서 들어온 햇살이 그녀의 등을 환하게 비추고 있었다. 나는 서둘러 그녀를 따라갔다.

작가의 말

안녕하세요, 작가 김근우입니다.

청소년 소설은 처음이라 이 책을 내는 일이 유난히 가슴 떨리고 설레는군요. 서른 살을 훌쩍 넘은 아저씨가 쓴 소설이 청소년 독자분들에게 어필할 수 있을지 잘 모르겠습니다. 부디 재미있게 읽어 주시기를 바랍니다.

저도 청소년 소설은 많이 읽어 봤는데 훈계조의 고루한 이야기가 많더군요(다 그렇다는 건 아니고요). 이 소설에도 돼먹지 않은 훈계가 많이 나오죠. 죄송합니다. 되도록 청소년 독자분들의 눈높이에 맞추려고 했는데 나이가 나이인지라 '꼰대 짓'을 하게 되더군요. 저도 청소년 시절에는 어른들을 보면서 '난 나이 먹어도 결코 꼰대는 되지 않겠어!' 했는데 나이 먹어 보니까 저절로 꼰대가 되더라고요. 독자분들도 나이 먹으면 그렇게 될 가능성이 무지막지하게 높으니까 아량을 베풀어 주시기 바랍니다.

그렇다고 제가 '꼰대 짓'에만 열을 올렸다는 건 아니고요. 독자분들이 재미있게 읽을 수 있도록 신나는(?) 액션, 가슴이 두근거리는(?) 로맨스 등도 이야기에 골고루 섞었습니다. 저 자신이 그런 이야기를 좋아하기도 하고요. 점잖은 분들은 이 소설의 폭력성을 우려할지도 모르겠지만, 글쎄요. 저는 독자분들이 이런 소설

하나 읽고서 갑자기 깡패로 변신하는 기절초풍할 만한 일이 일어날 거라고는 생각하지 않습니다. 저는 꼰대지만 그런 점에서는 독자분들을 신뢰하는 꼰대입니다.

그리고 솔직히, 이런 이야기가 재미있지 않나요? 점잖은 분들, 그러니까 도에 지나치게 점잖은 분들은 오늘도 눈을 부릅뜨고 우리가 무슨 짓을 저지르나 감시하고 있죠. 우리가 재미난 거(조금 폭력적이거나 조금 야한 거)를 보려고 하면 입에서 불을 뿜어 대며 길길이 날뛰고요. 때로는 그런 분들의 눈길을 피해서 이런 피 튀기는 이야기도 읽고 그래야 숨통이 트이죠. 안 그렇습니까? 하하.

오자서와 SC 멤버들의 이야기는 일단 이렇게 끝이 났지만 아직도 뒷이야기는 많이 남아 있습니다. 혹시 기회가 된다면 그들의 이야기를 또 여러분들에게 들려드리고 싶습니다. 꼭 그런 기회가 와서 독자분들과 재회할 수 있으면 좋겠네요.

언젠가 다시 만날 그날까지 안녕히!

2016년 2월
김근우

소설BLUE 04

우수고 스트레스클리닉

초판 1쇄 인쇄 2016년 4월 22일
초판 1쇄 발행 2016년 4월 25일

지은이 김근우
펴낸이 이수철
주 간 신승철
편 집 정사라, 최장욱
마케팅 정범용
관 리 전수연

펴낸곳 나무옆의자
출판등록 제396-2013-000037호
주소 (03970)서울시 마포구 성미산로1길 67 다산빌딩 301호
전화 02) 790-6630 팩스 02) 718-5752

페이스북 www.facebook.com/namubench9
인쇄 제본 현문·자현 종이 월드페이퍼

© 김근우, 2016
ISBN 979-11-86748-63-3 03810

* 나무옆의자는 출판인쇄그룹 현문의 자회사입니다.
* 잘못된 책은 바꿔드립니다.
* 책값은 뒤표지에 표시되어 있습니다.
* 이 책의 전부 또는 일부 내용을 재사용하려면
  사전에 저작권자와 도서출판 나무옆의자의 동의를 받아야 합니다.

* 이 도서의 국립중앙도서관 출판예정도서목록(CIP)은 서지정보유통지원시스템
  홈페이지(http://seoji.nl.go.kr)와 국가자료공동목록시스템(http://www.nl.go.kr/kolisnet)에서
  이용하실 수 있습니다. (CIP제어번호 : CIP2016007637)